Infinite Dendrogram
인피니트 덴드로그램
16. 되살아나는 가능성
카이도 사콘 지음
타이키 일러스트
천선필 옮김

"———마이너스, 마이너스, 마이너스,
마이너스, 마이너스, 마이너스, 마이너스,
마이너스, 마이너스, 마이너스, 마이너스,
마이너스, 마이너스, 마이너스, 마이너스."

그리고 살육이 시작되었다.
시야 안에서 다른 〈마스터〉들이 차례차례 살해당하고 있었다.

『……윽! 대상을 카운트 1만 이상의
〈마스터〉로 한정하여 재기동!』

Character

레이

레이 스탈링 / 무쿠도리 레이지

〈Infinite Dendrogram〉 안에서 여러 사건과 마주친 청년.
기본적으로는 순하지만 양보할 수 없는 것을 위해서는
몇 번이든 맞서는 강한 의지를 지니고 있다.

네메시스

네메시스

레이의 엠브리오로 나타난 소녀.
무기 형태로 변할 수 있고, 대검, 도끼창, 방패, 풍차, 거울, 쌍검으로 변화한다.
약간 식탐이 있다.

유고 레셉스

유고 레셉스 / 유리 고티에

전 드라이프 소속 마스터. 현재는 나라를 떠나 여행 중이지만
[격추왕] AR・I・CA에게 붙잡혀서 제자가 되었다.
프랭클린의 친여동생.

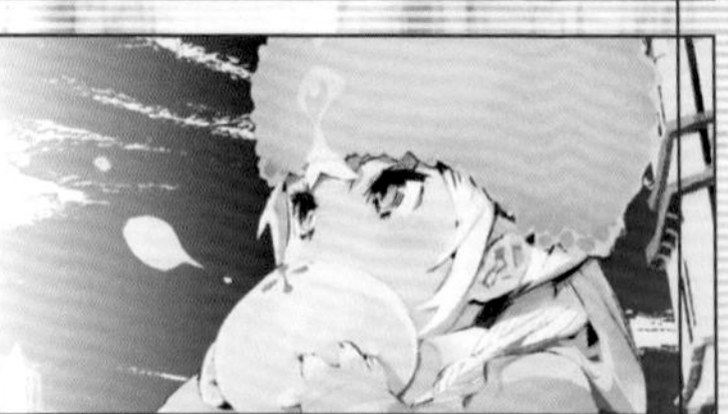

큐코

큐코

유고의 엠브리오이며 정식 명칭은 [백빙소녀 코큐토스].
온몸이 새하얗고 하얀 것만 먹는 식성이 있다.
항상 무표정하고 독설을 내뱉곤 한다.

AR・I・CA

AR・I・CA

카르디나 소속 〈초급〉, '창궁가희'. 주위의 위험을 볼 수 있는 의안 엠브리오를 지니고 있다.
노래하며 하늘에서 춤추는 〈마징기어〉, [블루 오페라]를 조종하는 [격추왕].
양성애자이기에 미인만 보면 사족을 못 쓰며, 항상 누군가를 꼬시곤 한다.

인피니트 덴드로그램

16. 되살아나는 가능성

카이도 사콘 지음 타이키 일러스트
천선필 옮김

커버 그림, 본문 일러스트 | **타이키**

Contents

프롤로그 Another Start Game.

□ ■ 2044년 3월 ???

수능 시험을 마친 나는 염원하던 〈Infinite Dendrogram〉을 시작했다.

하필이면 고등학교 3학년 때 발매된 그 게임. 수능 시험을 앞둔 같은 학년 친구들과 함께 '타이밍이 너무 안 좋잖아……'라고 하며 한탄하곤 했다.

그리고 이미 대학교를 포기한 사람이나 상점 같은 가업을 이어받을 사람들이 느긋하게 플레이하며 즐겁게 떠들어대는 모습을 보니 분했다.

그 이후로 내 마음속에 생겨난 유혹에 지지 않고 공부에 몰두했고, '반드시 합격해서 플레이하자'는 마음과 함께 도전한 수능 시험은 무사히 좋은 결과를 얻었다.

그 이후로 매진되었던 기기를 겨우 구해서 오늘이 처음 로그인하는 날이었다.

"정말 리얼하네……. 바람이 뜨거워."

내가 선택한 곳은 카르디나라는 나라였다.

사막이 있는 상업국가. 사막을 통과해온 메마른 바람이 피부를 살짝 자극했다. 사막에 한 번도 가보지 않은 나도 리얼하다고 생각할 정도로.

내가 내려선 도시는 상업도시 콜타나라는 곳인 모양이었다.

도시의 큰길에는 노점이 잔뜩 늘어서 있었고, 상인들이 다양한 상품을 열띤 기세로 팔고 있었다.

규모가 매우 크고 활기가 넘치는 도시인데도 이 나라의 수도가 아닌 모양이었다.

이야기를 들어보니 수도는 여러 가지 사정으로 도시 주변 몬스터의 위험도가 자주 바뀌기 때문에 초보를 보내주기에 부적합하다고 한다.

그래서 대신 콜타나로 보내주는 거라고 내 캐릭터 메이킹을 담당한 고양이가 말했다.

그렇긴 하지. 나는 아직 레벨1조차 못되고 직업도 없는 레벨0이니까.

이런 상태에서 레벨이 높은 몬스터가 자리 잡고 있는 지역으로 가게 되면 끝장이다.

이제 직업을 선택하고 레벨도 올려야만 한다.

하지만 아직 소문이 자자한 그 〈엠브리오〉조차 부화되지 않았다. 직업 선택은 〈엠브리오〉가 부화된 뒤에 하기로 하고, 지금은 다른 나라(게임)의 도시를 관광해야겠다.

콜타나 거리에는 어린 시절에 그림책이나 애니메이션으로 보았던 아라비안 나이트 같은 광경이 펼쳐져 있었다.

활기가 넘치는 바자에는 각양각색으로 눈길을 끄는 마법 아이템도 잔뜩 있다.

하지만 지금은 아바타를 만들 때 접수를 담당해준 고양이에게

받은 은화 다섯 개……, 5000 릴뿐이라 그런 아이템을 살 수는 없다.

살 수 있는 건 노점에서 파는 음식 정도였기에 무슨 고기인지 모를 꼬치구이와 디저트로 먹을 튀김 과자를 샀다.

현실과 거의 다를 게 없는 미각으로 맛본 요리는 단맛이 약간 부족하긴 했지만, 걸어가면서 먹기에는 딱 좋았다.

이러고 있으니 게임을 하고 있다기보다는 해외 관광지에 온 것 같다.

……아니, 로그인한 뒤 한 시간 이상이 지났는데도 이곳이 게임이라는 걸 믿을 수가 없다.

오감으로 느낀 환경도, 노점에서 이야기를 나눈 사람들도, 진짜인 것만 같았다.

대체 인류의 기술이 어느새 이렇게까지 발전한 걸까.

"……어라?"

생각에 잠겨 거리를 돌아다니다 보니 인기척이 없는 구역에 들어와 버렸다.

왠지 삭막하고 좀 전까지 느껴지던 활기가 전혀 없다.

이 구역에는 낡은 건물만 채워 넣은 것처럼 늘어서 있었다.

같은 도시인데도 이렇게 분위기가 다르구나.

"…………?"

그렇게 걸어가던 나는, ……내 눈은 그것을 보았다.

돌로 이루어진 건물과 건물 사이에 있는 좁은 골목.

입구에서 약간 들어간 곳에 여자애가 땅바닥에 앉아 벽에 등을 기대고 있었다.

척 봐도 알 수 있을 정도로 깡말라서 예전에 봤던 난민 관련 뉴스에 나온 아이들보다 앙상해 보였다.

그녀는 곁에 가족 같은 사람 하나조차 없이, 그저 홀로 벽에 등을 기대고 있었다.

"…………."

그런 그녀가 고개를 살짝 움직여 나를 보았다.

아니, 나를 본 게 아니다. 내가 들고 있던 과자 봉투를 본 것이다.

내가 단맛이 부족하다고 생각했던 그 과자가 그녀에게는 어떻게 보였을까.

그녀는 마른 나뭇가지보다 홀쭉한 팔을 들어 내게 손을 뻗었다.

하지만 몸을 일으키지도 못했고, 팔은 떨렸으며, 그 동작은 너무나도 덧없었다.

그 움직임을 본 내 심장이 꽉 조여들며 세차게 뛰었다.

"그, 그래! 줄게! 줄 테니까!"

나는 곧바로 그렇게 말하며 그녀에게 다가갔다.

지금까지 본 적도 없을 만큼 비참하다는 말밖에 나오지 않는 모습. 보고만 있을 수가 없었기에 나는 그녀에게 다가가 과자 봉투를 내밀었다.

소녀는 과자 봉투 쪽으로 손을 뻗었지만 그 안에 손을 넣지 못했고, 손이 몇 번이나 허공을 갈랐다.

"바로 먹여줄게……."

나는 과자를 하나 집어 그녀의 입에 설며시 가져다 댔다.

소녀는 천천히 입을 열어 과자를 먹으려다.

그대로……, 입을 멈췄다.

"……어?"

내 손가락에서 떨어진 과자가 땅바닥을 굴렀다.

어떻게 된 건가 하는 생각에 조심조심 그녀의 볼을 만졌다.

마른 나뭇가지 같던 소녀의 몸은 겨우 그것만으로도 쓰러졌다.

움직이지 않는다.

"…………어?"

쓰러진 소녀는 그대로 움직이지 않았다.

잠들어버렸다고 생각하고 싶었다.

하지만 그녀는 두 눈을 뜨고 있었고.

눈에는 빛이 전혀 보이지 않았고.

땅바닥에는 모래나 먼지가 깔려 있는데도 그녀의 입이나 코 근처에서는 모래가 전혀 움직이지 않았고.

어느새 개미가 소녀의 얼굴에 기어 다니고 있었다.

"어, 어……?"

그녀의 바싹 마른 손목에선……, 맥박이 뛰지 않았다.

이름도 모르는 소녀는 내 눈앞에서 굶주리고, 앙상해진 채.

…………죽었다.

제1화 고독(蠱毒)의 오아시스

ㅁ[장갑 조종사(아머 드라이버)] 유고 레셉스

2045년 4월 초.

내 시작 지점이자 언니와 동료들이 있는 황국을 떠난 지 내부 시간으로 한 달. 스승님인 [격추왕(에이스)] AR·I·CA의 퀘스트, 보물수 구슬 수색에 휘말린 지 3주일.

사막을 넘거나, 〈유적〉에 들어가거나, [고위조종사(하이 드라이버)] 만렙을 찍고 [장갑 조종사]로 전직하거나, 이런저런 일들이 있었다.

그리고 지금, 우리는 첫 번째 구슬을 회수한 헬마이네를 떠나 두 번째 구슬이 있는 것으로 보이는 상업도시 콜타나에 와 있었다.

이 콜타나는 거리에 다양한 상점이나 바자가 늘어서 있는 장사의 도시이며 카르티나 중에서도 가장 부가 밀집된 곳이다. 결투도시의 4번가 분위기를 도시 전체로 확장해놓은 곳 같았다.

"이런 도시라면 그 구슬처럼 신기한 물건이 한두 개쯤은 흘러들어와도 이상할 게 없겠지만……, 골치 아픈 일도 늘어날 것 같네."

나는 카페 테라스에서 콜타나 거리를 바라보며 마음속에 품고 있던 걱정거리에 대해 중얼거렸다.

뭐, 〈Infinite Dendrogram〉 안에 골치 아픈 일과 전혀 인연

이 없는 곳은 별로 없겠지.

"유고, 밥 안 먹어?"

"아, 먹을 거야. 잠깐 생각을 좀 하던 것뿐이니까."

지금 우리는 오전에 쇼핑을 마치고 점심 때 스승님과 만날 겸 잠시 쉬고 있다.

내게 식사를 권한 큐코는 바닐라 아이스크림……이었던 것을 먹고 있다.

사막 지대의 더위 때문에 아이스크림은 곧바로 녹아내렸다. 그녀도 처음에는 다 녹기 전에 먹으려 했지만, 결국 포기하고 셰이크처럼 된 아이스크림을 철퍽철퍽 떠먹고 있었다.

그래도 본인은 만족하는 것 같다. 하얗기만 하면 상관없는지도 모르겠다.

"다행이네. 수리용 파츠를 사서."

입 주위를 하얗게 물들인 채 큐코가 내게 그렇게 말했다.

그녀가 방금 말한 건 좀 전에 상점에서 구입한 〈마징기어〉의 파츠 이야기다.

내 [화이트 로즈]와 스승님의 [블루 오페라], 언니가 오더 메이드로 만든 〈마징기어〉에는 크게 나누어 두 종류의 부품이 쓰이고 있다.

한 가지는 언니가 [화이트 로즈] 전용으로 만든 새로운 파츠. 비용이 막대하게 들어간 대신 오리지널 황옥마처럼 어느 정도 자동으로 수복되는 기능이 있다.

다른 한 가지는 기존 제품의 파츠. 이쪽은 [마셜Ⅱ]와 같은 부품을 사용하며 파츠를 교환해서 정비하는 식이다.

전부 자동적으로 수복되게끔 하지 못한 이유는 기술적인 문제일 것이다.

현실과 이쪽 지식을 융합시켜 로봇을 만드는 〈예지의 삼각〉도 선선대 문명의 명공 플래그만의 영역에는 아직 도달하지 못했다는 뜻이다.

그런 사정 때문에 소모품인 파츠를 사야만 하는데, 드라이프에서 멀리 떨어져 있는 카르디나에서는 입수 난도가 높다.

하지만 다행히도 스승님에게 배운 지식 중에서 세 가지밖에 없는 유익한 지식 중 하나가 '카르디나에서 품질이 좋은 〈마징기어〉 파츠를 보유하고 있는 가게를 알아보는 법'이었기에 무사히 입수할 수 있었다(그리고 나머지 두 가지는 '조종 요령'과 '카르디나 내부의 조종사 계통으로 전직이 가능한 크리스탈이 있는 〈유적〉 위치'였다).

〈고즈메이즈 산적단〉을 토벌했을 때 받은 돈도 아직 남아 있기에 파츠 자체는 문제 없이 구입할 수 있었지만…….

"……황국군에 납품한 순정 파츠가 카르디나 상점에 진열되어 있는 건 문제가 있지."

대체 어디서 어떻게 흘러들어 온 걸까. 이래서 이 나라의 유통 경로는 무시무시하다. 황국뿐만이 아니라 다른 나라도 골치 아파하고 있을 것이다.

"그건 그렇고, 늦네."

"……그래."

우리가 이 가게에 온 것은 스승님의 지시였다.

스승님은 어젯밤에 '구슬이 어디 있는지 찾아보고 올게!'라는 말을 남기고 이곳, 콜타나의 시장 저택으로 향했다.

어젯밤 안에 돌아오지 않으면 아침이나 점심 때쯤 이 가게에서 만나기로 약속했고, 우리가 아침에 왔을 때는 스승님이 아직 오지 않았기에 먼저 파츠를 구입하기로 했던 거다.

다시 가게에 온 지금도 없지만.

"스승님의 시간 감각이 느슨한 걸까, 아니면 무슨 일이 생긴 걸까."

"음~, 반반?"

그렇겠지. 스승님이니까.

파일럿으로서의 실력은 초일류지만, 인격은 믿을 수 없는 타입이다.

문제가 생겼다기보다 '여자애랑 놀다 보니 늦어버렸네~' 쪽 확률이 더 크기도 하고.

"얏호~. 유 쨩 큐 쨩, 기다렸지~♪"

"스승님! …………아."

그런 생각을 하고 있자니 스승님이 가게 안으로 들어와 우리 테이블에 앉았다.

그런데…….

"아니~, 조사를 하다가 애를 먹어서 말이야~."

"그러셨군요. 그런데 스승님."

"왜애~?"

"목덜미."

내가 지적하자 스승님은 목덜미를 손으로 누르며 얼버무리듯이 웃었다.

그건 아무리 봐도 키스 마크였다.

"시장의 저택에서 즐거운 시간을 보내고 오신 모양이네요."

"몸매 좋고 동안인 메이드가 있길래~. 꼬셔서 아침까지 수다를 떨었어!"

그러셨군요. 수다(필로우 토크)가 정말 즐거우셨던 모양이에요.

"죽어버리면 좋을 텐데."

"큐는 정말 엄하구나! 그래도 확실하게 알아 왔어!"

스승님은 메이드와 하룻밤 동안 수다를 떨면서도 일은 제대로 하고 온 모양이었다.

"그래서 스승님. 확실한가요?"

스승님은 구슬이 어디 있는지 찾아보고 온다며 시장이 있는 곳으로 갔다. 처음에는 시장에게 협력을 받을 생각인가 싶었는데, 스승님이 떠난 동안 아니라는 걸 눈치챘다.

그 카지노 사건 때처럼 이럴 때 스승님은 이미 정보를 파악하고 있다.

그러니 아마 처음부터 '구슬이 있는 곳'이 시장의 저택이라는 사실을 예상하고 갔을 것이다.

"후후후. 나를 꽤 잘 알게 되었구나~. 그 녀석, 분명히 구슬을 숨기고 있을 거야. 안 그랬으면 빈틈을 봐서 암살할 기회를 노리거나 메이드에게 독을 먹이게끔 시키지도 않았을 테니까."

약간 놀랐다.

"……독을 먹이게 했다고요?"

"응. 하지만 먹지 않고 꼬셔서 넘어오게 했지. 엄청 야하고 귀여웠다니까!"

"이 스승님은 진짜……."

독살당할 뻔해놓고 그렇게 아무렇지도 않다는 듯이…….

스승님의 〈초급 엠브리오〉인 카산드라에게 보이는 것은 '미래'가 아니라 '위험'이니 독살 같은 건 스승님에게 가장 소용이 없는 암살 방법이라 할 수 있다.

……결국 생각해보면 스승님이 아니더라도 독살 정도는 [쾌유 만능 영약(에릭실)]로 회피할 수 있지만.

그렇다면……, 독살 미수는 그 시장의 경고 같은 건가?

"시장이 구슬을 숨기고 있는 이유는 이해가 돼. 미리 알아본 평판이 사실이라면 이곳에 있는 구슬은 돈과 권력을 가지고 있는 녀석들이 가장 욕심낼 만한 거니까!"

"구슬……, 〈UBM〉의 능력은 이미 조사해두셨나요?"

"그래. 나돌고 있는 구슬 중 몇 가지는 능력의 정보까지 퍼졌어. 여기에 있을 구슬도 그중 하나고. '사용한 자에게 건강한 삶을 주고, 새롭고 영원한 삶까지 준다'라는데."

건강한 삶과 새롭고 영원한 삶.

부와 권력을 지닌 자는 죽음을 두려워하게 된다.

노화, 병 등으로 인해 가지고 있는 것을 잃게 되는 걸 두려워한다.

그러니 가장 욕심낼 만한 거라고 해도 과언은 아닐 것이다.

"실제로 효과가 있는 것 같아. 아니, 그 시장은 자기가 쓰고 있거든!"

"?"

"이게 자료로 가져온 시장의 사진이야."

사진에는 눈 아래에 다크서클과 황달이 있고 피부가 거친 데다 살이 매우 많이 찐 남자가 찍혀 있었다. 불규칙한 삶을 형태로 나타낸 듯한 외모였다.

"그리고 이게 어젯밤에 몰래 찍은 시장. 참고로 나이는 70세."

"……, 네에?!"

사진에 찍혀 있던 것은 아무리 높게 잡아도 40대 정도로만 보이는 중년 남자.

활기가 넘치고 피부도 반질반질해서 매우 건강해 보인다.

도저히 같은 사람 같지 않았다. 회춘했다는 정도가 아니다.

"구슬에 대해 시치미를 뗄 만도 하지~. 잃게 되면 되돌아가 버릴지도 모르니까."

"……그래도 스승님은 〈세피로트〉잖아요? 그런데도 모르는 척하던가요?"

〈세피로트〉. 카르디나에 소속된 아홉 명의 〈초급〉이 한데 모여 있으며 〈Infinite Dendrogram〉에서도 최강의 위치에 있는 클랜.

그와 동시에 카르디나 의회……, 라 플라스 판타즈마 의장 직속의 최고 전력이기도 하다.

스승님 말에 따르면 이번 구슬처럼 국제 문제를 일으킬 수도 있는 퀘스트를 〈세피로트〉가 맡을 때는 미리 의장에게 허가를 받을 필요가 있다고 한다.

그리고 이번에 스승님에게 구슬 회수 의뢰를 한 건 겉으로는 어떤 상회의 회장이지만, 그 뒤에는 의장이 있는 것 같다.

첫 번째 구슬처럼 외국의 마피아가 관여한 케이스는 별개로 치더라도 이번처럼 시장……, 의회의 관계자가 가지고 있다면 퀘스트 수행을 위해 협력을 받을 수 있을 줄 알았는데.

"아하하~. 유 쨩은 아직 카르디나라는 나라를 제대로 이해하지 못했구나?"

스승님은 그렇게 말하며 카르디나의 지도를 보여주었다.

"카르디나는 도시국가의 연합이니까. 이곳, 콜타나처럼 선거로 뽑히는 경우도 있고, 세습제인 곳도 있긴 한데. 어찌 됐든 각각 하나의 국가이고, 시장은 왕이야."

도시국가연합 카르디나는 의회……, 카르디나의 시장들에 의한 합의제로 운영되고 있는 작은 나라의 집합체.

7대 국가 중에서는 유일한 정치 형태다. ……아, 내부에서 군웅할거가 이루어지고 있는 천지는 패스하고.

"……카르디나로 한데 묶더라도 도시마다 치외법권이 적용된다는 건가요?"

"약간 달라. 카르디나라는 틀 안에서 규칙을 어기면 당연히 벌을 받게 되지. 하지만 이곳 시장은 '나는 그렇지 않다'라고 큰소리를 치고 있고, 실제로도 거의 그러니까~."

"?"

"유 쨩은 드라이프에서 시작했을 때 어디에 로그인했어?"

"그야 반델헤임이죠."

국가를 선택한 뒤에는 그곳의 수도에서 시작하는 게 당연하다.

"그래, 그래. 나도 그랬지. 하지만 카르디나에서는 이곳, 콜타나가 시작 지점이거든~."

"네?"

"카르디나의 의회 소재지이자 수도인 드래그노마드는 이곳저곳으로 **이동**하니까. 도시 주변 몬스터의 레벨이 바뀌기도 해서 초보의 시작 지점으로 적합하지 못하거든."

"수도가, 이동한다고요……?"

그게 대체 무슨…….

"수도에는 언젠가 들를 테니까 자세한 이야기는 그때까지 기대하도록 해. 분명히 깜짝 놀라겠지만."

"네에……."

"뭐, 그래서 이곳, 콜타나는 카르디나 제2의 도시이자 상업의 중심지, 그리고 〈마스터〉들의 시작 지점인 거야. 중요도가 매우 높지. 벌을 주기 힘들 정도로 말이야."

"…………."

수도를 다스리는 의장과 수도나 마찬가지인 도시, 콜타나를 다스리는 시장. 앞서 말했듯이 각 도시는 작은 국가이며 정치적인 직책을 제외하면 서로가 동격인 왕이라는 뜻이다.

그런 상대에게 권력을 휘두르면 카르디나라는 나라 그 자체에 큰 영향이 생긴다는 건가?

"그럼 어떻게 하실 건데요?"

"'그 녀석은 분명 구슬을 숨기고 있어요'라고 의장에게 보고하고 끝낼 수도 있겠지만, 그럼 너무 불공평하잖아. 당연히 회수해야지!"

"어, 그래도……."

"아니, 아니, 유 짱. 시장은 말이야. 내게 '구슬 같은 건 모른다', '이 도시에 있을 리가 없다'라고 했잖아. 그러니까."

스승님은 그렇게 말하고 웃은 다음.

"———알지도 못하고 있을 리가 없는 물건이 사라지더라도 불평하진 못하겠지♪"

시장에게서 구슬을 강탈하겠다고 선언했다.

"……에휴."

내 입에서 한숨이 나오는 걸 막을 수가 없었다.

스승님의 표정은 헬마이네에서 구슬을 가지고 있던 황하 마피아의 카지노에 쳐들어갔을 때와 똑같았다.

이 스승님은 누구보다 위험을 정확하게 알아차릴 수 있는 〈엠브리오〉를 가지고 있는데도 스릴이나 위험한 것을 정말 좋아한다는 사실을……, 최근에 함께 다니며 잘 알게 되어버렸다.

뭔가 할 때는 안전이나 차선책 같은 걸 잔뜩 깔아두는 언니와는 정반대다.

오히려 그렇게 정반대이기 때문에 친구가 된 걸까?

……분위기는 좀 비슷하지만 말이지. 언니는 일종의 롤플레이 같은 거지만.

"어이쿠. 유 쨩, 혹시 내가 스릴을 느끼며 얏호~, 하기 위해서 시끌벅적하게 굴려는 거라 생각하는 거야?"

"……아닌가요?"

"맞아! 하지만 그뿐만이 아니거든~."

"?"

"시간이 없으니까. 보고만 하고 끝내면 뒤처져버릴 것 같고."

시간……, 뒤처져?

"유 쨩. 이 구슬 수색 퀘스트 말인데……, 이건 딱히 나와 유 쨩이 둘이서 떠나는 낭만적인 모험 같은 게 아니거든."

"……애초에 저는 휘말렸을 뿐인데요."

"그래, 그래, 그건 포기하고. 그래서, 솔직히 말하자면 이 퀘스트에는 라이벌이 있어요."

"라이벌?"

"나돌고 있는 구슬 중 몇 가지는 효과까지 알고 있다고 했었지?"

"네."

"세상에는 그 효과에 눈이 돌아가서 욕심을 내는 녀석들도 있거든."

"……녀석들이란 게 누구죠?"

"구체적으로 말하자면, '물을 흙으로 바꾸는' 구슬을 욕심내서 그란바로아가 움직이고 있는 것 같고, '몬스터를 《인간화》시키는' 구슬을 욕심내서……, 레전더리아의 변태가 와 있다는 정보도 있단 말이지."

"!"

다시 말해 이번 구슬 구색은 쟁탈전이며, 스승님 말고도 다른 〈초급〉이 나올 가능성이 충분히 있다는 뜻이다.

그리고 스승님이 하고 싶은 말은…….

"이 도시에 있는 구슬도 누군가가 노리고 있는 건가요?"

"그럴 가능성은 충분히 있지~."

이 도시에 있는 것은 '사용한 자에게 건강한 삶을 주고, 새롭고 영원한 삶까지 준다'는 구슬이다.

욕심내는 사람은 많기야 하겠지.

"대체 뭐가 나올지는 시간이 지나봐야 알겠지만 말이지~. 가능하면 만나고 싶지 않네~."

왠지 신이 난 듯한 목소리에 매우 기분 나쁜 예감이 들었다.

앞으로 다가올 미래에 그날 밤 기데온보다 처참한 전투가 기다리고 있을 것 같아서……, 소름이 끼쳤다.

◆◆◆

■상업도시 콜타나

카르디나에서 두 번째로 큰 규모를 자랑하는 도시, 콜타나.

그것은 〈카르디나 대사막〉 중앙에 있는 거대 오아시스를 따라 형성되어 있으며, 영양분이 풍부한 토양으로 번창했다.

이곳 콜타나나 도박도시 헬마이네가 그랬던 것처럼, 카르디나의 도시는 수도인 드래그노마드를 제외하면 모두 사막의 오아시스에 인접해 있다.

뜨거운 데다 넓기만 한 게 아니라 흉폭한 웜이 서식하는 〈카르디나 대사막〉에 어째서 이런 오아시스……, 안전지대가 있는 것일까.

여러 가지 설이 있지만, 가장 유력한 것은 '세이브 포인트의 영향'이라는 설이다.

지금은 다른 세계로 이동하는 〈마스터〉들의 귀환 지점으로 알려진 세이브 포인트도 존재 자체는 예전부터 있었다.

그것도 각 나라의 도시가 형성되기 전부터 있었던 것이다.

신기하게도 세이브 포인트 주변의 환경은 사람들이 생존하기 편한 상태로 유지된다.

마치 세이브 포인트를 기준으로 누군가가 주변의 환경을 조정하고 있는 것처럼.

그렇기 때문에 오랜 역사 속에서 사람들은 살기 편한 세이브 포인트 주변에 자리 잡았고, 수백 년에 걸쳐 도시가 형성된 것이다.

처음에는 세이브 포인트라고 부르지 않았던 곳도 언젠가부터 그런 이름으로 부르게 되었다.

제일 먼저 '세이브 포인트'라는 말을 꺼낸 게 누구인지는 역사에 남겨져 있지 않다.

앞서 말했듯이 이곳, 상업도시 콜타나는 카르디나 제2의 도시……, 보기에 따라서는 제1의 도시이다.

사막 안에 있는 물과 금화의 도시 콜타나는 카르디나에서도 특히 축복받은 입지 조건을 지니고 있다.

하지만 그렇게 축복받은 토지에서도 카르디나의 더위로부터 도망칠 수 있는 건 아니다. 오아시스 덕분에 사막보다는 기온이 낮긴 하지만, 그래도 다른 나라와 비교하면 무더위라고 할 수밖에 없을 정도로 덥다.

익숙한 사람들도 땀을 흘리고, 다른 나라에서 찾아온 사람들은 더위를 먹는 걸 피할 수 없을 것이다.

지금, 땡볕 아래를 걸어가고 있는 2인조 중 한 명……, 터벅터벅 걸어가고 있는 소녀도 마찬가지였다.

그 소녀는 새빨간 드레스를 입고, 어린이용 신발을 신고, 머리카락에는 큼직한 리본을 달고 있었다.

복장 때문인지 땀이 뚝뚝 흘렀다.

"으으, 뎌워어. 녹아버릴 거 같다구우……."

외모로 보기에 열 살 정도 같지만, 그녀의 입에서 나온 말은 몇 살은 더 어리게 들렸다.

일부러 하는 것 같지는 않다. 그녀 옆에서 그 말을 들은 사람은 '말을 잘 못해서 자연스럽게 혀짧은 소리가 나온다'라는 느낌을 받았을 것이다.

"눈이 많이 오는 '드라이프'에 가고 싶어어. 그리고……, 바다에 있는 '그란바로아'. ……아."

더위 때문에 고생하던 소녀는 자신과 손을 잡고 걸어가던 사람―――, 30대로 보이는 어른 남자를 올려다보았다.

"챵 아조씨. 그 '오아시스'에서 헤엄치면 안 돼?"

소녀가 묻자 손을 잡고 있던 남자가 고개를 저었다.

"……카르디나의 오아시스는 원칙상 수영 금지다. 그건 모든 주민들이 마시는 물이니까."

"그렇구나아. 그럼 어쩔 수 없지……."

소녀는 떼를 쓰지도 않고 그렇게 말한 다음 다시 터벅터벅 걷기 시작했다.

"……저기 과실수를 파는 카페가 있다. 잠깐 쉴까?"

"그래도 돼?! '아이슈크림' 있어?!"

"있긴 할 텐데, 금방 녹을 거다."

"그럼, 얼른 먹어야겠네!"

소녀는 그렇게 말하고 잡고 있던 손을 놓은 다음, 지금까지보다 훨씬 가벼워진 발걸음으로 카페를 향해 달려갔다.

그 뒷모습을 보며 남자―――, [대령도사(그레이트 소울 타오시)], 챵 잔치가 중얼거렸다.

"……역시 좀처럼 믿기지 않는군. 거짓말이 아니라는 건 알고 있다만."

그는 소녀의 뒤를 따라가며 일주일 전……, 자신이 지금 맡은 일을 시작하게 되었을 때를 떠올렸다.

◆◆◆

■1주 전 카르디나 모처

황하 마피아 〈신기루〉의 카르디나 지부장이었던 챵은 꿈속에서 시달리고 있었다.

그가 꿈속에서 체험하고 있던 것은 날아오른 푸른 기체와의 전투.

그의 별명이자 힘과 기술의 결정인 다섯 마리의 용을 잃어가는 광경.

그리고 그가 온 힘을 다해 날린 오의는 푸른 기체에 닿지 않았고.

———푸른 기체가 날린 포탄이 그의 오른팔을 찢고 날려버렸다.

"……아!"

그때, 그는 깨어났다.

악몽에 시달려서 그런지 온몸에 땀이 잔뜩 났다는 게 느껴졌다.

그 몸을 닦기 위해 몸을 일으키려다…….

"이게 뭐지?"

그는 자신이 침대 위에 묶여 있다는 걸 눈치챘다.

그리고 깨어난 직후보다 자신의 상태를 더욱 명확하게 파악했다.

그의 온몸에는 많은 상처 자국이 있었다. 지금까지 벌여온 전투로 인해 생긴 게 대부분이긴 했지만, 그중에는 깨어나기 전에는 보지 못했던 것도 있었다.

그리고 가장 큰 차이로……, 오른팔 팔꿈치 아래쪽이 없었다.

"……그래, 그게 꿈이 아니었군."

챵은 '창궁가희'와 벌인 전투에서 참패하고 비참하게 살아남았다는 사실을 눈치챘다.

새로 생긴 수많은 상처 자국은 [포션]이나 회복 마법으로 상처를 치료한 흔적이며 오른팔은 치료하지 못했다는 사실을.

"…………."

챵은 고개를 움직여 보이는 범위 내에서 주위를 확인했다.

그가 있는 곳은 그리 넓진 않지만 깨끗한 방이었고, 병실이라고 하는 게 가장 적합한 표현일 것 같았다. 침대에 묶인 것을 제외하면 지금 그에게 어울리는 곳이었다.

그는 이 방을 본 적이 없었다.

(이곳이 병실이라면, 누군가가 나를 구해준 건가?)

가장 먼저 생각한 건 부하였지만, 그건 있을 수 없는 일이다.

그 '창궁가희'에게 내가 패했다면 부하들도 마찬가지로 패배했을 것이다.

다른 비합법 조직도 아닐 것이다. 헬마이네에서 무투파로서 다른 조직을 위협하던 챵이 죽을 위기에 처했다면 좋은 기회로 보고 숨통을 끊으려 했을 테니.

그렇다면 선량한 일반 시민……, 챠은 그 답이 제일 말도 안 된다고 생각하며 자조했다.

그런 사람들이 구해줄 정도로 덕을 쌓으며 살아오지는 않았으니까.

챠이 자신을 구해준 존재를 자신의 기억에서 떠올리지 못한 뒤.

"여. 정신이 들었나? 챠 잔치."

그의 이름을 부른 남자가 병실로 들어왔다.

척 보기에도 정상적인 직업을 가진 사람은 아니었다.

몸에는 회색 패션 정장을 입고 있었다. 가끔 〈마스터〉가 주문 제작하기 때문에 옷의 종류로는 존재하지만, 이 〈Infinite Dendrogram〉에서 그것을 사회인의 의복으로 채용한 나라는 없다.

정장 위에 걸친 것은 특전무구로 보이며 질감이 기묘해 보이는 트렌치코트.

머리에는 갱스터 햇을 쓰고 있었다.

그런 모습을 종합해보면……, 그 남자는 암흑사회의 주민으로 보이는 옷차림이었다.

키는 어림잡아 160센티미터 정도로 그리 크지 않았고, 얼굴도 이제 막 스무 살을 넘긴 것 같은 동안이다. 하지만 오히려 그것들이 그에게서 느껴지는 위압감의 성질을 바꿔주는 역할을 하고 있었다.

왼쪽 손등에는 '맞물린 톱니바퀴'의 문장……, 〈마스터〉라는 사실을 나타내주는 문장이 있었다.

그와 동시에 챠은 눈치챘다.

(이 남자는 나보다 훨씬 더……, 강하다.)

그 '창궁가희'와 비교하면 어느 쪽이 더 강할까.

지금 자신이 판단할 수 없을 정도의 힘이 남자에게서 느껴지고 있었다.

"이제 이야기는 할 수 있나?"

"……그래."

"그렇군. 그럼 우선 자기소개부터 하도록 하지. 나는 라스칼 더 블랙오닉스라는 자다. 당신에게는 [기신(더 웨폰)]이라고 하는 게 더 알아보기 편하려나?"

"?!"

남자가 말한 이름을 들은 챠은 경악했다.

카르디나의 암흑사회에 몸담은 사람 중 그 이름을 모르는 자는 없기 때문이다.

[기신] 라스칼 더 블랙오닉스.

〈유적〉의 탐색을 생업으로 삼고 있는 〈초급〉.

그와 동시에 〈유적〉에서 출토된 아이템……, 특히 무기 매매로 널리 알려져 있으며 암흑사회의 이름난 조직들에게 그의 무기가 흘러 들어가고 있다.

게다가 탐색한 뒤에 〈유적〉을 파괴하는 것으로도 유명해서 그 죄로 인해 각 나라에서 지명수배되었지만……, 아직 쓰러진 적이 없는 남자.

그리고…….

"자, 알고 있을지도 모르겠지만, 나는 〈IF〉라는 클랜의 서브 오너를 맡고 있다."

지명수배된 〈초급〉만을 모아둔 최강의 범죄자 클랜, 〈IF〉의 넘버2로도 유명하다. 넘버1인 [범죄왕]이 감옥에 있다는 사실을 고려하면 실질적인 톱이라고도 할 수 있을 것이다.

"〈IF〉……."

"그렇다. 당신에게서 황하의 국보……, 〈UBM〉 구슬을 받기로 했던 클랜이지."

그런 이야기가 있긴 했다. 황하의 본부에서 그 구슬을 받고, 〈IF〉에게 넘기는 거래를 통해 연줄을 만드는 역할을 맡고 있었다.

그 뒤로 〈신기루〉와 〈IF〉가 뭘 할지는 챵도 듣지 못했지만…….

"……미안하다."

"?"

"나는, 그 구슬을 빼앗겼다……. 거래를 성립시킬 수가 없다."

챵은 '창궁가희'와 벌인 전투 때 그 구슬을 사용했다.

그리고 챵은 패배했고……, 구슬은 오른팔과 함께 '창궁가희'에게 빼앗겼다.

"그래도 부탁하마! 내 목숨을 주지! 그러니 부디 조직과의……, 〈신기루〉와의 거래를 다시 생각해주면 안 되겠나!"

챵은 자신의 실패로 인해 자신이 인생을 바쳤던 조직과 〈IF〉가 충돌을 일으키게 만들 수 없다고 생각했다.

〈신기루〉는 황하 최대의 암흑 조직이다. 하지만 챵이 몸소 〈

초급〉의 실력을 알게 된 지금, 무투파 〈초급〉들이 한데 모인 〈IF〉와 맞서 싸우면 멸망당할 수밖에 없다는 사실은 이미 짐작하고 있었다.

그래서 그는 자신의 목숨을 바쳐 그 결말을 피하려 했지만.

“그런가? 하지만 결론부터 말하자면, 이미 〈신기루〉와 거래할 수는 없다.”

그 대답을 들은 챵이 절망하려던 참에.

“왜냐하면, 〈신기루〉라는 조직 자체가 이미 존재하지 않기 때문이다.”

절망을 넘어선 말, 이해를 거부하고 싶어지는 말이 이어졌다.

그 이후로 라스칼은 챵에게 그가 의식을 잃고 있던 2주 동안 일어난 일에 대해 말해주었다.

황하가 본격적으로 〈신기루〉 토벌에 나선 것.

[무희(댄싱 프린세스)] 후우리가 이끄는 〈후우리 우민군〉으로 인해 황하 내부의 거점이 전부 박살 났다는 것.

그리고 간부들은 조직에서 최강이었던 [아신(더 팽)]까지 포함해서 모두 살해당하거나 붙잡혔고, 〈신기루〉의 톱인 향주 또한 사로잡혔다는 것.

게다가 지금쯤은 취조가 끝나서 처형이 집행되었을 것이라는 사실까지.

“………….”

이미 묶여 있던 침대에서 풀려난 챵은 남은 왼팔로 얼굴을 감싸며 소리 없이 울고 있었다.

자신이 지금까지 생애를 바쳐온 조직이 이미 흔적도 남지 않았다는 사실이 슬퍼서 울었다. 자신이 아무것도 하지 못했다는 사실에 무력감을 느끼며 울었다.

혹시나 자신이 '창궁가희'를 쓰러뜨리고 〈IF〉와의 거래를 성립시켰다면 다른 결말을 맞이할 수 있지 않았을까, 그런 생각을 하며 울었다.

"챵 잔치. 마음이……, 풀리진 않았겠지만, 이야기를 계속해도 되겠나?"

"…………그래."

울어서 빨갛게 부은 눈으로 챵이 라스칼을 보았다.

"귀공은 내 목숨을 구해준 은인이다. 그러니 나 자신의 어리석음을 한탄하기보다는 말에 귀를 기울여야겠지."

"사실대로 말하자면, 당신을 구한 건 내가 아니다. 당신과 거래할 예정이었던 다른 서브 오너가 구해냈지. 나는 그 녀석이 데리고 온 당신을 돌봐주라는 말을 들었다."

그 서브 오너……, [도적왕(킹 오브 밴디트)] 제타는 이미 카르디나에는 없다. 서방의 왕국, 황국 사이에서 벌어질 사건에 개입하기 위해 이미 이곳을 떠났다.

"그렇군……. 하지만 은인인 건 마찬가지지."

"뭐, 그렇게 생각해도 상관없긴 하다만. 그래서 본론 말인데, 〈IF〉가 당신을 구해낸 건 〈IF〉에 가입해줬으면 하기 때문이다."

"……뭐라고?"

그것은 챵이 전혀 예상하지 못했던 말이었다.

오히려 귀를 의심했다.

"하지만 정식 멤버는 아니다. 우리는 일단 '지명수배당한 〈초급〉 한정'이라는 조건으로 멤버를 받고 있다. 이른바 브랜드가 있단 말이지. ……뭐, 그렇게 멤버를 좁혀도 답이 없을 정도로 능력을 낭비하는 바보도 있긴 하다만. ……하아."

라스칼은 뭘 떠올린 건지 피곤하다는 듯이 한숨을 쉬었다.

그가 무엇에 대해 그런 마음을 품고 있는지, 챵은 알 수가 없었다.

"미안하군……. 하던 이야기를 다시 하자면, 당신은 우리 서포트 멤버가 되어줬으면 한다. 클랜에는 들어오지 않더라도 클랜의 활동을 보조해주는 입장이다. 그 멤버들은 거의 대부분이 티안이고, 숫자도 꽤 된다."

"……하지만 지금 나는 아무것도 없다. 모셔야 할 조직도, 부하도 잃었고."

"그래도 당신의 기교와 레벨은 사라지지 않았지. 예외가 몇 명 있긴 하지만, 기교라는 점만 놓고보면 〈마스터〉들은 티안에게 뒤처지니까. 우리는 당신 자체를 원한다."

'창궁가희'에게 패배하고, 모시던 조직을 잃고, 자신감을 상실한 챵.

그런 그에게 라스칼은 진지한 태도로 계속 스카우트를 시도했다.

"……내 초급 직업, [대령도사]를 원하는 거라면 목숨을 끊도록 하지. 그러면 자리가 생긴 것을 금방 알아챌 수 있으니 〈IF〉가 [대령도사] 자리를 놓고 벌이는 쟁탈전에서도 우위를 점할 수 있을 거다.”

“아니. 그러면 곤란하다. 우리 동료 중에는 [대령도사]가 될 만한 녀석이 현재 아무도 없으니까. 당신이 죽으면 다른 〈마스터〉에게 초급 직업이 넘어가게 된다. 그러면 다시 넘어오지 않을 테니까. 그건 정말로 곤란하다.”

그 말은 '조건에 맞는 〈마스터〉가 동료 중에 있었다면 바로 죽어달라고 할 가능성도 있었다'는 말이나 마찬가지였지만, 챵은 그 사실을 딱히 신경 쓰지 않았다.

“그럼 나는 어떻게 되지? 너희 동료 중에 [대령도사]가 될 수 있는 자가 생길 때까지 쇠창살 안에 들어가 있으면 되나?”

“그건 인적 자원의 낭비다. 좀 전부터 말했듯이 우리는 당신 자체가 동료로 들어왔으면 한다. 우리는 인재가 아무리 많아도 부족하니까.”

“어째서지? 〈초급〉이 한데 모인 조직에서 왜 티안에 불과한 나를 그렇게까지 원하지?”

“……그래. 우선 그것부터 터놓고 이야기했어야 했겠군.”

라스칼은 그렇게 말한 다음 챵의 두 눈을 빤히 바라보았다.

그리고 천천히……, 〈IF〉의 근본에 대해 말하기 시작했다.

“우리, 〈IF〉의 목적은…….”

◆

그렇게 10분 정도에 걸쳐 라스칼은 챵에게 자신들의 목적에 대해 말했다.

"이상이 우리가 하려고 하는 것들이다."

"…………."

라스칼이 한 이야기를 다 듣고……, 챵은 조용히 납득하고 있었다.

그들이 〈신기루〉와 거래를 하려던 이유도 이해할 수 있었다.

(그렇군, 들어맞는다. 그렇다면 조직의 움직임도, 그들의 움직임도 이해할 수가 있다.)

라스칼이 거짓말을 하지 않았다는 사실은 챵이 직업 특성상 최대 레벨로 얻어둔 《진위 판정》에 반응이 없다는 걸 보더라도 분명하다.

스킬이 아니라 수많은 악당들을 봐온 챵의 경험으로도……, 라스칼이 전부 솔직하게 말했다는 걸 알 수 있었다.

"……그렇군."

〈IF〉에게 〈신기루〉의 계획은 그들의 목적을 위한 후보 중 하나에 불과했을 것이다. 그럼에도 불구하고 챵은 〈IF〉 쪽에도 협력할 의지가 있었다는 걸 이해했다.

타이밍이 안 좋게도 챵이 패배하고 〈신기루〉 자체도 연계하기 전에 황하에게 박살 나버렸지만.

"그래서 말이지. 우리는 당신 같은 인재가 필요하다."

"……한 가지만 묻고 싶군."

"뭐든 물어보도록 해."
"지금……, 후보 중에 가장 유력한 곳은 어디지?"
"천지다."
"그런가……."
곧장 돌아온 대답에 챵은 눈을 감았다.
다시 떴을 때……, 거기에는 강한 의지가 깃들어 있었다.
"그렇다면 언젠가 황하와 맞서 싸울 때, 나를 전선에 내보내 다오. 그것만 약속해준다면 나는 〈IF〉의 산하로 들어가도록 하지."
"약속하마."
챵의 눈은 황하에 대한 전의로 타오르고 있었다.
그것은 복수 같은 어두운 의지가 아니었다.
(……훗. 〈신기루〉가 대대로 내걸고 있던 황하 타도, 나는 그게 현실적이지 못하다고 생각했을 텐데. 하지만 역시……, 나도 〈신기루〉의 일원이었던 건가?)
자신이 생애를 바친 〈신기루〉.
조직의 마지막 한 사람으로서 조직이 이루어낼 예정이었던 원대한 계획을 자신의 손으로 이루어낸다.
챵은 그것을 위해 그들의 산하로 들어가 살기로 결심했다.
"하지만 전선에 내보낸다고 해서 죽을 생각은 하지 마라. 인재가 아까우니까."
"그래. 나도 알고 있다."
챵은 그렇게 말하고 라스칼……, 새로운 동료의 손을 잡았다.
"당신들의 산하로 들어가도록 하지, 라스칼 님."

"님처럼 딱딱한 호칭은 필요 없다. 당신이 나이도 더 많으니까. 라스칼이라고 부르면 된다."

"그러면……, 그냥 이름으로만 부를 수는 없으니 라스칼 씨라고 부르도록 하지."

챵은 '라스칼 공'이라는 호칭도 생각해 보았지만 그것도 분명히 라스칼의 기준으로는 '너무 딱딱한 호칭'이라고 할 것 같다는 생각이 들었다.

"그런가? 뭐, 호칭이 어찌 됐든 당신은 편한 부류에 들어가니 좋다. 우리 쪽에 와준 것에 대해 고맙다는 인사를 하도록 하지. 곧바로 계약을 해도 될까?"

"물론이지."

그렇게 이야기를 주고받은 다음, 라스칼이 [계약서]를 꺼냈다.

그것은 암흑사회의 구성원 같은 사람들이 자주 하는 계약이다. 쉽사리 배신하거나 정보를 흘려보내지 않게끔 계약을 주고받는다. 그것이 신용의 시작이다.

하지만 챵이 보기에 〈IF〉의 계약은 자유도가 높았다.

서면상으로 행동을 제한하는 것은 '〈IF〉의 목적에 대해 적절한 시기가 될 때까지 〈IF〉의 정식 멤버의 허가 없이 말하지 않는다', '목숨을 잃게 될 우려가 크다고 챵 잔치 자신이 판단하는 상황이 아닌 이상, 〈IF〉의 정식 멤버의 지시에 따른다', 이 두 가지 조건뿐이었다.

"정말로 이거면 되는 건가?"

만약 〈신기루〉의 신입과 맺는 계약이었다면 두 번째 조건이

'상사가 죽으라고 하면 죽는다'였을 테고, 그 밖에도 다양한 제한이 걸렸을 것이다. 그것과 비교하면 조건이 느슨하다.

"그래. 향후까지 고려하면 구속이 너무 강한 계약은 화근이 되니까."

"그런가."

챵은 계약에 납득하고는 왼손으로 서명했다.

그렇게 〈신기루〉의 전 간부였던 챵은 〈IF〉의 서포트 멤버가 되었다.

"들어온 직후에 미안하다만, 당신에게는 첫 임무를 맡기고 싶군. 한동안 이 임무가 당신의 역할이 될 거다."

"그래. 뭐든 말해 다오."

라스칼이 한 말에 대답하며 챵은 생각했다.

(〈IF〉에서 맡게 된 첫 임무. 얼마나 치열한 싸움터에 내몰리게 될지……. 하지만 뭐든 뛰어넘을 거다.)

그렇게 챵은 굳게 결심하고는 라스칼이 이야기를 하기를 기다렸다.

라스칼은 잠깐 말을 끊었다가.

"———아이 돌보기를 부탁한다."

챵의 결심이 사라지는 것 아닐까 싶을 정도로 맥이 빠지는 말을 내뱉었다.

"…………."

첫 임무가 '아이 돌보기'라는 말에 챵도 굳었다.

"미안하군. 단어 선택을 잘못한 것 같다."
"아니……."
'역시 방금 들었던 말은 잘못 들었던 거구나', 챵은 그렇게 생각하며 다시 임무를 받아들이기 위해 긴장했다.
그리고.
"아이 돌보기뿐만이 아니라 다른 임무도 있다."
"아이는 돌보라는 건가?!"
태클을 거는 사이 긴장은 어디론가 사라져버렸다.
하지만 챵은 그대로 '알겠습니다'라고 할 수가 없었다.
"진심으로 그렇게 말하는 건가?!"
"나는 다른 사람을 구워삶는 게 특기지만, 거짓말은 하지 않고 비밀도 만들지 않는다. 사실이다."
안타깝게도 챵의 《진위 판정》은 계속 반응이 없었다.
안타깝게도 사실이었다.
"아니, 잠깐만 기다려봐! 애초에 〈IF〉에서 아이를 돌보다니, 그게 무슨 소리지?!"
악명높은 지명수배 클랜에서 왜 아이를 돌볼 필요가 있는 걸까.
설마 부업으로 보육원이라도 운영하고 있는 건가? 챵이 그렇게 생각했을 때…….
"이야기 끝나써~?"
챵과 라스칼이 있던 병실 문이 열리고 분위기에 어울리지 않는……, 혀짧은 목소리가 들렸다.

챵이 문 쪽을 돌아보자 그곳에는 어린 소녀가 문을 열고 이쪽을 들여다보고 있었다.

나이는 열 살이 될까 말까. 누구 취향인지 피아노 발표회 때나 입을 만큼 하늘하늘하고 붉은 드레스를 입고 있었다.

그리고 왼쪽 손등에는……, '교차한 도끼'를 본떠 만든 〈엠브리오〉 문장이 있었다.

(소녀……, 혹시 좀 전부터 라스칼 씨가 말했던 아이 돌보기라는 게, ……?!)

그때, 챵은 눈치챘다.

라스칼의 분위기가 척 보기에도 바뀌었다.

겉으로는 태연한 척하고 있지만, 마음속으로 매우 긴장하고 있다.

마치 일촉즉발의 **폭탄**이라도 눈앞에 둔 것처럼.

"아. 아조씨. 아조씨가 새로 들어온 '서포트' 해주는 사람이야?"

그런 라스칼의 분위기를 눈치채지 못한 건지 소녀가 챵에게 말을 걸었다.

"그, 그래. 좀 전에 라스칼 씨와 계약도 맺었다."

"그렇구나아~. 잘 부탁해."

"그래……, 잘 부탁한다."

챵은 상황을 파악할 수 없었지만, 소녀의 인사에는 대답했다.

그리고 소녀가 내민 손을 잡고 힘을 주지 않게끔 조심하며 악수를 나누었다.

그러자 소녀는 뭐가 기쁜 건지 활짝 웃으며 천진난만한 미소를 보였다.

"아조씨, 좋은 사람! **플러스! 적이 아니네!**"

"……?"

챵은 소녀가 무슨 말을 하는 건지 알 수가 없었지만, 옆에 있던 라스칼이 긴장을 풀고 왠지 안심한 듯이 숨을 내쉰 것이 신경 쓰였다.

"나, 에미이 키링슈톤. 에미이라고 불러줘!"

"……나는 챵 잔치다. 잘 부탁해, 에미이."

"뿌우~. 에미이가 아니라, 에미이라고!"

"……?"

챵이 고개를 갸웃거리자 왠지 모르겠지만 다시 약간 긴장한 라스칼이 도와주었다.

"……이름은 에밀리 킬링스톤이다. 아직 제대로 발음을 못하거든."

"뿌우~. 말할 수 있다구! '라슈카류'는 심술쟁이!"

"……내 이름은 언제쯤 말할 수 있으려나."

두 사람이 이야기하는 모습을 보며 챵은 납득하고는 다시 말했다.

"미안해, 에밀리. 이러면 될까?"

"응!"

에밀리는 챵이 자신의 이름을 제대로 불러주자 만족한 모양이었다.

"에밀리. 아직 이야기가 안 끝났으니까 저쪽에서 놀고 있어.

우리 마키나가 놀아줬지?"

"어~? 그래도 '마키나'는 약하잖아. '오델로'가 전부 새까매졌다구!"

"……그 고물은 어린애하고 오델로를 해서 진 건가?"

라스칼은 또 지친 듯이 숨을 내쉬었다. 만난 지 얼마 안 되는 그는 〈IF〉 중에서도 고생하는 편 아닐까, 챵은 그렇게 느꼈다.

아무튼 라스칼은 에밀리를 방에서 내쫓을 모양이었다.

"챵 아조씨. 또 봐!"

"그, 그래."

그렇게 에밀리가 방에서 나가고 문이 닫힌 다음.

"……휴우."

라스칼은 그제야 긴장이 전부 풀렸다는 듯이 숨을 크게 내쉬었다.

챵은 그런 라스칼에게 물었다.

"라스칼 씨. 아이 돌보기라는 게 에밀리를 돌보라는 겁니까?"

"맞아. 지금까지는 나나 또다른 서브 오너인 라 크리마, ……그리고 최근에 수감된 바보(가베라)가 돌아가며 돌봤는데……, 한동안은 당신에게 맡기고 싶군."

카르디나에서도 유명한 지명수배범인 라 크리마의 이름이 나오자 챵은 '〈IF〉의 정식 멤버들이 돌아가며 돌봤다'는 사실을 눈치챘다.

그 정도로 저 소녀가 중요한 인물일 거라는 사실도.

하지만 이해할 수 없는 게 한 가지 있었다.

(어째서 에밀리가 방안에 있는 동안……, 라스칼 씨가 그렇게 긴장한 거지?)

그리고 챵에게는 신경 쓰이는 게 한 가지 더 있었다.

라스칼이 챵도 신경 쓰면서 긴장했다는 점이다.

마치……, '챵이 에밀리에게 무슨 짓을 하지 않을까' 하고 우려한 것처럼.

(아직 신뢰 관계를 쌓지 못해서 그런 거겠지만……, 그래도.)

하지만 그런 것치고는 기묘한 점이 있었다.

라스칼은 분명히 챵을 신경 쓰고 있었지만 자세는……, 곧바로 **챵을** 감쌀 수 있게끔 취하고 있었던 것 같다.

그 사실이 챵의 머릿속에서 잘 이해되지 않았다.

"라스칼 씨, 그 아이……, 에밀리는 대체……."

"……그래."

생각해봐도 알 수가 없었기에 챵은 앞으로 맡게 될 임무를 고려해서 직접 물어보기로 했다.

그리고 라스칼은 '거짓말을 하거나 비밀로 하지 않는다'라는 그의 방침대로 대답해주기 시작했다.

"챵 잔치. 당신, 그 녀석에게 《간파》는 안 걸었나?"

"안 걸었는데……."

"정답이야……. 걸었다면 **마이너스**가 되었을지도 모르니까."

"?"

이상한 표현이었다.

하지만 좀 전에 에밀리와 이야기를 주고받았을 때 그녀가 '플러스'라고 말했던 게 생각났다. 챵은 직감으로 그 말과 깊은 관계가 있다는 걸 느꼈다.

"그런데 이름을 듣고 눈치채지 못했나? 우리 중에서는 나보다, 라 크리마보다, ……상황에 따라서는 오너보다 유명한데."

"뭐라고? 하지만…………, …………?!"

챵은 에밀리라는 이름을 기억 속에서 더듬다가……, 잠시 후 떠올렸다.

'에밀리'라는 이름은 분명 챵이 기억하고 있는 이름이었다.

하지만 챵은 그 이름과……, 그 소녀를 도저히 연결 지을 수 없었다.

그렇게 혀가 짧고, 자기 이름조차 아직 제대로 말하지 못하는 소녀와 그 이름은 연결고리가 없으니까.

"다시 이야기를 하도록 하지. 챵 잔치."

"그, 그래……."

동요한 챵의 어깨에 손을 얹으며 라스칼이 계속 말했다.

"당신이 맡을 첫 임무는 에밀리를 돌보는 것……, 임무를 보조해주는 거다. 하지만 그 임무 자체도 당신과는 인연이 있지."

라스칼은 챵이 아직 약간 동요하고 있다는 걸 눈치채고는 에밀리로부터 약간 거리가 있는 이야기부터 하기로 했다.

"〈신기루〉와 거래할 예정이었던 〈UBM〉 구슬 말인데. 당신이 가지고 있던 것과 합쳐서 여섯 개가 이곳, 카르디나에 흩어져 있다. 그것들을 욕심낸 다양한 나라의 〈초급〉들과 암흑사회의 강자들이 움직이기 시작했고."

"구슬……이라."
챵이 〈신기루〉 본부의 지령을 통해 맡아두고 있었던 구슬에는 [굉뢰견수 던가이]라는 〈UBM〉이 봉인되어 있었다.
그것 자체도 병기로서 매우 유용했지만, 그것과 비슷한 것들이 다섯 개나 카르디나에 있다는 사실을 듣고 챵은 긴장했다.
"그 쟁탈전에 참가해서 구슬을 빼앗으라고?"
"아니다. 아니, 손에 넣는다면 좋겠지만 최우선 목표는 아니야."
"그렇다면?"
"최우선 목표는 구슬을 손에 넣기 위해 몰려드는 녀석들을 관찰하는 거다. 어떤 능력을 지녔는지, 무엇을 원하는지, 성격이나 인격은 어떤지. 그리고 우리 이야기를 받아들이고……, 스카우트할 수 있을지."
라스칼은 챵을 똑바로 바라보며 이렇게 말했다.
"〈UBM〉이나 특전무구가 아니라 그 쟁탈전에 참가할 인재가 우리의 목표다."
그 말을 듣고 챵은 한 가지 사실을 눈치챘다.
구슬 그 자체를 미끼로 삼은 수법.
만약 구슬이 우발적으로 카르디나에 퍼졌다면 그 수법은 실행하기 힘들다.
하지만 반대로…….
"……한 가지만 묻지."
"그래, 뭐든 물어보라고."
챵은 그 대답을 듣고 결심한 다음 물었다.

"혹시 구슬을 카르디나에 뿌린 게……, 〈IF〉인가?"

"그렇다. 〈IF〉의 또다른 서브 오너가 황하의 보물고에서 구슬 일곱 개를 빼앗아서 여섯 개를 뿌렸지."

챵은 그 사실에 대해 둘러댈 거라 생각했다.

왜냐하면 챵은 그 구슬 때문에 '창궁가희'와 전투를 벌여 오른팔을 잃었기 때문이다.

하지만 라스칼은 비밀 같은 건 없다는 듯이 솔직하게 대답했다.

그야말로 그가 말한 '거짓말을 하거나 비밀로 하지 않는다'라는 신조대로.

"……그렇군. 한번 뿌렸던 것을 〈신기루〉 쪽의 대가로 거래하려던 의도도 그 인재를 찾아내기 위한 미끼로 삼기 위해서였나?"

"그건 절반이다."

"절반?"

"우리는 〈신기루〉와 손을 잡고 황하를 무대로 삼은 계획을 실행할 것도 고려하고 있었다. 하지만 악명이 너무 널리 퍼진 우리가 갑자기 '힘을 빌려드리죠'라고 하면서 연줄을 만들려 해도 믿을 순 없었겠지?"

"…………."

그럴 경우, 무슨 꿍꿍이가 있는 건지 의심을 품으며 결코 믿지 않았을 것이다.

"하지만 그쪽에 황하의 국보 같은 막대한 대가가 있고 거래로서 협력한다면……, 어떻게 될까?"

"……적어도 대가가 없었을 때보다는 안심하고 이해했겠지."

"그런 거다. 공짜보다 비싼 건 없고, 무상의 사랑 같은 걸 믿는 녀석은 암흑사회에는 없다. 믿음을 사기 위해 상대방에게 우선 대가를 치르게 한다는 것이 내 계획이었다."

그렇군, 하고 챠은 납득했다.

"……실행한 제타(그 녀석)가 마음속으로 어떻게 생각했는지는 나도 모르겠지만 말이지."

라스칼은 좀 전부터 때때로 그랬듯이 자신의 심정 중 일부를 말로 내뱉었다. 그것도 그의 신조 때문인지, 아니면 무의식적으로 하는 행동인지 챠은 아직 알 수가 없었다.

"지금 위치를 확실히 알고 있는 것을 몇 개 가르쳐 주지. 우선 이곳에서 가장 가까운 곳으로 가서 임무를 시작하게 될 거다."

챠은 라스칼이 해주는 설명을 듣고 고개를 끄덕이다가 제쳐두었던 의문을 가슴속에 다시 품었다.

"임무에 대해서는 알겠다. ……그런데 다시 확인하고 싶군."

"에밀리 말이지?"

"그래. ……정말로, 그 아이가 **그런 건**가?"

"그렇다."

라스칼이 한 말에는 여전히 《진위 판정》이 반응을 보이지 않았다.

챠도 이미 알고 있긴 했다.

그 시점에서 그것이 진실이라는 것을.

하지만 도저히 그 소녀와 그 진실이 이어지지 않았던 것이다.

"그래도 그 녀석은 봐서 알겠지만 어린애니까. 혼자서 카르디나 사막에 내보낼 수는 없다. 그러니 누군가 곁에 있어줄 인재가 필요하지."

라스칼은 '……제타는 『제안. 그 아이도 열 살. 혼자서 각 나라를 돌아다니며 혼자서도 임무를 수행할 수 있을 겁니다』라고 지껄였지만 말이지. 할 수 있을 리가 없잖아. 무슨 천재냐고. 그렇게 터무니없는 아이가 있을 리가 없어'라는 말을 중얼거리고 나서 계속 말했다.

"에밀리를 보조해주는데 있어서 당신에게 전달할 주의사항은 궁극적으로 단 하나밖에 없어."

"……그게, 뭐지?"

"에밀리의 '적'이 되지 마라."

"'적'?"

"당신은 보호자로서 그 녀석을 혼내도 되고, 타일러도 된다. 하지만 무의미하게 다그치지 마라. 이유 없이 상처 입히지 마라. 그 녀석을 무시하지 마라. 결코 그 녀석 마음속에서 당신의 인상이 마이너스가 되지 않게끔 주의해라. 그 녀석의 '스위치'를 켜지 마라. 그러지 않으면……."

"그러지 않으면……?"

"———그 녀석의 본성을 당신이 몸소 확인하게 되어버릴 테니까."

그 말은 지금까지 했던 어떤 말보다 묵직하게 날아들었다.

그리고 눈치챘다. 에밀리가 있었을 때 라스칼이 긴장했던 건 챠이 에밀리에게 어떠한 적대적인 행동을 취하는 것을 우려했던 것이라는 사실을.

그렇게 '본성을 확인하는 것'이 눈앞에서 벌어지지 않을까 하고.

"……충고는 명심하도록 하지."

"아직 실감이 들지 않고 믿기지 않는다는 건 이해가 된다. 그래도 금방 알게 될 거야."

라스칼은 챵에게 자세한 임무 내용을 적은 서류를 건넨 다음 지도를 펼쳐서 한 군데를 손가락으로 가리켰다.

"당신의 첫 일터———, 상업도시 콜타나에 도착하면 말이지."

■ 상업도시 콜타나

그렇게 챵이 〈IF〉의 서포트 멤버가 된 이후로 일주일이 지나, 지금 챵과 에밀리는 콜타나에 와 있었다.

콜타나의 더위 때문에 지쳐 있는 에밀리도 사막을 이동할 때는 그렇게까지 더위 때문에 고생하지 않았다.

도시에서 다른 도시로 이동할 때는 라스칼이 마련해준 사막 항행용 소형선을 탔기 때문이다.

내부에는 에어컨도 있었기에 에밀리는 안에서 그림책 같은 것을 읽고 있었다.

가끔 나타나는 웜 같은 몬스터는 챵이 처리했고, 강시로 만들어 주얼에 담아두었다.

에밀리는 라스칼이 말한 '본성'을 드러내지 않았기에 챠은 일주일 동안 에밀리가 소문으로 들었던 인물이라는 사실을 확신할 수가 없었다.

(……하지만 라스칼 씨가 거짓말을 하진 않았을 거다. 역시 내가 아직 못 본 것일 뿐, 뭔가가 있겠지.)

그런 생각을 하고 있자니 에밀리가 카페 앞에서 챠을 불렀다.

"챠 아조씨이~! 아직 멀었어어~?"

그 모습이 역시 어린애로만 보였기에 챠은 살짝 웃었다.

그리고 지금은 챠과 에밀리 둘 다 액세서리로 외모를 속이고 있었다. 〈IF〉 소속인 에밀리는 지명수배를 당했고, 챠도 〈신기루〉 관련 인물이기에 노리는 사람이 있을지 모르기 때문이었다.

라스칼이 마련해준 액세서리는 성능이 꽤 좋았기에 최대 레벨의 《간파》로도 완전히 알아볼 수가 없다. 소형 선박도 그렇고, 라스칼은 준비성이 정말 좋은 남자였다.

다른 사람들은 분명히 지금 챠과 에밀리를 평범한 가족으로 보고 있을 것이다.

챠의 오른팔만큼은 부적으로 만든 의수이기 때문에 약간 위화감이 있을지도 모르지만.

"그래, 금방 가마."

챠은 그렇게 말하며 에밀리가 기다리고 있던 카페 앞으로 다가가서……, 말문을 잃었다.

(…………어째서, **있는 거지**?)

그 카페는 창문을 넓게 뚫어두었기에 가게 밖에서도 가게 안을 볼 수가 있었다.

그리고 챵은 보았다.

테이블에 앉아 뭔가 이야기를 나누고 있는———, '창궁가희'의 모습을.

그렇다, 그들이 들어가려 했던 카페는……, 유고 일행이 만나기로 했던 카페였다.

(그녀도 목적이 구슬이니까, 구슬이 있는 도시에서 마주칠 수도 있겠지만…….)

챵이 보기에 그녀는 자신이 맡고 있던 지부를 박살 내고 오른팔을 빼앗아간 원수 같은 상대였다.

하지만 챵이 품고 있던 것은 복수심이나 살의가 아니라 걱정이었다.

(어떻게 하지……. 라스칼 씨가 맡긴 임무는 관측이다. 구슬을 노리고 모여드는 인재들의 데이터를 수집하는 것. 이곳에서 싸움을 벌이는 건……, 만에 하나라도 정체를 들키게 되면 맡은 임무를 달성하는 것도 힘들 테고…….)

챵은 자신이 맡은 임무를 달성하기 위해 생각에 잠겼다.

기본적으로는 성실한 사회인 같은 남자다.

암흑사회의 주민이긴 하지만.

"에밀리. 여기 말고 다른 가게에……."

"와아~! '아이슈크림'이라고 적혀 있어~!"

챵이 생각한 가게의 변경이라는 최선의 방법은 가게의 메뉴를 보고 미소를 지으며 안으로 들어간 에밀리로 인해 산산조각 나 버렸다.

그리고 에밀리만 가게에 두고 가는 건 챵의 임무를 고려하면 불가능한 일이다.

"……에잇, 될 대로 되라지."

그렇게 챵도 에밀리를 따라 안으로 들어갔고.

"아, 죄송합니다. 지금 만석이라서요."

"아, 그럼 어쩔 수 없지."

점원에게서 구원의 손길과도 같은 정보를 듣고는 '이제 다른 가게로 갈 수 있겠다'라며 기뻐하다가.

"저쪽 손님과 합석 부탁드립니다."

"……………………."

6인용 테이블에 셋이서 앉아있던 '창궁가희' 일행과 같은 테이블을 추천받았다.

"와아~."

그리고 에밀리는 이미 그 테이블에 앉아 있었다.

"…………."

황하 사령술사의 정점인 [대령도사] 챵 잔치는 마음속으로 자신의 명복을 빌었다.

■카르디나 모처

챵이 콜타나에서 '창궁가희'와 마주쳐서 마음고생을 하던 무렵.

그들을 데려다준 라스칼은 사업 이야기를 하기 위해 그가 소유하고 있는 대형선 한 척을 타고 도박도시 헬마이네로 향하고 있었다.

배는 마치 당연하다는 듯이 사막 위를 나아가고 있다. 이곳 카르디나에는 각 나라의 기술이 흘러들어왔고, 사막을 바다처럼 나아가는 사상선도 그란바로아의 조선 기술과 드라이프의 마법 기계, 그리고 황하의 매직 아이템이 합쳐져 만들어진 것이다.

사상선 기술은 다양한 기술의 하이브리드이며, 보기에 따라서는 최첨단이라고도 할 수 있지만 평소에는 거의 쓰이지 않는다.

그 이유는 이 대사막을 지나갈 때 기관음이 땅속의 웜을 유인해서 전투 횟수가 늘어나 버리기 때문이다. 아룡 클래스 이상인 개체도 많은 웜과 전투를 벌이는 것은 티안이라면 최대한 피해야 하는 상황이기에 평소에는 예전부터 사용하던 용차를 타고 다닌다.

그럼에도 불구하고 사상선을 타려 한다면 챵 일행이 콜타나로 갈 때 사용했던 비교적 조용한 소형 선박을 쓰게 될 것이다.

하지만 라스칼이 탄 대형선은 그렇지 않다.

마주친 웜을 전부 섬멸하며 이곳, 대사막을 항행하고 있다.

땅속까지 전달되는 기관음에 이끌려 고개를 내민 웜을 배 곳곳에서 튀어나온 포대가 정확하게 사격하여 빛의 먼지로 바꾸어나갔다.

아룡 클래스인 [데미 드래그 웜]뿐만이 아니라 순룡 클래스에 해당되는 [드래그 웜]이라 해도 그 대형선———, 전함 앞에 모습을 드러내면 박살 나 사라질 뿐이었다.

압도적인 힘으로 대사막의 위협의 상징인 웜을 해치우며 나아가는 배. 이상한 광경이긴 했지만, 그것도 이 배 자체가 〈IF〉의 본거지라고 하면 납득할 사람도 있을 것이다.

배의 이름은 [테트라 그라마톤].

원형은 그란바로아의 시험제작형 300메텔급 전함이었지만, 시험 항해 중에 〈SUBM〉 [쌍동백경 모비딕 트윈]과 마주쳐서 굉침된 사연이 있는 배다.

그 이후로 해구에 가라앉아 인양이 불가능해졌지만, 침몰된 위치는 당시 그란바로아의 〈초급〉이었던 제타가 기억하고 있었다.

그로 인해 제타가 〈IF〉에 소속된 이후 라스칼에게 회수를 제안했고, 멤버들끼리 협력해서 해구까지 잠수한 뒤 라스칼이 〈초급 엠브리오〉의 스킬로 회수했다.

그 이후로는 라스칼이 수복과 개장을 거듭하고 선선대 문명의 아이템까지 합쳐서 육지와 바다를 달릴 수 있는 만능 초전함으로 다시 태어났다.

지금은 〈IF〉의 본거지로 운용되고 있다.

"……오늘은 숫자가 많군."

라스칼은 자기 방의 두꺼운 창문 밖을 바라보며 그렇게 중얼거렸다.

그가 보는 풍경 속에서는 선체에서 뻗은 작업용 암이 웜이 죽으며 남긴 드롭 아이템을 회수하고 있었다.

이 배에 현재 타고 있는 인간은 라스칼 한 명뿐이고, 그도 조종을 맡고 있지 않다.

[테트라 그라마톤]은 항행과 전투, 회수까지 자동화할 수 있기에 유일한 승무원인 라스칼은 자신의 방에서 사업 이야기 준비를 하고 있었다.

여담이지만 이 배에는 방이 많고, 2주 전에 챵이 깨어난 곳도 선내 의무실이었다. 그리고 수감된 자들까지 포함해서 멤버들 모두의 방이 마련되어 있다.

"……저 멍청이, 쓸데없이 화력이 강한 걸 쓰고 있군. 너무 시끌벅적하게 다니면 카르디나 녀석들에게 들킬 텐데. 또 몰래 걸어서 사막을 넘어가게 될 거라고."

[테트라 그라마톤]은 강력한 전함이지만, 그래도 [지신(디 어스)]을 비롯한 카르디나의 〈초급〉들을 라스칼 혼자서 상대할 수 있을 정도는 아니다.

이 배 자체는 라스칼의 〈초급 엠브리오〉의 스킬로 수납할 수 있기에 여차하면 숨거나 로그아웃할 수 있는 게 그나마 다행이었다.

"주인님! 차를 가져왔습니다!"

그때, 쟁반 위에 찻잔과 주전자를 담아서 들고 있던 누군가가 그의 방으로 들어왔다.

하늘하늘한 녹색 머리카락을 나부끼며 메이드복을 입은 **그것**은 10대 후반 정도로 보이는 미소녀 같았지만, 잘 살펴보면 그것이 여자……, 인간이 아니라는 사실을 알 수 있다.

몸이 윤기 있는 피부로 덮여있긴 하지만 왼쪽 팔은 어깨 아래로 피부가 없고, 금속제 알맹이가 드러나 있다. 아름다운 얼굴도 오른쪽 눈은 큼직하고 까만 안대로 가려져 있으며 이마에는 무언가를 떼어낸 듯한 상처 같은 흔적이 남아 있다.

SF 소설이나 라이트노벨에 나오는 안드로이드 같은 모습을 전혀 숨기려 하지 않는 그녀의 호칭은 마키나.

[기신] 라스칼 더 블랙오닉스의 〈초급 엠브리오〉다.

"……마키나. 웜을 구제할 때는 소리와 위력을 좀 낮춰서 해라."

"알겠습니다! 그런 건 됐고, 주인님! 에밀리 일행은 지금쯤 콜타나에 도착했을까요!"

〈마스터〉의 지시를 곧바로 '그런 건 됐고'라는 말로 넘겨버리는 마키나를 보고 한숨을 쉬며 라스칼이 대답했다.

"……그래. 중간에 다른 〈초급〉이나 신화급과 마주치는 사고가 일어나지 않았다면 지금쯤 콜타나에 있을 거다. 만에 하나 사고가 일어났다면……, 최악의 경우 챵은 죽겠지만, 그럴 경우에는 챵의 [계약서]를 통해 알 수 있지. 그 녀석들은 무사하다."

그 말은 마치 〈초급〉이나 신화급과 마주치더라도 에밀리를 걱정하지 않는다는 듯한 말투였다.

"다행이네요! 에밀리에게는 언젠가 오델로 50연패의 빚을 갚아야만 하니까요!"

"……마키나. 아무리 그래도 너무 많이 진 거 아니냐?"

"제 처리 능력은 다른 것들로 전부 차버렸습니다! 이기기 위한 전력은 주인님께 의존해야죠! 아무리 그게 오델로라 해도! 주인님께서 뒤에서 지시해주시지 않으면 이길 수가 없습니다!"

"……그러면 네가 오델로를 하는 의미가 있는 거야?"

"최적화를 거듭하면 혼자서도 이길 수 있을지도 모릅니다! 100번은 더 할 필요가 있겠네요!"

"……그래."

라스칼은 피곤하다는 듯이 그렇게 중얼거리고는 마키나가 가져온 차를 마셨다.

"…………."

그리고 말없이 찻잔을 테이블 위에 올려놓고 입을 열었다.

"야, 고물. 너, 이 홍차를 끓일 때……, 물은 뭘 쓴 거야?"

"[쾌유 만능 영약]이요! 주인님께서 피곤하신 것 같길래 다섯 개 분량을 듬뿍 넣었어요!"

"그렇구나……. 너, 팔굽혀펴기 500번 해."

"어째서?!"

라스칼은 고물 메이드에게 그렇게 말한 다음, 하나에 10만 릴짜리 약품을 다섯 개나 넣어서 사치스럽게 끓인……, 하지만 엄청나게 맛이 없는 홍차를 아깝다는 마음에 씁쓸한 표정을 지으며 마셨다.

짜증 나게도 약효가 사라졌는지 오히려 피로가 더 늘어난 듯한 기분이었다.

고물 메이드가 팔굽혀펴기를 하는 사이, 그는 자료를 훑어보기 시작했다.

"프레임이, 프레임이 삐걱댄다아……. 아, 주인님께서는 뭘 보고 계신 건가요?"

"어제 들렀던 도시에서 〈DIN〉에게 산 프리 〈초급〉과 준 〈초급〉의 목격 정보다. 아직 전부 확인하진 않았으니까."

"흐에~."

"이미 나라에 소속된 녀석들보다는 그런 녀석들이 끌어들이기 편하니까. 뭐, 제타는 황국의 [마장군(헬 제너럴)]을 끌어들이는데 성공한 모양이지만 말이지. 황하에서 구슬을 훔쳐낸 것도 그렇고, 그 녀석의 솜씨는 정말 대단해."

라스칼은 제타의 수완을 높게 평가하고 있다. 나라에서 많은 지원을 받고 있었을 [마장군]을 어떻게 〈IF〉로 넘어오게 한 건지, 라스칼은 그 수법을 짐작도 할 수가 없었다.

답은 '투기장에서 초등학생의 멘탈을 꺾어준 다음에 짭짤한 이야기를 하며 권유했다'지만.

"주인님께서 스카우트하신 분은 그 가베라 씨였죠! 같은 서브오너인데도 제타 씨는 정말 유능하시네요!"

라스칼은 감옥에 있는 문제아를 떠올리고는 위장에 약간 대미지를 입었다.

어쩌면 홍차라는 이름의 뜨거운 약품이 위장에 대미지를 입히기 시작한 건지도 모르겠다.

"……가베라를 스카우트한 책임이 있을지는 모르겠다만, '같은 서브 오너인데도'라는 말은 쓸데없이 나를 제타보다 뒤처진다는 뜻으로 한 거 아니냐?"

"뒤처진다는 말씀은 안 드렸지만 반성해 주세요! 엣헴!"

마키나는 왠지 모르겠지만 그렇게 말하며 가슴을 폈다.

"그래……. 반성하는 의미를 담아 내 〈엠브리오〉에게 팔굽혀 펴기 1000번을 추가하지."

"으꺄아악?! 주인님은 완전 S예요! 다른 사람들에게는 자상하게 대해주시면서!"

"……네가 고물만 아니었어도 내가 S가 안 됐을 텐데 말이지."

라스칼은 자기 기분을 상하게 만드는 데는 천재인 고물 메이드를 보고 한숨을 쉰 다음, 자료를 계속 읽어나갔다.

그런데 어떤 페이지에 접어들었을 때 손가락이 멈췄다.

"……그래. 그 녀석이 콜타나 근처에 있는 건가? 그렇다면 딱 마주치겠어."

"주인님, 그 녀석이 누군가요~?"

"너도 알고 있는 녀석이야. 사막에서 맞붙어서 완전히 회수하기 전이었던 〈유적〉이 뭉개졌잖아."

"알겠다! [격추왕] 말이죠!"

"그 녀석하고도 그런 적이 있긴 하다만, 프리 목격 정보라고 했잖아! 다른 쪽 말이다!"

“다른 쪽……, 다른 쪽……, 아~.”

마키나도 라스칼이 말한 인물을 떠올리고는 팔굽혀펴기를 하면서 고개를 끄덕였다.

“어라? 콜타나는 에밀리네가 간 곳이죠?”

“그래. 만에 하나를 대비해서 챠 일행에게 통신으로 연락해둘까. ……그런데 흥미롭군. 순수하게 〈마스터〉로서 그 녀석과 챠 일행의 싸움은 보고 싶은데.”

“알겠습니다! 그럼 배의 진로를 콜타나로 돌릴게요!”

마키나가 그렇게 말하자 울리는 소리가 들리며 방 전체……, 그 방을 담아두고 있던 [테트라 그라마톤]이 진로를 바꾸며 흔들리기 시작했다.

마키나의 의지에 따라 거대한 초병기가 움직임을 바꾼 것이다.

딱히 이상할 건 없다. [테트라 그라마톤]이 자동화된 것은 라스칼의 〈초급 엠브리오〉인 마키나가 모든 것을 제어하고 있기 때문이니까.

고물이긴 해도, 마키나는 이 배의 조타수이자――――, 메인 컴퓨터다.

“진로는 안 바꿔도 돼! 사업 이야기를 하러 간다고 했잖아!”

“알겠습니다! 말로만 그러시는 거죠! 바꾸지 마라! 절대로 바꾸지 마! 이런 거죠!”

“그래……, 그 지나치게 고물인 귀를 떼어내서 분해하고 청소해주마!”

“와아~! 주인님께서 귀 청소를 해주신다~! 상이네……, 아야

야야얏?! 귀 잡아당기면 아파요!"

그런 이야기를 주고받고 [테트라 그라마톤]을 흔들면서 그들은 그들의 일을 하러 간다.

챵 일행에게 소동의 불씨가 될 만한 정보에 대해 연락하는 것을 살짝 잊고서.

◇ ◇

ㅁ[장갑 조종사] 유고 레셉스

스승님에게 콜타나에 있는 구슬의 정보를 듣고 나서 잠시 후, 가게 사람이 '합석 좀 부탁드립니다'라고 말했다.

"'아이슈크림'♪ '아이슈크림'♪"

합석하게 된 아이는 어지간히 아이스크림을 기대하고 있는 건지, 약간 혀짧은 소리로 노래를 부르고 방긋방긋 웃으며 자리에 앉았다.

바로 뒤에 보호자로 보이는 30대 남자가 왠지 피곤한 기색으로 소녀 옆에 앉았다.

부녀인가?

왼쪽 손등을 보니 소녀는 〈마스터〉였고, 남자는 티안이었다.

〈마스터〉와 티안이 함께 행동하는 건 그리 드문 경우가 아니다.

〈예지의 삼각〉에서도 루피아 씨를 비롯한 티안 사무원들을 고용했고.

"…………으~, 응?"

갑자기 큐코가 무언가를 느끼고 고개를 갸웃거렸다.

얼굴을 보니 속이 좀 안 좋은 모양이었다.

"왜 그래? 큐코."

"왠지 **오한**이 들어."

이런 열기 속에서 오한이라니……, 아이스크림을 먹어서 그런가?

아이스크림이라기보다는 밀크 셰이크였지만.

"잠깐 돌아가 있을게."

큐코는 그렇게 말하고 내 왼쪽 손에 있는 문장으로 돌아가 버렸다.

그러자 합석하고 있던 여자애가 눈을 동그랗게 뜨며 놀라고 있었다.

"와~! '메이든'이었구나~!"

여자애는 놀란 것 같기도 하고 기뻐하는 것 같기도 한 어린애 같은 미소를 지으며 그렇게 말했다.

그리고 활짝 웃으며 내게 말을 걸었다.

"오빠도 〈마슈터〉구나!"

"응. 맞아."

"우와~, 우와~! 좋겠다~! '메이든', 처음 봤어~!"

"어? ……아, 그렇구나."

나 자신이 메이든의 〈마스터〉인 데다 그 밖에도 메이든의 〈마스터〉를 알고 있기에 깜빡 잊곤 하지만, 메이든은 희귀한 카테고리다.

이 아이처럼 메이든을 처음 보는 〈마스터〉도 당연히 있을 것이다.

"있지! 에밀리가 본 적이 있는 건! '슐라임'하고~, 벌레하고~, 안 보이는 거하고~, 안 보이는 거~!"

슬라임 가드너하고 벌레 가드너인가? 그리고 안 보이는 〈엠브리오〉가 두 개……, 발동 시에 이펙트가 안 뜨는 타입인 테리터리인가?

'안 보이는 거라면 본 적이 없는 거 아닌가?'라는 생각이 약간 들긴 했지만, 아이들은 늘 이런 신기한 뉘앙스로 말을 전달하곤 한다.

그리고 역시 혀짧은 말투가 인상적이었다.

외모는 열 살 정도인데, 실제 나이는 더 어릴지도 모르겠다. 약간 발돋움하고 싶어 하는 나이로 아바타를 만드는 건 자주 있는 경우다. ……유리(나)도 그랬으니까.

아까부터 여자애와 함께 온 티안 남자가 안절부절못하는 것 같은 것도 그녀가 어려서 그런지도 모르겠다.

……아, 이 아이의 실제 나이가 어리니까 보호자가 돌봐주지 못하는 동안에는 믿을 수 있는 티안에게 돌봐달라고 부탁한 걸까.

"아. 그리고 '마키냐'!"

"마키냐?"

"'마키냐'는 말이지, 덜렁대고, '오델로'를 못해! 항상 '라슈카

류'에게 혼나! 그래도 친구야!"

이야기의 흐름으로 보아 그 마키냐라는 게 친구고 〈엠브리오〉라는 건가? 메이든……은 본 적이 없다고 했으니 그 음마(바빌론)처럼 사람에 가까운 가드너려나?

"……?"

갑자기 약간 위화감이 들어서 스승님을 보았다.

스승님은 여자애와 남자가 자리에 앉은 뒤 한 마디도 말하지 않았다.

표정은 딱히 평소와 다를 게 없지만, 왠지 분위기가 달랐다.

그리고 그렇게 다를 것 없는 표정인 채 스승님의 〈초급 엠브리오〉인 오른쪽 눈……, 만화경과도 같은 홍채가 쉴새 없이 움직이고 있었다.

그리고 여자애와 함께 온 티안 남자는 왠지 모르겠지만 얼굴에 땀을 잔뜩 흘리고 있었다. 더위 때문에 흘린 땀은 아닌 것 같았다.

"챵 아조씨. 땀 잔뜩 흘리는데 왜 그래?"

"……괜찮아, 신경 쓰지 마."

"그래애? 그런데 나도 잔뜩 이야기했더니 땀을 잔뜩 흘려버렸어! 오늘은 챰 덥네! 오빠도 옷이 더워 보여!"

"아, 응. 그래도 이미 사막에서 입는 건 익숙해져서."

두 사람이 신경 쓰이긴 했지만, 나는 다시 말을 건 여자애에게 대답했다.

"나, 저쪽에서는 이렇게 더웠던 적이 없어서. 피곤해져써."

"저쪽?"

"덴드로그램, 바깥!"

"아, 현실에서는 이 정도 더위를 특정 지방이 아니면 경험할 수가 없으니까."

"응! 그리고 나는 계속 '에어컨'이 있는 하얀 방 '침대'에 있으니까 더운 거나 추운 건 이쪽뿐이야!"

하얀 방하고 침대면 병원 같은 곳인가?

병으로 요양 중인 아이가 〈Infinite Dendrogram〉 안에서 여러 군데를 여행한다는 이야기를 예전에 인터넷 기사로 본 것 같긴 하다.

뭐, 몬스터가 있으니 실력이 좋은 사람이 따라다닐 필요가 있겠지만.

……그러고 보니 레벨이 낮은 〈마스터〉를 경치가 좋은 곳까지 호위해주는 퀘스트가 모험자 길드에도 좀 있었지.

"주문하신 아이스크림입니다."

"와아~!"

그런 이야기를 하다 보니 여자애가 주문한 아이스크림이 나왔다.

큐코가 주문했을 때처럼 곧바로 녹기 시작했지만.

"잘 머겠습니다아~! 잘 머것습니다!"

――――눈 깜짝할 새에 그릇이 비었다.

"……어라?"

그릇의 변화를 본 나는 당황했다. 아이스크림을 가져다준 티안 점원도 고개를 갸웃거렸다. 그 점원은 '어라? 분명히 알맹이가 있었는데?'라고 중얼거리고 있었다.

하지만 스승님과 티안 남자는 그렇지 않았다.

티안 남자는 뭔가 놀란 모양이었고……, 스승님은 웃고 있었다.

"아가씨, 아이스크림을 굳이 **초음속 기동**으로 먹을 필요는 없지 않을까?"

"어~? 녹는 건 싫으니깐."

"하하하, 그렇긴 하지! 녹아버린 아이스크림은 아이스크림이 아니니까! 이렇게 더운 날씨에 아이스크림을 먹고 싶을 때는 녹기 전에 먹는 게 당연하지! 본인의 체감 속도는 마찬가지니까 그것도 괜찮을지 모르겠어."

스승님은 그렇게 말하며 웃었고, 여자애는 그릇 바닥에 약간 남아서 녹은 아이스크림을 스푼으로 뜨고 있었다.

푸근한 광경이었지만, 그렇다고 해서 방금 나눈 이야기의 의미가 달라지진 않는다.

스승님은 이 어린 여자애가 초음속 기동――, 전투 계열 초급 직업을 비롯한 일부의 인간만이 다룰 수 있는 영역의 속도를 다뤘다고 말한 것이다.

"……그, 그러면 아이스크림도 다 먹었으니 나갈까?"

"알았어~! 그럼 안녕, 오빠하고 언니!"

약간 당황한 듯한 티안 남자가 계산을 마치고 자리에서 일어나자 여자애도 뒤따라 자리에서 일어섰다. 그 모습은 부자연스러울 정도로 급했다.

그렇게 두 사람이 가게에서 나가고 테이블에 나와 스승님만 남았을 때.

"유 쨩. 저 두 사람, 미행해."

"네?"

"내가 구슬을 회수하는 동안에 저 두 사람을 감시하라고. 무슨 일이 생기면 《지옥문(La Porte de l'enfer)》을 써서 제압해. 분명 유 쨩하고 상성이 엄청나게 좋을 테니까."

"스승님, 그게 대체 무슨……!"

"차근차근 가르쳐 주다가는 거리가 너무 벌어질 거야. 바로 행동해. 자세한 내용은 [텔레파시 커프스]로 전달해줄 테니까."

그때, 눈치챘다.

스승님의 표정이 평소와는 달리 진지했다. 구슬을 찾아 헬마이네에서 황하 마피아에게 쳐들어갔을 때조차 사라질 기색이 없었던 여유가 사라졌다.

그리고 깨달았다. 좀 전에 주고받았던 대화가, 스승님에게는 여자애가 초음속 기동을 사용했다는 말로 끝날 일이 아니라는 사실을.

"……알겠습니다."

자세한 이야기는 나중에도 들을 수 있다고 생각한 나는 자리에서 일어나 그 두 사람을 찾기로 했다.

"마키나와 라스칼이라니, 정겨운 이름이네~. 그런 이름을 친구라고 하면서 말한 여자애 〈마스터〉……, 답이 내 예상대로 최악이라면 결과도 최악이 될지도 모르겠어.”

평소와는 달리 불쾌한 듯한 스승님의 목소리를 어깨 너머로 들으면서.

◆◆◆

■상업도시 콜타나

(좀 전에 했던 이야기, ‘창궁가희’의 시선과 기척……, 들킨 게 틀림없다.)

챠은 에밀리를 데리고 콜타나 거리를 재빨리 나아가며 초조해하고 있었다.

설마 에밀리가 〈IF〉에 관련된 정보를 그렇게 간단히 말할 줄은 챠도 전혀 예상하지 못했기 때문이다.

(‘창궁가희’와 함께 있던 〈마스터〉는 눈치채지 못한 것 같았지만, 반대로 ‘창궁가희’는 자리에 앉은 시점에서 우리를 의심하고 있었지. 그리고 라스칼 씨의 이름을 말한 시점에서 그 의심이 확신으로 바뀌었을 테고.)

게다가 초음속 기동으로 아이스크림을 먹는 것 같은 말도 안 되는 행동까지 했다.

챠은 에밀리에게 진짜로 그런 힘이 있었다는 게 놀라웠고, 그런 힘을 적이 될 가능성이 큰 상대 앞에서 보여줄 거라는 생각은 하지도 못했다.

이래선 액세서리로 위장한 의미도 없을 것이다.

"에밀리. 어째서 적 앞에서 그렇게 무방비하게……."

"어? 적이 누구야?"

"좀 전에 같은 테이블에 앉아 있던 '창궁가희'와 일행 마스터 말이다."

"오빠하고 언니는 적이 아닌데?"

챵이 손을 잡은 채 말하자 에밀리가 깜짝 놀란 듯한 표정으로 고개를 갸웃거렸다.

"왜냐하면 '마이너스'가 아니니깐. 그리고……."

"……그리고?"

마이너스, 챵은 예전에 들었던 그 말보다는 그 뒤로 이어지려 하는 말에 귀를 기울였다.

하지만 그 대답을 듣기도 전에.

"이봐, 이봐. 이런 곳에 여행자가 있는데?"

"헤헤헷, 이런 골목에 들어오다니, 뭘 찾으시나?"

두 사람 앞에 척 보기에도 불량스러운 것 같고 덩치가 큰 남자들이 나타나 길을 가로막았다.

남자들은 무장한 상태였고, 싱글싱글 웃으며 부채꼴로 에밀리를 포위했다.

(……이런. 그 가게에서 멀리 떨어지는 걸 우선시하다가 골목을 잘못 들어왔군.)

챵은 그 남자들 같은 사람들을 잘 알고 있다.

자신보다 약해 보이는 상대를 노리며 돈과 목숨을 빼앗아가는 녀석들이다. 챠이 헬마이네에서 지부를 맡고 있던 무렵에는 비슷한 녀석들이 설칠 때마다 제압했었다.

그리고 챠은 또 하나의 사실을 잘 알고 있다.

이런 녀석들은 대부분 상대방의 역량을 파악하지 못한다는 것을.

"이봐, 이쪽 꼬맹이는 〈마스터〉인데?"

"헷. 〈마스터〉라 해도 이런 꼬맹이는 무섭지 않다고."

"이봐, 아저씨랑 아가씨. 쓴맛을 보고 싶지 않으면 돈을 전부 내놓으시지."

남자들은 챠이 초급 직업이라는 사실도, 에밀리가 〈IF〉의 멤버라는 사실도 전혀 모를 것이다.

상대방이 훨씬 강할 거라는 예상은 전혀 하지 못하고, 평소에 그들이 먹잇감으로 삼아온 사람들과 마찬가지라고만 생각하고 있겠지.

액세서리로 외모를 위장한 것 때문일지도 모른다.

강자라는 사실을 들키면 구슬을 노리고 다가온 자들이 경계하기 때문에 해롭지 않은 일반인으로 보이게끔 외모를 설정해두었기 때문이다.

당연히 《간파》로도 약한 스테이터스만 보인다.

그렇기 때문에 남자들은 노릴 먹잇감을 잘못 선택했다고 할 수 있다.

하지만 어떤 의미로……, 그들은 아직 치명적인 실수는 하지 않았다.

만약에 뭔가 직감 같은 게 발동해서 물러났다면 아무런 문제도 없었을 것이다.

그녀의 허용 범위에는 아직 여유가 있었으니까.

하지만 다음 순간———, 그들은 치명적인 실수를 했다.

"입 다물고 있지 말라고!"

그들 중에서 가장 덩치가 큰 남자가 무기를 내밀며 외친 것이다.

"얼른 돈 내놓으란 말이다! **죽을래**?"

그 말을 해버린 것이———, **실수였다**.

"—————마이너스."

그들이 실수한 순간 들린 두 가지 소리를 챵이 이해할 때까지는 약간 시간이 걸렸다.

첫 번째 소리. 냉철한 목소리. 챵은 그게 에밀리의 목소리라는 걸 눈치채지 못했다.

두 번째 소리. 한순간 들린 '파앙' 하는 소리.

그것이 날붙이로……, 남자의 정수리부터 사타구니까지를 **두 동강**낸 소리라는 것은 눈으로 보면서도 이해하는 데 시간이 필요했다.

도끼. 빨갛고, 까맣고, 메마른 피와 같이 희미한 광택을 지닌 날이 눈에 띄었다.

겉모습만 보면 토마호크에 가깝지만 그 날은 마치 괴조가 날개를 편 듯한 형태.

장식검과도 같은 그 날은 날카롭긴 한 건지 의심스러웠지만, ……방금 인간을 간단히 두 동강 내버렸다.

그리고, 그 도끼를 쥐고 있던 것은——, 에밀리였다.

그녀는 오른손에 사람을 두 동강 낸 도끼를, 왼손에는 똑같은 형태지만 아직 피로 물들지 않은 도끼를 든 채 챵에게 등을 돌리고 있었다.

도끼 말고는 달라진 게 없을 텐데, 그녀의 모든 것이 바뀌어버린 것처럼……, 풍기는 분위기가 변했다.

"에밀, 리?"

챵이 불렀지만 에밀리는 돌아보지 않았다.

그렇기 때문에 챵은 에밀리가 짓고 있는 표정을 볼 수가 없었다.

챵은 '지금 에밀리가 과연 인간의 표정을 짓고 있을까'라는 의문조차 들었다.

하지만 목의 각도를 통해 에밀리가 무엇을 보고 있는지는 알 수 있었다.

에밀리는 아직 살아있는 남자들을 보고 있었다. 두 동강 난 남자의 내장이 골목에 쏟아져 나와, 모든 것을 열기와 악취로 뒤섞어버린 광경. 그것을 이해하지 못하고 있는 남자들을 보았다.

"아, 어? 어어?"

"하, 하워드? 어? 아니, 이 녀석, 상급 직업……."

믿기지 않는다는 듯이 덩치 큰 남자의 시체를 보는 남자들.

하지만 곧바로 자신들을 보고 있던 에밀리의 시선을 눈치챘다.

"히익?!"

"으, 으아아아아아아아아아악?!"

그들은 대체 에밀리의 시선에서 무엇을 본 걸까.

남자들 중 대부분은 등을 돌리거나 다리에 힘이 풀린 채 도망쳤다.

하지만 그중에서 얼굴에 혈관을 드러내며 에밀리에게 분노하는 표정을 보이는 남자가 한 명 있었다.

"잘도 형님을……, 이 괴물이!"

남자가 그렇게 말하며 양손검을 들어 올린 순간, 에밀리는 왼손으로 들고 있던 도끼를 던졌다.

회전하며 날아간 도끼는 남자가 무기와 함께 들어 올린 두 팔의 팔꿈치 부분을 절단한 다음.

"끄흑……?!"

저절로 선회해서……, 목을 잘라냈다.

날아오른 도끼가 에밀리의 손으로 돌아오자 머리가 사라진 시체가……, 두 동강 난 시체와 나란히 쓰러졌다.

그 모습을 보고 다른 남자들은 더욱 크게 비명을 지르며 도망쳤다.

하지만 도망치는 남자들을……, 에밀리는 그저 바라보고만 있었다.

"…………."

그동안, 챵은 꿈쩍도 하지 않았다.

공포로 인해 움직일 수 없었던 게 아니다.

하지만 자신의 어떤 동작이 에밀리의 다음 방아쇠를 당길지 몰랐기에 망설이고 있었던 것이다.

그 와중에 에밀리는 도망치는 남자들을 바라보고 나서……, 다음 행동에 나섰다.

자신이 들고 있던 도끼 두 자루를 각각 시체에 꽂아 넣은 것이다.

시체의 훼손. 하지만 목적이 훼손은 아니었다.

도끼는 마치 물을 빨아들이는 듯이 시체로부터 무언가를 빨아들이기 시작했다.

시체는 급속도로 말라비틀어졌고, 잠시 후 수분과 세포 단위의 생명까지 완전히 잃어가더니.

이윽고……, 빛의 먼지가 되었다.

시체가 남아야 하는 티안이 마치 몬스터처럼, 데스 페널티를 받은 〈마스터〉처럼 빛의 먼지가 되어 사라져갔다.

빛의 먼지는 잠시 후 카르디나에 불어온 사막의 바람과 뒤섞여서 보이지 않게 되었다.

그렇게 시체 두 구를 처리한 다음, 에밀리가 챵에게 돌아섰다.

"챵 아조씨. 왜 그래?"

"…………."

약간 의아하다는 듯한 표정을 짓고 있던 에밀리의 눈동자는 천진난만해 보였다.

방금 살인을 저질렀다고는 보이지 않을 정도로 맑은 눈동자.

그렇기 때문에 챠도 당황해서 뭐라 말해야 할지 고민했다.

그리고…….

"에밀리."

"왜애? 챠 아조씨."

"아까, 무슨 말을 하려 했던 거야?"

챠의 입에서 나온 것은 방금 일어난 사건에 대한 추궁이 아니었다.

혹시나 그도 본론으로 들어가기 전에 잠깐 뜸을 들이고 싶었는지도 모른다.

하지만……, 그 질문이 본론과 직접적인 연관이 있을 거라고는 눈치채지 못했다.

"아까?"

"'마이너스가 아니니까. 그리고' 다음 말이야. 뭔가 말하려 했지?"

"앗! 생각났다!"

챠이 묻자 에밀리는 웃고 나서.

"있지, 적이었다면――――, 금방 **어디론가 가버리거든**. 그러니까 그 오빠하고 언니는 적이 아니야!"

그렇게 천진난만한 미소를 지으며 말했다.

"어디론가, 간다고?"

"응! 적이 된 사람은 말이지, 에미이를 싫어하니까 에미이 앞에서 **사라져버려**. 어디로 가버리는 걸까?"

"…………."

그 대답에 대해……, 무시무시하게도 챠의 《진위 판정》은 전혀 반응을 보이지 않았다.

《진위 판정》의 유일한 단점은 본인이 진심으로 '그렇다'고 생각하는 말에는 반응하지 않는다는 거다.

다시 말해, 그녀는 진심으로 '적이 된 사람은 에밀리의 앞에서 떠나간다'고 생각하고 있다.

하지만 실제로는……, 그녀가 죽였을 것이다.

분명히, 한 명도 남김없이.

(……그렇군, 이게……, '본성'인가.)

챠은 그제야 라스칼이 한 말을 이해했다.

에밀리라는 소녀는 적이 된 자를 전혀 망설임 없이, 마치 기계와도 같이 곧바로 베어 죽인다.

그런 다음, 상대방을 죽였다는 사실을 전혀 **기억하지 않는 것**이다.

만약 챠이 적이 된다 하더라도 곧바로 베어 죽인 다음 그 사실을 기억에서 지워버릴 것이다.

(……대체, 뭘 어떻게 하면……, 에밀리 같은 사람이 생겨나는 거지?)

수많은 수라장을 헤쳐나온 챠이 어린 에밀리의 '본성'으로 인해 오한을 느끼며 몸을 움츠렸다.
하지만 챠은 그와 동시에 이해해버렸다.
에밀리는 그가 예전부터 이름을 알고 있었던 그 '에밀리'와 동일 인물이라는 것을.

'근접 무기를 사용한 1만 명 이상의 살해'만으로 해금되는 초급 직업, [살인희(머더 프린세스)].
두 손에 각각 든 핏빛 쌍도끼는 〈초급 엠브리오〉, [혼식쌍부 요왈테포스틀리].

〈초급〉 중에서 가장 흉악한 살인귀――――, '시산혈하(데드 레코드)' 에밀리 킬링스톤.

■[테트라 그라마톤]

"그래, 맞다. 그 녀석도 콜타나에 있을 가능성이 크다. ……뭐라고? '창궁가희'가? ……그것도 예상하고 있긴 했다만, 역시 카르디나는 전부 모을 속셈인 것 같군."

[테트라 그라마톤] 안에 있는 자기 방에서 라스칼은 통신 마법용 매직 아이템을 들고 통화 중이었다. 상대방은 콜타나에 있는 챠이었고, 라스칼이 얼마 전 목격 정보를 얻은 어떤 〈초급〉에 대한 정보를 공유하려는 목적이었다.

하지만 챠도 AR·I·CA와 접촉해 버렸고, 아마 들켰을 거라며 보고했다.

"우선, 내가 넘겨준 액세서리의 위장 외모를 바꿔줘. 그래. 미리 말한 대로 손잡이 부분을 돌리면 다섯 가지 패턴으로 전환이 가능하니까. 시간을 버는 것 정도는 가능할 거다."

챠에게 당분간 대처할 방법을 전달한 다음, 다른 지시를 내렸다.

"가장 우선시할 것은 당신의 생존이야. 그다음은 데이터의 수집, 그다음이 구슬 확보다. 에밀리는 신경 쓰지 마라. 최악의 경우, 싸움터에 방치하더라도 당신의 안전을 확보한 뒤에 데리고 오면 돼. 그래도 문제없다. ……그래, 계속 부탁하지."

그렇게 통화를 마친 라스칼은 매직 아이템을 옆에서 팔굽혀펴기를 하고 있던 마키나의 머리 위에 얹었다.

마키나는 팔굽혀펴기 자세를 왼손만으로 유지하며 오른손으로 자기 오른쪽 눈을 가리고 있던 안대를 살짝 들어 올리고는 머리 위에 얹혀 있던 매직 아이템을 재주도 좋게 굴려서……, 안대 안쪽에 넣었다.

신기하게도 손바닥보다 더 큰 매직 아이템이 그녀의 안대 안에서 부풀어 오르지도 않고 들어가 버렸다.

그런 기능을 이미 잘 알고 있는 라스칼은 딱히 뭔가 말하지 않았다.

"방금 지시에 대해 언급하지 않은 걸 보니 챵도 에밀리의 본성을 확인한 모양이군."

라스칼은 통화 중에 챵이 한 말이나 목소리의 분위기로 보아 예상대로 뭔가 문제가 생겨서 에밀리가 본성을 드러냈을 거라고 추측했다.

"카르디나 거리에는 에밀리의 적이 될 만한 녀석들이 많으니까."

"영차, 끙차. 주인님. 예전부터 신경 쓰이던 건데요, 주인님께서는 에밀리의 그걸 어떻게 생각하시나요?"

마키나가 팔굽혀펴기를 하며 라스칼에게 물었다.

"그거라니?"

"물론 자동 살육(엘리미네이트) 모드 말이죠!"

"……그 호칭은 그 바보가 왕국에 가기 전에 멋대로 이름을 붙인 거잖아."

라스칼은 으스대는 표정으로 그렇게 말하던 가베라의 얼굴을 떠올렸다.

"'에밀리와 엘리미네이트는 비슷하잖아!'라고, 엄청 짜증 나는 표정으로 당당하게 가슴을 펴고 말했었지, 그 녀석. ……아니, 가슴은 거의 없지만."

"여자의 흉부 장갑(패드)을 빤히 보다니, 주인님은 변태예요! 그리고 이 배에 [테트라 그라마톤]이라는 번지르르한 이름을 붙인 주인님도 다른 사람에게 뭐라고 할 처지는 아니잖아요!"

"[테트라 그라마톤]이 왜."

"……주인님이 엄청 진지한 표정을 짓고 있어~!"

이 배의 이름은 라스칼이 정하게 되었다.

그래서 그는 수리가 완료되었을 때 멤버 네 명의 〈엠브리오〉가 전부 '신'에서 유래된 모티브였기에 '신의 네 글자'라는 의미인 [테트라 그라마톤]이라는 이름을 붙인 것이다.

마키나가 제어를 담당한다는 것도 이유 중 하나였지만.

"……다시 에밀리 이야기를 하자면, 그렇게 된 에밀리는 '적대한 상대'를 죽일 때까지 사고와 행동이 그쪽에만 쏠리게 된다. 그리고 너도 알고 있는 것처럼 살육이 끝나면 그동안 있었던 일들을 전부 잊지. 그런 구조다."

에밀리가 '적대한 상대'라고 판단하는 것은 에밀리의 머릿속에서 대인 평가가 마이너스가 될 경우다.

라스칼의 경험에 따라 말하자면 에밀리는 다른 사람이 자신에게 한 일을 전부 기억하고 있다.

자신에게 플러스인지, 마이너스인지도 전부 기억하고 있다.
그리고……, 마이너스 쪽으로 기운 상대를 적으로 간주하며 살해한다.
그렇기 때문에 상대방에게 플러스 감정이나 마이너스 감정이 없는……, 만난 직후가 가장 위험하다.
만나자마자 무기를 들이대거나 '죽인다'라는 말을 하면 그냥 협박이라 해도 에밀리는 확실하게 적으로 간주하고 살해할 것이다. 상황에 따라서는 '연쇄'의 우려도 있다.
라스칼이 챠과 에밀리가 만났을 때 긴장했던 것도 챠이 에밀리에게 뭔가 마이너스로 판정될 만한 행동을 해서 살해당하는 것을 우려했기 때문이다.
반대로 에밀리가 동료……, 〈IF〉 멤버를 죽일 우려는 거의 없다.
플러스와 마이너스 계산이 에밀리의 머릿속에서 이루어지고 있는 한, 플러스를 쌓아온 동료들을 쉽사리 적으로 간주하지는 않는다.
(그래도 그 바보가 적으로 인정될 뻔했을 때가 있긴 했지…….)
하지만 어느새……, 에밀리는 가베라를 정말 잘 따랐다.
라스칼이 물어봐도 가베라는 아무것도 모르는 것 같았고, 에밀리에게 물어봤지만 '맛있었어!'라는 말밖에 하지 않았다.
두 사람 사이에 무슨 일이 있었는지, 당시 라스칼은 정말 고민했다.
실제로는 가베라가 우연히 과자를 만들어 먹고 있었을 때 에밀리와 마주쳤고, '먹을래?' '머글래~'라는 이야기를 주고받으며 과자를 받아먹고는 너무나도 맛있었기에 단숨에 따르게 되어버린 것뿐이지만.

과자 만들기에 대해 가베라가 상식을 뛰어넘는 실력을 지니고 있다는 건 그 시점까지는 〈IF〉 멤버들 중에서도 에밀리밖에 모르는 일이었다(가베라 본인도 모른다).

"그래도 에밀리는 저와는 달리 인간이잖아요? 그런 살인 머신 같은 경우가 있을 수 있나요?"

"……어디까지나 내 견해다만, 일종의 정신 질환인 것 같더군."

"으음~?"

"간단히 말하자면 살인 한정 이중 인격이다. ……하지만 그 상태가 된 그 녀석을 인격으로 봐도 되는 건지 모르겠군. 적을 죽이고, 죽인 뒤에도 적이 될 만한 것을 경계하고, 적이 되면 마찬가지로 죽이고. 적이 사라질 때까지 그걸 반복하기만 하니까."

"호오~. 왠지 〈유적〉에 있는 기계 녀석들 같네요~."

"그렇지. 그야말로 네가 말한 것처럼 기계적인……, 살인 시스템이라고 할 수 있겠지. 하지만 그 녀석의 현실을 생각하면 그런 증상을 보이더라도 이상할 게 없을 거다. 사실은 소설보다 기이하다, 예전부터 그런 말이 있었잖아."

그것에 대해 라스칼도 전혀 아무런 생각이 없는 건 아니었다.

라스칼은 어떤 이유 때문에 현실 쪽 에밀리에 대해서도 알고 있다. 현실의 에밀리든 이쪽 에밀리든 알맹이는 마찬가지니까……, 본성도 마찬가지다.

다행히 현실 쪽에서는 에밀리가 자동 살육 모드에 들어갈 만한 상황이 되지 않았다.

……그렇다기보다는, **이제 들어갈 수가 없다**는 것이 그나마 다행이다.

(그건 에밀리의 정신 연령이 성장함에 따라 차분해지기를 기대할 수밖에 없겠지. 다행히 이쪽에서는 사람을 죽여도 **큰 문제가 안 되니까**. 세 배의 시간까지 합쳐서 에밀리에게 가장 적합한 환경이라고도 할 수 있고.)

라스칼은 냉정하게, 딱히 느낀 바도 없이 그렇게 생각하고 있었다.

"주인님! 갑자기 왜 입을 다무신 건가요! 설마 팔굽혀펴기를 하느라 땀에 젖어 드러난 제 몸매를 보고 완전히 욕정하신 건가요?! 오케이예요!"

"아니라고, 이 고물아. 애초에 너한테 땀샘 같은 건 없잖아."

"그건 그러니까, 기합으로!"

마키나는 '우오오옷!' 소리를 지르며 기합을 어필하기 위해서인지 더욱 빠르게 팔굽혀펴기를 하기 시작했다. 물론 땀은 흘리지 않았다.

"앗, 그렇지! 생각났어요!"

"뭐가?"

"예전에 제타 씨에게도 똑같은 질문을 했던 적이 있거든요! 그랬더니 주인님하고 다른 대답을 하던데, 역시 제타 씨의 대답이 맞는 거였군요!"

"……넌 왜 그렇게 내가 제타보다 뒤처진다고 몰아가려 하는 거야?"

라스칼은 그를 폄하하는 데 일가견이 있는 고물을 보고 한숨을 쉬며 제타의 견해에 대해서도 말하기 시작했다.

"제타의 견해는 좀 다르긴 하지. 그 녀석은 그렇게 된 동안에도 에밀리에게 의식이 있다고 생각하니까. 그리고 그 이후로도 마음을 굳게 먹고 자신의 행동을 못 본 척하는 것뿐일 거라고 말이야. 그런 걸로 《진위 판정》을 속일 수 있을지는 의심스럽지만, 완전히 부정할 수도 없고."

라스칼은 '그렇게 된 에밀리에게는 의미가 없다'라고 생각하고 있었지만.

"으엥? 그럼 어느 쪽이 맞는 건가요?"

"결국, 나와 제타, 둘 중 어느 쪽 견해가 맞는 건지는 에밀리의 마음속을 들여다보지 않는 이상 확인할 수가 없다. 그리고 그런 행동은 플레이어 보호 기능이 있는 한, 〈초급 엠브리오〉도 불가능한 일이야."

자동 살육을 정신병이라고 생각하는 라스칼과 연기나 자기암시 같은 거라고 생각하는 제타.

둘 중 누구의 의견이 맞는지는 현재 시점에서 아무도 이해하지 못하고 있을 것이다. 〈마스터〉의 정신에 간섭할 수 있는 〈엠브리오〉나 스킬은 라스칼조차 본 적이 없으니까.

"하지만 어찌 됐든 결과는 마찬가지니 따져봤자 소용이 없지."

"결과라는 게 뭔가요?"

"그 녀석과 '창궁가희', 그리고 에밀리. 세 〈초급〉이 콜타나에 모여 구슬을 두고 쟁탈전을 벌이게 될 거다."

지금 콜타나는 전장이 되어가고 있는 상태다.

이미 모든 것이 모여 막이 올라갈 순간을 기다리고 있다.

하지만.

"무슨 일이 있더라도———, 마지막에 서 있을 사람은 에밀리다. 그 결과만은 절대로 바뀔 리가 없지."

어떤 싸움이 벌어진다 하더라도 에밀리가 쓰러지는 것만은 절대로 있을 수 없는 일이다……, [기신] 라스칼 더 블랙오닉스는 그렇게 딱 잘라 말했다.

"그렇긴 하겠네요!"

그의 〈엠브리오〉인 마키나도 그 말을 듣고 고개를 끄덕이며 맞장구를 치고 있었다.

아마 에밀리를 알고 있는 다른 〈IF〉 멤버에게 물어봐도 그랬을 것이다.

라스칼은 그 정도로 에밀리는 격이 다르다는 사실을 알고 있었다.

"하지만 이번에 에밀리가 맡은 임무는 관측이다. 에밀리가 싸우기 전에 그 녀석들의 전투가 시작되겠지. ……관측만으로 끝날 것 같진 않지만."

라스칼은 멀리 떨어져 있는 콜타나 쪽을 자기 방의 창문 너머로 바라보며 그렇게 중얼거렸다.

◇◆◇

□■상업도시 콜타나

AR·I·CA는 카페를 나선 뒤 이곳, 콜타나에서 한층 더 사치스러운 저택……, 시장 저택 옆으로 와 있었다.

지금은 시장 저택을 둘러싸고 있는 벽을 등진 채 유고에게 연락을 받고 있었다.

『스승님. 죄송합니다, 놓쳤어요.』

유고는 두 사람을 찾아다니며 근처를 뛰어다녔지만 발견하지 못한 모양이었다. 찾던 도중에 뭔가 매우 겁먹은 남자들과 스쳐 지나갔지만, 그것 말고는 딱히 아무것도 없었다고 한다.

"그래. 분명 외모를 바꾸었을 거야. 아마 위장 계열 액세서리를 쓰고 있는 것 같은데~."

카페에 왔을 때부터 지명수배 사진과 얼굴이 달랐으니 그럴 게 틀림없다는 것이 AR·I·CA의 생각이었다.

"뭐, 바뀌는 건 외모하고 겉으로 드러나는 스테이터스뿐일 테고, 행동까지 바뀌진 않을 거야. 그 아이가 내가 예상하는 상대라면 반드시 무슨 일을 저지를 거라고. 유 짱은 소동이 일어난 곳으로 바로 가는 식으로 부탁해."

『……알겠습니다.』

"그럼 나는 시장에게서 구슬을 뺏어 올게~. 다녀오겠습니다~♪"

그렇게 유고와 주고받던 통신이 끊겼다.

(자, 저쪽은 일단 유 짱에게 맡겨두고 나도 얼른 끝내야지.)

이미 유고에게는 [살인희]에 대한 정보를 전달했다.

아직 확정은 아니지만, 상대가 상대이니만큼 조심해야만 한다.

그 [살인희]의 악명과 일으킨 사건들은 유명하다. 카르디나의 클랜 랭킹 2위, 〈펜타곤 캐러밴〉 멤버 469명을 몰살시킨 일화도 있다.

(직업은 그렇다 치고, 〈엠브리오〉의 능력을 전부 파악하지 못한 게 골치 아픈데.)

티안들에게 자세한 내용이 전해져 내려온 [살인희]와는 달리 〈초급 엠브리오〉인 요왈테포스틀리는 〈세피로트〉가 지니고 있는 정보에도 자세한 능력이 알려져 있지 않다.

굳이 정보가 있다고 한다면 '대규모 파괴능력'이 아니라 '많은 상대와 장기간 전투를 벌일 수 있는 능력'이라는 점이다.

(우리 카루루와 비슷한 타입인가? 치트 방어라면 많은 상대를 차례대로 박살 낼 수가 있으니까.)

AR·I·CA는 장기전 특화 빌드인 동료를 떠올리며 추측했다.

(하지만……, [살인희]와 맞서 싸우게 된 타이밍에 그 아이들이 있었던 건 운이 좋았군. 그 카페에서 보인 반응을 보더라도 잘 맞을 것 같고.)

AR·I·CA는 카페에서 큐코가 갑작스러운 변화를 보인 이유를 추측하고 있었다.

어떠한 수치를 참조해서 스킬을 행사하는 〈엠브리오〉는 그 수치를 감지할 수 있다.

예를 들어 레이 스탈링의 네메시스는 다른 자가 자신에게 입힌 대미지를 카운터라는 형태로 실감할 수 있다.

그와 마찬가지로 큐코도 다른 자의 동족 토벌 횟수를 수치가 아닌 감각적으로 판정할 수 있다.

그렇기 때문에 [살인희]의 엄청난 동족 토벌 횟수를 감지해버린 큐코가 갑작스럽게 변화를 보인다 해도 이상할 게 없다.

하지만 그것이 무슨 뜻인가 하면…….

(그 아이들은 아마……, [살인희]의 천적일 거야.)

[살인희]는 큐코의 《지옥문》이 절대적인 효과를 발휘하는 상대라는 뜻이다.

《지옥문》은 동족 토벌 횟수의 확률로 대상을 [동결]시킨다. 발동만 시키면 동족 토벌 횟수가 100이 훨씬 넘는 [살인희]를 확실하게 [동결]시킬 수 있다.

(스킬을 발동시킬 수만 있다면 그걸로 승부가 나겠지. 그리고 [화이트 로즈]라면 발동될 때까지 [살인희]의 공격을 견뎌내는 것도 불가능하진 않아. ……프 쨩도 참, [화이트 로즈]를 엄청나게 튼튼하게 만들었으니까.)

〈예지의 삼각〉 오너인 프랭클린이 여동생인 유고를 위해 맡긴 기체, [MGFX-002 화이트 로즈].

그 방어력의 핵심인 다중 결계 장갑 [플뢰르 디베르]는 스킬에 의한 방어뿐만이 아니라 재질도 엄청나게 튼튼하다.

AR·I·CA의 예측이 맞다면, 표면 장갑에는 신화급 금속이 쓰였다.

색이 다른 것은 자동 수복 기능을 탑재시켰을 때 재질에 뭔가 변화가 생겼거나, 하얗게 만들기 위해 뭔가 손을 썼거나.

어찌 됐든 이 세상에 그것만큼 튼튼한 〈마징기어〉는 존재하지 않는다.

[화이트 로즈]라면 [살인희]의 공격에도 금방 파괴되진 않을 것이다.

(아마 오페라보다 비용이 몇 배는 들어갔을 거야. 그리고 그 성능. 프 짱은 나와 한 '약속'을 지켜줄 생각인 것 같네. 유 짱에게 맡길지는 아직 모르겠지만.)

AR·I·CA는 예전에 〈예지의 삼각〉을 탈퇴할 때 친구와 한 약속을 떠올리며 미소를 지었다.

"그렇다면 '약속'을 지키게 되는 건 유 짱이 좀 더 강해지고 나서려나?"

AR·I·CA는 그렇게 혼잣말을 중얼거리며 사고를 전환했다.

지금부터 해야 할 일은 시장 저택으로 잠입하는 것.

위험을 감지할 수 있는 AR·I·CA라면 경비를 뚫고 잠입하는 것도 어렵지 않다.

그렇게 구슬을 찾아내 회수하면 좋고, 만약에 시장이 항상 가지고 다닌다면 [블루 오페라]로 초음속 기습을 가해 빼앗고 철수.

그래도 죽이면 콜타나의 운영에 지장이 생기기에 강탈만으로 끝낸다.

그 이후로 발생할 정치적인 문제는 스폰서인 의장에게 모조리

떠넘길 생각이었다.

"그럼 가볼까! …………어라?"

마음을 굳게 먹고 시장 저택의 벽을 넘어 잠입하려던 순간……, 그녀는 어떤 사실을 눈치챘다.

그 소리는 시장 저택의 정문 쪽에서 희미하게 들렸다.

"네놈! 장난치는 거냐!"

"……………………………."

이야기 소리였다. 한쪽은 큰 목소리를 내고 있었기에 AR·I·CA가 있는 위치에서도 들렸지만, 다른 한쪽의 목소리는 작아서 AR·I·CA에게는 들리지 않았다.

"…………."

AR·I·CA는 생각했다.

정문에서 뭔가 소동이 일어난 거라면 주의가 쏠려서 잠입하기에 딱 좋다.

하지만 AR·I·CA의 직감……, 카산드라가 알려준 위기가 아니라 그녀 자신의 감이 말해주고 있었다.

지금 확인해두지 않으면 골치 아프게 될 거라고.

AR·I·CA는 정문의 상황을 확인하기 위해 벽을 넘어 시장 저택의 정원으로 침입했다.

화초 그늘에 숨어 들키지 않게끔 정문 근처가 보이는 위치까지 이동했다.

그러자 그제야 정문의 상황을 확인할 수 있었다.

정문에는 남자 열 명이 있었다.

정확히는 남자 한 명과 남자 아홉 명이라고 해야 할 것이다.

남자 아홉 명은 체격이 듬직한 티안이었고, 《간파》로 확인해보니 모두 레벨이 300 이상이었다. 카르디나의 티안 중에서는 일류라고 해도 될 수준이다. 장비도 꽤 괜찮은 것을 갖추고 있다.

AR·I·CA는 그 남자 아홉 명이 시장 저택을 지키는 사병일 거라 추측했다.

상주하며 경호하는 병사는 지금도 〈마스터〉가 아니라 티안을 선호한다. 〈마스터〉는 갑자기 사라지기(로그아웃하기)에 경호나 시설 경비 같은 일에는 적합하지 않기 때문이다.

그에 비해 사병들과 마주 보고 서 있는 남자는 외모까지 그들과 정반대였다.

깡마른 얼굴, 바람이 불면 쓰러져버릴 것 같을 정도로 홀쭉한 몸. 펑퍼짐한 로브를 걸치고 있는데도 그의 몸이 앙상하다는 것은 의심할 여지가 없었다.

병을 앓고 있는 환자가 돌아다닌다 해도 문제가 없을 정도다.

AR·I·CA의 《간파》로 보이는 스테이터스도 남자들과 비교가 안 될 정도로 빈약했지만…….

(……저거, 위장하고 있구나.)

AR·I·CA는 직감으로 눈치챘다.

남자는 약한 것이 아니라 약하게 보이게끔 하고 있을 뿐이라는 사실을.

"대체 뭐냐! 네놈! 시장님과 만나야만 한다는 말만 되풀이하고……!"

"죄송합니다……. 하지만 시장님께 드릴 말씀이 있거든요. 하지만 시장님을 만나야만 하는 이유를 당신들에게 말하면……, 시장님께도 손해가 될 테니까요."

"그런 말만으로는 아무것도 알 수가 없잖아! 이렇게 수상쩍은 녀석을 만나게 할 수 있겠냐고!"

"그렇겠죠……. 아, 뭐라고 해야 할까……."

깡마른 남자는 그렇게 말하고는 자신의 관자놀이를 왼손으로 누르며 곤란하다는 듯이 고개를 숙였다.

그 남자의 왼쪽 손등에는 '해골을 끌어안은 여자'의 문장이 있었다.

덩치 큰 남자와 홀로 마주 보고 서 있던 남자는 〈마스터〉였다.

"아, 그렇지. 이 말은 해도 될 것 같은데요……."

"뭐냐!"

"시장님께 '구슬을 보여주세요'라고. 그리고 '이 이야기는 프리아 씨에게 들었습니다'라고 전해주시면……."

"…………."

사병들의 대표는 생각에 잠겼다.

깡마른 남자가 수상쩍다는 건 틀림없지만, 상대방은 〈마스터〉이니 상황에 따라서는 뭔가 중요한 이유가 있을지도 모르겠다는 생각이 들었다.

어제도 〈초급〉 중 한 명(AR·I·CA)이 시장 저택을 방문했기에 이 남자도 관계자일 가능성이 있었다.

"잠깐만 기다려라!"

사병들의 대표가 그렇게 말하며 저택 안으로 들어갔다.

그리고 몇 분 뒤, 그는 아연실색한 시장과 함께 돌아왔다.
콜타나 시장, 더글러스 코인은 AR·I·CA가 어제 보았던 건강한 모습 그대로였지만……, 매우 당황한 표정을 짓고 있었다.
"네가 그 전언을 보낸 〈마스터〉인가?"
"네. 당신이 가지고 있는 〈UBM〉 구슬을 보여주셨으면 해서 왔습니다."
"그런 건 모른다!"
시장은 그렇게 딱 잘라 부정하며 마음속으로 초조해했다.
(역시 [데 웰미스] 구슬을 노리고 온 녀석인가!)
시장은 고대전설급 〈UBM〉, [요저전생 데 웰미스] 구슬을 감추고 있다.
얼마 전에도 그 힘으로 자신의 몸을 젊어지게 만들었다.
구슬 중에는 사용 방법을 모르면 쓰지 못하는 것도 있는 것 같지만, [데 웰미스]는 그렇지 않다.
구슬을 손에 넣어 힘을 원한 자는 그 효과가 나타나 건강해진다.
시장도 구슬에게 소원을 빌고 하룻밤 자기만 한 것으로 건강과 젊음을 얻었다.
그리고 [데 웰미스]는 말을 잘 듣는 구슬이다. 건강해진 다음 날부터 시장의 마음에 말을 걸어 또 하나의 힘……, '새롭고 영원한 삶'을 얻을 수 있는 의식의 방법을 가르쳐 주었다.
시장은 좀 전까지 그 준비를 진행하고 있었다.

(이제 사흘만 지나면 준비가 끝나는데……. 그것만 마치면 나는 염원하던 불로불사가 된다!)

카르디나에서도 손꼽히는 부와 권력을 손에 넣은 그의 소원은 많은 선조들이 그랬듯이 불로불사였다.

그리고 그의 마음에 [데 웰미스]가 말하고 있었다. '새롭고 영원한 삶'은 수명만이 아닌 강대한 힘 또한 줄 것이라고.

(그렇게 되면 카르디나 의회나 〈초급〉도 두려워할 필요가 없지! 그러니 지금 다른 녀석들에게 [데 웰미스]를 빼앗길 수는 없다!)

어젯밤, 메이드를 통해 AR·I·CA를 암살하려 했던 이유도 그것이다.

일시적이나마 시간을 벌면 시장의 소원인 불로불사를 달성할 수 있고, 그것을 질책하는 자들과 맞서 싸울 힘도 얻을 수 있으니까.

다른 사람이 보기에는 시야가 너무 좁은 생각이었지만, 불로불사처럼 원래 이룰 수가 없는 소원이 이루어지기 직전인 시장은 알 수가 없었다.

"하지만, 당신이 구슬을 가지고 있다는 건 프리아 씨가……."

그런데 시장이 부정했는데도 깡마른 남자는 힘없는 말투로 말하면서도 시장이 구슬을 가지고 있다는 사실을 확신하고 있는 것 같았다.

"그걸 물어보러 온 거다! 어째서 네놈이 프리아를……! 네놈과 무슨 관계인지 말해라!"

왠지 모르겠지만 시장은 그 말을 듣고 당황했다.

사병들도, 그리고 숨어서 상황을 지켜보고 있던 AR·I·CA도 그 이유를 알지 못했다.

하지만 깡마른 남자는 알고 있었다.

"……이야기해도, 됩니까?"

남자들은 주위를 살피는 듯이 둘러보았다. 근처에 있던 사병들을 본 것 같기도 했고, 숨어있던 AR·I·CA를 본 것 같기도 했다.

"그래! 말해보거라! 프리아가 구슬에 대해 말했다는 건 있을 수 없는 일이니까!"

"있을 수 없는 일인 건……. 당신이 구슬을 손에 넣기 몇 년 전에 프리아 씨가 이미 **돌아가셨기 때문**……인가요?"

시장에게 허락을 받은 남자는 그렇게 말하며 시장을 빤히 보았다.

아니, 그게 아니었다.

"하지만 프리아 씨의 증언이 틀림없거든요."

그는 그렇게 말하고…….

"그쪽에 계신……, 당신에게 농락당하다 살해당한 프리아 씨께 들었습니다."

———시장의 뒤쪽을 손가락으로 가리켰다.

"뭐, 라고……?"

시장은 조심조심 돌아보았지만, 아무것도 없었다.

시장뿐만이 아니라 사병들에게도, AR·I·CA에게도 아무것도 보이지 않았다.

하지만 그곳에 있던 사람들 중 몇 명이 가지고 있던 《진위 판정》에 반응이 나타나지 않았고, 남자의 시선은 초점이 제대로 맞은 상태였다. 마치 그곳에 무언가가 있는 것처럼.

"프리아 씨는 당신의 정적이었던 남자의 부인이었고, 부부가 모두 치욕을 당하고 살해당했다고 하시는데요."

"자, 잠깐만……."

"그리고……, 프리아 씨 말고도 이 저택 지하에 시체가 잔뜩 있죠. 아……, 이곳, 콜타나에서는 부랑아들의 시체가 안 보인다 싶었는데 모으고 계셨던 모양이군요. ……아니, 구슬을 손에 넣고 나서 살해하신 분들도 계시네요……. 198명……, 인가요? 대부분 노예분들이시네요……."

"잠깐!! 너, 무슨 말을 하는 거냐?!"

시장은 혼란스러워하며 소리치고 있었다.

남자가 망언을 쏟아냈기 때문이 아니었다.

남자가――, 시장이 지하에서 저지른 소행을 **숫자까지 정확하게** 파악하고 있었기 때문이다.

'새롭고 영원한 삶'을 손에 넣을 수 있는 의식을 위해 저택 지하에 시체를 모으고, ……그뿐만이 아니라 노예들을 죽여 시체로 만들었다는 것조차.

애초에 깡마른 남자는 의식을 준비하기 이전에 시장이 저지른 죄에 대해서도 알고 있었지만.

"아……, 죄송합니다. 저는 《관혼안》이라는 스킬을 가지고 있

어서요……, 혼이 보이거든요. 죽은 분까지 포함해서 말이죠. 이야기도 할 수 있고, 교섭도 할 수 있습니다. 이번에는 프리아 씨의 부탁을 들어주는 대신……, 당신이 저지른 짓에 대해 가르쳐달라고 했습니다."

남자가 담담하게 한 말을 듣고 시장은 경악했다.

시장은 그 스킬의 이름을 알고 있었기 때문이다.

"《관혼안》……! 그, 그건, 사령술사 계통의 오의 아닌가……?!"

"……네? 아……. 죄송합니다……, 말씀드리는 게 늦었네요."

남자는 그렇게 말하고 자신의 가슴에 손을 대면서.

"저는 베네트나쉬라고 합니다. 직업은——— [명왕(킹 오브 타르타로스)]입니다."

———초월자인 자신의 이름을 말했다.

"[명왕], [명왕]이라고……?!"

자신의 이름과 직업을 말한 베네트나쉬를 보고 시장은 당황하며 뒤로 물러섰다.

사병들이 시장을 지키기 위해 앞으로 나섰지만, 다들 어두운 표정을 지으며 베네트나쉬를 두려워하고 있었다.

관리 AI가 만든 아바타로 인해 만능의 적성을 부여받은 〈마스터〉와는 달리 일부 재능을 지닌 자들만 초급 직업을 얻을 수 있는 티안이기에 초급 직업이 얼마나 차원이 다른 힘을 지니고 있는지 잘 알고 있다.

"그러니 당신이 가지고 있는 구슬에 대한 이야기를……, 해주실 수 있을까요?"

"네, 네놈은 내 구슬을 뺏기 위해서……?!"

이제 시장은 자신이 구슬을 가지고 있다는 사실을 숨기려 하지도 않았다. 숨겨봤자 소용이 없을 거라는 사실을 깨달았기 때문이다. 《간파》로 본 상대방의 스테이터스가 허위 정보이고 상대방의 정체가 그 [명왕]이라면 《진위 판정》 같은 스킬이나 액세서리를 가지고 있는 게 당연하다는 생각이 들었다.

그와 동시에 몰래 가지고 있던 매직 아이템으로 시장 저택의 결계를 작동시켰다.

이제 외부에서는 시장 저택에서 발생한 상황을 감지할 수가 없다. 베네트나쉬가 좀 전부터 말한 정보들은 알려지게 되면 시장이라 해도 실각하게 될지 모를 정도로 무거운 죄였기 때문이다.

"우선 구슬을 보여주셨으면 합니다. 당신이 가지고 있는 구슬이 제가 원하는 힘인지 아닌지도 모르고, 제가 원하는 힘이 아니라면 물러나도록 하죠……."

"원하는 힘이라면 어떻게 할 셈이냐!"

"만약에 그 구슬이 제가 원하는 힘을 지니고 있다면, 대가를 지불할 테니 넘겨주셨으면 합니다만……."

"대가, 라고……?"

베네트나쉬는 고개를 끄덕인 다음.

"혼에게 들은 당신의 죄를……, 카르디나 의회에 신고하지 않겠습니다. ……아, 제가 원하던 게 아니라면 곧바로 의회에 신고할 겁니다. 그것이……, 당신에게 살해당한 프리아 씨와 다른 사람들의 부탁이라서요."

"…………끄, 윽?!"

강도는 지명수배를 당하게 되는 범죄다. 그래서 베네트나쉬는 무력이 아니라 거래를 통해 손에 넣으려 했지만, 시장이 보기에는 거래가 아니라 협박이었다.

《진위 판정》을 사법에도 이용하는 〈Infinite Dendrogram〉에서 증언의 중요도는 물적 증거에 필적한다.

시장 저택에 가택 수사가 들어오면 나쁜 짓을 한 증거가 발견될 것이다.

시장이 장악하고 있는 이곳, 콜타나 내부만의 일이라면 문제가 없다.

하지만 시장의 기억으로는 분명히 **지금은** 수도 드래그노마드가 콜타나에서 용차를 타고 하루 정도 걸리는 거리에 있을 것이다.

베네트나쉬가 신고하러 가고, 드래그노마드 의회 직속 관리를 데리고 올 때까지 왕복 이틀. 베네트나쉬의 이동속도에 따라 더욱 단축될 수도 있다.

카르디나에서 강한 권력을 지닌 콜타나의 시장이라 해도 저지른 중대 범죄들을 생각하면 의회 자체에서 단죄하려 할 것이다.

의식을 마치려면 사흘밖에 남지 않은 상황에서 시장은 실각하게 되고, 구슬도 카르디나 의회의 손에 넘어가게 된다.

(불로불사를 얻을 준비는 아직 끝나지 않았다. 아직 잡힐 수는

없다고……!)

한순간 베네트나쉬의 제안을 거절하고, 그가 신고하기 위해 떠난 뒤에 콜타나에서 도망치는 것도 생각해 보았다.

딱히 이 도시에서 의식을 치를 필요는 없다. 의식에 필요한 시체를 아이템 박스에 담아서 이동한 다음, 안전한 곳에 숨어 의식을 실행하면 되겠다고 생각했을 때…….

『———그 건 안 돼.』

시장의 머릿속에 목소리가……, 그를 따르는 [데 웰미스]의 말이 들렸다.

(어, 어째서지?)

『도시 밖 으로 나 가면 살 해당해.』

그 목소리를 듣고 시장은 정신이 번쩍 들었다.

상대방이 강경한 수단으로 구슬을 뺏으려 하지 않는 건 이곳이 도시 안이기 때문이고, 목격자가 많이 있기 때문이다.

[명왕]은 아직 지명수배당하지 않았지만, 이곳에서 구슬을 강탈하면 시장 저택을 습격한 중대 범죄자로 지명수배당하게 된다. 그래서 무력을 행사하지 않는다.

(하지만……, 내가 도시 바깥, 다른 사람들이 없는 곳으로 이동하면…….)

『살해당해.』

시장을 죽이고 구슬을 강탈하더라도 알아챌 사람은 아무도 없다.

머릿속에 속삭이는 목소리가 그 가능성을 눈치채게 해주었다.

눈앞에 있는 베네트나쉬의 꿍꿍이를 생각한 시장은, 공포에 질린 채 몸을 움츠렸다.

[데 웰미스]가 말한 것을 실제로 베네트나쉬가 고려하고 있는지는 제쳐두더라도.

"그래, 신고한다고 해놓고 자취를 감춘 다음……, 나를……. 그렇다면……."

"……? ……저기, 왜 그러시죠? 마치 누군가와 이야기를 하는 것처럼……, 어라? 잘 살펴보니 당신의 몸속에 혼이……."

베네트나쉬는 얼굴에 땀을 흘리며 고개를 숙인 뒤 끙끙대기 시작한 시장을 걱정스러운 듯한 눈초리로 보았다. 그 시선은 시장의 얼굴이 아니라 안쪽, 몸속에 있는 보이지 않는 것을 보고 있는 것 같았고…….

(지금이라면……! 지금 이 녀석을 해치우면……!)

『너 는 새롭 고 영원 한 삶 을 손 에 넣을 거야.』

〈마스터〉는 죽게 되면 사흘 동안 이쪽으로 돌아올 수 없다. 사흘 동안은 신고가 들어가지 않는다.

그 사흘만 있으면 의식이 끝나고, 시장은 불로불사가 될 수 있다.

원래는 초급 직업, 그리고 〈초급〉에게 도전하는 것은 무모한 행위일 것이다.

하지만 상대방은 [명왕]……, 다시 말해 언데드를 부리는 자다.

살아있는 몸을 지니지 않은 언데드는 끝없는 체력을 지니고 있어 무시무시한 몬스터이긴 하지만, 그 대신 햇빛이나 불, 성속성 공격 같은 약점도 많다.

지금은 햇빛이 쨍쨍 내리쬐고 있는 대낮이다. 이런 환경에서 언데드가 나온다면 그 순간에 몸이 무너져내릴 것이다.

다시 말해 언데드를 부릴 수는 없고, 남은 것은 척 보기에도 빈약한 것 같은 베네트나쉬뿐.

후위 마법 직업의 물리 스테이터스가 허약하다는 사실은 시장도 알고 있다.

지금 지근거리에서 부하들이 공격하면 이길 수 있다, 시장은 그렇게 판단했다.

그렇게 판단한 직후, 시장은 숙이고 있던 고개를 들고는 오른손――, [주얼]을 들어 올렸다.

"《환기(콜)》!! [플레임 드래곤], [세인트 드래곤]!!"

선언과 동시에 시장이 막대한 자산으로 손에 넣은 순룡이 소환되었다.

정석 같은 붉은 비늘을 지닌 화속성 천룡과 하얀 비늘로 둘러싸인 성속성 천룡이었다.

"시장님?!"

"이 녀석을 죽여라!! 지금이라면 이 녀석도 언데드를 써먹지 못할 거다!!"

갑작스럽게 〈초급〉을 적대시하려는 시장을 보고 사병들이 당황했지만, 시장은 사병들에게도 소리를 질렀다.

"그리고, 내 죄가 밝혀지면 네놈들도 마찬가지로 죄를 뒤집어 쓰게 될 거다!"

"!"

사병들은 지금까지 시장의 수족이 되어 다양한 일들을 해왔다.

현재 진행 중인 의식 준비도 그렇고, 그 이전에도 떳떳하지 못한 일들을 잔뜩 해왔다.

그렇게 많은 보수를 받으며 가담해온 그들은 분명히 시장과 똑같은 죄인이었다.

사병들도 마음을 굳게 먹고는 무기를 베네트나쉬에게 겨누었다.

"무력 행사는……, 하지 않는 게 좋을 겁니다."

하지만 그런 와중에도……, 베네트나쉬는 신경 써주는 듯한 눈초리로 주위를 보고만 있었다.

"당신들이 폭력을 휘두르면 저는 합법적으로 당신들에게 반격할 수 있게 되어버립니다."

〈마스터〉들끼리 서로 상처를 입히는 건 죄가 아니지만, 티안과 〈마스터〉는 그렇지 않다. 〈마스터〉는 티안을 죽이면 지명수배당하지만, 〈마스터〉도 티안에게 습격당하면 살해를 포함한 반격……, 정당방위를 할 수 있게 된다.

그 사실을 이해하고 있기에 베네트나쉬는 자신에게 무기를 겨눈 사람들을 진심으로 신경 써주고……, 아니, 가엾게 여기고 있었다.

"그만두는 게 좋을 것 같은데요. 아, 순룡 씨도……, 그만두는 게 좋을 거예요. 당신들은 분명히 죽어버릴 테니까……."

특히 순룡 두 마리에 대해 가엾게 여기는 마음이 강했다.
하지만 순룡들은 그 시선을 느끼고 코웃음 쳤다.
높은 지능을 지닌 순룡은 그가 두르고 있는 죽음의 기척을 통해 사령술사라는 사실을 이해하고 있었다.
햇빛 아래에서 화속성과 성속성을 다루는 자신들이 바로 베네트나쉬의 천적이라는 사실을 알고 있었다.
그렇게 베네트나쉬의 경고를 받아들인 사람은 없었고.
"죽여라!"
시장의 지시에 따라 순룡 두 마리가 브레스를 날리려 하다가.

"《어웨이킹 언데드》———, 아라곤."
———눈 깜짝할 새에 목이 잘려나갔다.

거대한 머리 두 개가 공중에서 하늘로 떨어졌다.
목의 단면에서는 불꽃과 성스러운 빛이 뿜어져 나왔고, 곧바로 전부 빛의 먼지가 되었다.
"뭐, …………어?"
시장도, 사병들도 입을 떡 벌린 채 멍하니 서 있었다.
그것은 비장의 수였던 순룡이 단숨에 죽었기 때문이 아니었다.
순룡이 아니라 다른 거대한 **물체**가 그곳에 서 있었기 때문이다.
그곳에 있던 것은 전신 골격이었다.
마치 박물관에 전시된 공룡의 화석과도 같은 위용.
두 눈에는 희미하게 타오르는 듯한 빛이 보였다.

그리고 그 꼬리는――, 어떠한 명도보다 날카로운 빛을 뿜어내는 칼날이었다.

그 꼬리칼로 순룡 두 마리의 목을 목숨과 함께 도려낸 것이다.

『……길들여져서 살집이 너무 많이 붙었군. 마치 돼지 같구나. 이미 용이 아니야.』

방금 베어버린 순룡을 경멸하는 듯이, 전신 골격이 위엄있는 목소리로 말했다.

아니, 그것은 전신 골격이라고 부를 만한 것이 아니었다.

그 종족의 이름은 [하이엔드 킹 엣지 스켈레톤 드래곤].

진명, 아라곤.

과거에 [인룡왕 드래그엣지]라는 이름으로 널리 알려진 고대 전설급 [용왕].

그것이 특전 소재인 [인룡왕 전신 골격]을 기반으로 베네트나쉬의《사령술》로 인해 되살아난 모습이었다.

"……역시. 당신이 싫어할 법한 순룡들이라 사정을 봐주지 않을 것 같았는데……."

『강한 생명이 타락하는 것은 죄다. 그러니 용은 타락해선 안 된다.』

단숨에《즉시 방출》아이템 박스로 아라곤을 꺼내고《어웨이 킹 언데드》로 기동시킨 솜씨를 보인 베네트나쉬는 그렇게 말하며 한숨을 쉬었다.

"……혼은 거두도록 하죠."

베네트나쉬는 그렇게 말하고는 로브 소매 안에서 어떤 결정을 꺼냈다.

그것은 [사령왕(킹 오브 커프스)]으로 전직할 때 사용하는 [원령의 크리스탈]과 비슷하게 생겼지만, 그것과는 다르게 안쪽이 다양한 색으로 빛나고 있었다.

그 안에 붉은색과 흰색이 약간 더해졌다.

"마, 말도 안 돼……!"

그사이 약간 마음을 다잡았는지, 시장이 소리쳤다.

"지금은 대낮인데?! 어떻게 언데드가……!"

"제 〈엠브리오〉의 패시브 스킬로, 제 파티 멤버는 언데드라 해도 햇빛이나 불꽃 같은 약점에 대한 내성이 평균치까지 오릅니다. 대낮이라 해도 행동에 지장이 없죠."

시장이 승산이라 생각했던 것을 베네트나쉬가 쉽사리 부정했다.

〈마스터〉가 지닌 특성……, 〈엠브리오〉를 무시했기 때문이긴 하지만, 패배한 이유를 생각해봤자 소용이 없다.

중요한 것은 결과다.

"좀 전에 말씀드렸다시피, 당신을 해쳐도 벌을 받지 않는 상태가 되어버렸습니다……."

베네트나쉬는 방금 시장에게서 살해까지 포함하여 심각한 피해를 입을 뻔했다.

도적들이 활개 치고 다니는 이 세계에서는 현실 쪽 정당방위보다 지나친 방어 행동이 허락되기 때문에 이제 베네트나쉬가 시장을 살해하더라도 법적인 문제는 발생하지 않는다.

"구슬을, 보여주실 수 없을까요?"

베네트나쉬는 시장에게 오른손을 내밀고는 다시 자신의 요구사항을 말했다.

"끄, 으으으……."

가장 강한 전력이었던 순룡 두 마리를 잃은 시장은 끙끙대며 움직이지 못하고 있었다.

사병들은 아라곤에게 겁을 먹고 조금씩 시장에게서 거리를 벌리기 시작했다.

생물———언데드이긴 하지만———로서의 격이 다르다는 것을 온몸으로 느껴버린 것이다.

사병들은 목숨을 걸고 싸우더라도 절대로 이길 수 없는 상대와 맞설 정도로 바보이거나 용감하지 않았다.

(어쩌지……! 어떻게 해야……!!)

시장은 필사적으로 머리를 굴렸지만, 방법이 없었다.

지금 베네트나쉬가 마음만 먹으면 순룡 두 마리에게 그랬던 것처럼 시장의 목을 날릴 수 있다.

그 공포로 인해 시장이 품속에 있던 구슬 쪽으로 손을 뻗으려 했을 때.

『지하 로 가.』

다시 [데 웰미스]의 목소리가 들렸다.

"……뭐라고?"

『약간 이르 긴 하지만 의식 할 거야.』

"할 수 있는 거냐?!"

『완전 하진 않아 부족 하지만 할 수 있 어.』

그 목소리는 시장에게 좋은 소식이었다.

의식을 치르고 불완전하게나마 불로불사와 힘을 얻으면 상황을 해결할 수 있을지도 모른다.

시장은 마음을 굳게 먹고 베네트나쉬에게서 등을 돌린 다음 자신의 저택 쪽으로 뛰어가기 시작했다.

"아. 잠깐만……."

『다리를 잘라내겠다.』

베네트나쉬가 누구에게 '잠깐만'이라고 한 건지는 모르겠지만, 아라곤은 아음속으로 움직이고 있었다.

그리고 꼬리칼로 날린 참격으로 시장의 다리를 잘라냈고.

"아아아아파아아아아아아……?! 아아아아아아아아악!!"

시장은……, **잘려나간 다리로 계속 뛰어갔다**.

『……뭐라고?』

눈알이 없는 아라곤도 눈을 깜빡이는 듯이 눈구멍의 빛을 일렁였다.

시장의 다리에서는 피가 흐르지 않았고, 그 대신———, 하얀 무언가가 몸속에서 잔뜩 쏟아져나와 곧바로 발을 만들었다.

베네트나쉬와 아라곤에게는 그것이 **구더기**로 보였다.

시장은 구더기로 만들어진 두 발을 움직여 저택 안으로 도망쳤다.

"…………."

베네트나쉬는 저택 안으로 사라진 시장을 말없이 바라보고 있었다.

그 표정은 좀 전보다 더욱 어두워졌다.

『……벗이여. 저것은 그대가 원하는 게 아니지 않은가?』

"……그런 것 같네요."

베네트나쉬는 매우 피곤하다는 듯이 숨을 내쉬었다.

자신의 소원이 이루어지지 않았다는 절망이 아니었다. '이것도 아니었구나'라는 듯한 지친 기색과 '또 다시 시작해야만 한다'라는 체념이었다.

"그래도 일단은 확인해야죠. 그리고, 그……, 혹시 제가 원하는 힘의 구슬과 교환할 수 있을지도 모르니까."

『그런가?』

"그 왜, 저번에 손에 넣었던 '물을 흙으로 만드는' 구슬하고 합쳐서 교환 재료가 두 개 있으면 더……, 《네크로 오라》."

베네트나쉬가 자신의 의견을 말하던 것을 멈추고 아라곤에게 언데드 전용 스테이터스 버프를 걸었다.

그 직후, ――노래하는 듯한 기관음과 함께 포탄이 비처럼 쏟아져 내렸다.

『LUUOOOOO……!』

아라곤이 곧바로 움직여 몸과 꼬리칼로 베네트나쉬를 감쌌다.

포탄은 골격에 튕겨 나갔고, 가장 튼튼한 꼬리칼로 보호받고 있었던 베네트나쉬도 대미지를 입지 않았다.

잠시 후 포탄의 비가 멎었고, 그틈에 베네트나쉬와 아라곤은 하늘에 떠 있는 습격자를 올려다보았다.

푸른 기체를 조종하고 있는 것은 카르디나 최강 클랜 〈세피로트〉의 일원, '창궁가희' [격추왕] AR·I·CA.

그렇다, 베네트나쉬를 습격한 것은 AR·I·CA였다.

『……솔직히, 구경만 할까 싶긴 했는데 말이지~. 당신까지 구슬을 가지고 있다면 내버려 둘 수가 없으니까!』

외부 스피커를 통해 AR·I·CA가 말했다.

그것은 AR·I·CA의 진심이었다. 그녀에게 있어서 최선의 상황은 구슬이 베네트나쉬가 원하던 것이 아니어서 방치하는 패턴.

그리고 베네트나쉬가 떠난 뒤에 시장과 결판을 낼 생각이었다.

하지만 베네트나쉬가 이미 구슬을 가지고 있고, 앞날을 대비해서 콜타나의 구슬까지 손에 넣으려 한다면……, 이야기가 달라진다.

이미 베네트나쉬는 시장과 마찬가지로 표적이고, 경쟁 상대이기도 했다. AR·I·CA도 예상치 못하게 전투를 시작하게 되었지만 이 타이밍을 놓칠 수는 없다.

(……[살인희]까지 있으니까~. 그쪽과 얽혀서 소동이 생기면 그사이 [명왕]이 도망치겠지. 그러면 구슬을 회수하는 게 힘들어질 테니까. 역시 지금 바로 끝낼 수밖에 없겠어.)

AR·I·CA는 베네트나쉬를 쓰러뜨리고 구슬을 빼앗은 다음, 저택으로 도망친 시장을 쫓아가 그 구슬도 회수하기로 했다.

그리고 베네트나쉬와 맞붙으려면 지금밖에 기회가 없을 거라고 생각했다.

"그 푸른 〈마징기어〉는……, 〈세피로트〉의 AR·I·CA 씨인가요? 소문은……, 들었습니다."

『나도 당신 이야기는 들었어. 항상 보라색 머리카락의 미소녀 메이든과 함께 행동한다고. 문장 안에 들어가는 걸 싫어해서 계속 밖에 나와 있다고 했던가? 어라~? 그러고 보니 메이든은 어디 있어~?』

잡담이라도 나누는 듯한 말투로 AR·I·CA가 어떤 사실을 최종적으로 확인했다.

"…………."

『그리고 스킬에 대해서도 알고 있지. 언데드를 보호해주는 패시브 스킬은 멀리 떨어져 있어도 쓸 수 있지만, 치트의 화신 같은 필살 스킬은――, 곁에 있어야만 쓸 수 있다는 거라든가.』

"!"

『그러니까 말이지, ――지금 바로 나하고 춤을 춰보자고.』

그 말에……, 그 **사실**에 베네트나쉬가 약간 동요했다.

그 직후, [블루 오페라]가 공격을 다시 시작했다.

베네트나쉬가 〈초급 엠브리오〉와 따로 행동하고 있는 사이 승부를 끝내기 위해서.

제4화 연쇄

ㅁ[장갑 조종사] 유고 레셉스

스승님과 통신을 마친 이후로도 우리는 [살인희]와 그녀의 동료를 찾고 있었다.

지명수배당한 [살인희]에 대해서는 나도 알고 있다.

카르디나로 오기 전, 〈예지의 삼각〉에 있을 때도 몇 번이나 들었다.

솔직히 말해 그 아이가 그 [살인희]인지 반신반의하는 상태다.

그 아이는 말과 행동이 약간 어리긴 하지만, 평범한 아이로 보였으니까.

하지만 행동은 해야만 한다. 만에 하나라도 그녀가 [살인희]라면 돌이킬 수 없는 사태가 벌어질지도 모르니까.

"큐코, 뭔가 느껴져?"

"음~. 근처에는 없어."

큐코는 자신의 주위……, 《지옥문》을 전개할 수 있는 범위 안에 있는 생물의 동족 토벌 횟수를 감각적으로 감지할 수 있다.

그렇기 때문에 외모와 스테이터스를 속이고 있는 그 아이를 찾기에는 안성맞춤이지만, 애초에 이곳 콜타나는 매우 넓은 곳이다.

가운데에 큰 호수가 있어서 도넛 형태의 거리이지만 그걸 감안해도 면적이 넓다.

큐코의 탐지 범위는 이 도시의 넓이와 비교하면 점이나 마찬가지다.

"이 도시와 비교하면……, 내 힘은 너무 작아."

아……. 약간 풀 죽었네.

"마치 현실의 유고 가슴처럼."

하지만 독설을 내뱉을 기운은 남아 있는 모양이다.

……작지 않다구. 앞으로 커질 예정이니깐.

"아무튼, 지금은 닥치는 대로 찾을 수밖에 없어. 무슨 일이 일어난 뒤에는 이미 늦을 테니까."

"응. 유고도 그쪽이 먼저 덤벼들 것까지 고려해둬."

"……그렇긴 하겠네."

상대방은 나와 스승님의 얼굴을 보았다. 스승님이 〈세피로트〉의 일원이라는 사실을 눈치챘다면 그쪽이 먼저 기습할 가능성도 있다.

거리 안이라 [화이트 로즈]를 타고 다닐 수는 없지만, 《즉시 방출》로 아이템 박스에서 꺼낼 준비는 해둬야겠다.

그렇게 거리에서 수색을 하고 다닌 지 수십 분 정도.

우리는 사람들이 땅바닥에 융단을 깔아두고 장사를 하는 바자로 들어섰다.

보아하니 대형 상품을 취급하는 사람들도 있었고, 멀리에는 큼직한 우리에 갇힌 몬스터도 보였다. 인파에 휩쓸리지 않게끔 인기척이 별로 없는 골목으로 이동했다.

"으음? 어디선가 본 듯한 메이든이 있군."

그때, 누군가가 말을 걸었다.

"?"

주위를 둘러보았지만 어디에도 이쪽을 보고 있는 사람은 없었다.

"……누구야?"

메이든이라고 하니 아마 큐코 이야기를 하는 거겠지만, 한 가지 의문이 들었다.

지금 큐코는 [살인희]에 대비해서 레이와 처음 만났을 때처럼 《문장 위장》을 사용하고 있다.

하지만 말을 건 사람은 그런 상황에서도 큐코를 메이든이라고 불렀다.

'어디선가 본 듯한 메이든'이라는 말까지 감안하면 아는 사람인가?

주위를 둘러봐도 낯익은 사람은 아무도…….

"……그렇게 진짜로 눈치채지 못한 듯한 반응을 보이면 소첩도 마음이 상한다만?"

"유고, 아래."

"어?"

그 말을 듣고 내려다보니 명치 아래쪽에 보라색 머리카락이 보였다.

보아하니 말을 건 사람의 키가 작아서 눈에 들어오지 않았던 것 같다.

……이 아바타는 키를 현실보다 꽤 크게 설정해서 시점도 높단 말이지.

“아는 사람에게 말을 걸었더니 은근히 ‘꼬맹이’라고 업신여기다니……. 소첩은 슬프구나…….”

보라색 머리카락에 큐코보다 작은 소녀가 그렇게 말하며 얼굴을 손으로 가렸다.

그 때문에 얼굴이 보이지 않았고, 작은 몸집과 어깨를 드러낸 고대 그리스풍 드레스만 보였다. 드레스도 머리카락과 마찬가지로 보라색이었다.

하지만 그 ‘보라색’ 때문에……, 과거의 기억이 되살아났다.

“……너, 페르세포네야?”

“오오? 기억났는가? 〈예지의 삼각〉에서 마주쳤을 때도 이야기를 거의 나눈 적이 없었으니 사실 약간 불안했다만……, 그대는 기억력이 좋구나!”

그녀는 그렇게 말하고――발돋움을 해서――툭툭, 내 어깨를 칭찬해주는 듯이 두드렸다.

“뭐, 소첩은 프랭클린 녀석에게 그대에 대해 ‘기대되는 신인이고 서방님과 마찬가지로 메이든의 〈마스터〉’라고 이것저것 들었다만 말이다! 이름이 유고와 쿠코 맞던가?”

“……나는 큐코야.”

“착각했군! 미안하다!”

“머리카락이 컬러 병아리 같으니 기억력도 새대가리 수준이겠

지. 용서할게.”

“그대와 이야기를 나눈 건 이번이 처음이다만, 독설이 너무 심한 것 아니냐?!”

……큐코의 독설은 제쳐두고, 그녀에 대해서는 알고 있다.

그녀의 이름은 페르세포네. 큐코와 마찬가지로 메이든 〈엠브리오〉다.

그리고 그녀가 서방님이라고 부르는 사람은……, 그녀의 〈마스터〉. 예전에 언니와 공동 연구를 하던 [명왕], 베네트나쉬다.

“〈예지의 삼각〉인 그대가 카르디나에 있는 걸 보니, 여행이라도 하는 건가?”

“대충 그렇긴 한데……, 네가 여기 있다는 건 설마.”

“으음. 물론 서방님도 이 도시에 있고 말고. 오, 지금은 시장 저택에서 〈마징기어〉 탑승자와 교전 중인 모양이로구나. 푸른 기체와 싸우고 있는 것 같다만.”

“……?!”

그녀는 한쪽 눈을 감고 아무렇지도 않게 그런 말을 했다.

그녀가 한 말이 사실이라면 지금 스승님이 [명왕] 베네트나쉬와 교전 중이라는 뜻이다.

어떤 경위로 그렇게 되어버린 건지 생각하다가 스승님이 카페에서 이야기하던 내용이 떠올랐다.

“콜타나에는……, 구슬을 얻으려고 왔어?”

“잘 알고 있구나. 혹시 그대들도 서방님과 마찬가지로 그걸 노리는 건가? 신기한 우연이로고!”

스승님이 말했던 '구슬을 노리고 움직이는 〈초급〉'.

설마 그중 한 명이 그 [명왕]이었다니…….

"어째서, 콜타나의 구슬을……?"

"그래. 그것은 서방님의 사생활이니 자세히 말할 수는 없다. 허나 대충은 가르쳐주도록 하마."

"뭐?"

"말하자면 이룰 수 없는 것을 찾고 있다. 서방님은 자신이 해내려 하는 힘든 일을 어떻게든 가능하게 해줄 것을 찾고 있지. 애초에 가장 유력한 후보는 소첩이 다음 위계로 올라가는 거다만."

"…………."

페르세포네가 한 말은 너무 추상적이어서 자세한 내용을 알 수가 없었다.

하지만, 한 가지 알게 된 것이 있다.

페르세포네는 제7형태, 〈초급 엠브리오〉다.

그것이 다음 위계……, 존재조차 확인되지 않은 제8형태가 되어야만 이루어낼 수 있는 것을 [명왕] 베네트나쉬는 해내려 하고 있다.

이곳, 콜나타에 있는 '새롭고 영원한 삶을 주는' 구슬로 그걸 해낼 수 있을지도 모르기 때문에 지금은 스승님과 쟁탈전을 벌이고 있다는 뜻이다.

"소첩도 그런 헛수고에 불과한 샛길로 빠지지 말고 진짜배기에 집중해줬으면 한다만……. 그리고 만약에 그쪽 방법으로 해내버리면 소첩의 입장이 뭐가 되겠나."

"……아, 그래서 그렇구나."

큐코는 뭔가 납득한 듯이 그렇게 말했다.

"그래서 AR·I·CA와 벌인 전투에 참가하지 않았구나."

"그뿐만이 아니라 구슬 찾기라는 행위 그 자체에서 빠졌다. 소첩은 절찬리에 보이콧 중이지!"

……보아하니 페르세포네는 구슬 찾기 그 자체가 마음에 들지 않아 열심히 구슬을 찾고 있는 〈마스터〉를 내버려 두고 혼자 돌아다니고 있는 모양이었다.

대충이나마 자신의 〈마스터〉의 목적에 대해 말한 것도 그 일환일 것이다. 메이든이나 사람에 가까운 가드너는 자신의 의지대로 움직일 수 있긴 하지만, 이 페르세포네는 너무 자유분방한 것 아닐까?

"아, 서방님이 싸우고 있는 상대는 〈마징기어〉 탑승자였지. 그대들의 동료인가?"

"……만약에 그렇다면?"

"서방님으로부터 구슬을 빼앗아주기를 기원하마! 그런 건 걸리적거리기만 하고, 기분 나쁘니 서방님 곁에 두지 않았으면 좋겠다!"

……자기 〈마스터〉의 패배를 기원하는 〈엠브리오〉는 처음 봤다.

그런데 기분 나쁘다니, 그게 무슨 소리지?

"그러니 소첩은 그쪽 싸움에 관여하지 않을 거다. ……그러니 소첩을 건드리지 말거라!"

……응?

"동료를 원호하겠다면서 소첩을 쓰러뜨리지 말도록!"

아, 우리가 그렇게 행동할 가능성도 있겠구나.

페르세포네는 [명왕] 베네트나쉬의 〈엠브리오〉니까, 지금은 도와주지 않는다 해도 그가 데스 페널티 직전까지 몰리게 되면 어떻게 할지 모른다.

'스승님이 이길 확률을 올리기 위해 쓰러뜨린다'는 선택지도 분명히 있긴 하다.

"그, 그 눈초리는 뭐냐! 미리 말해두지만, 소첩은 약하다! 전투력만 놓고 보면 하급 가드너 때문에 울어버릴 정도로 약하다! 그러니 공격 같은 건 하지 말도록! 그 '……무슨 소릴 하는 거야? 이 〈초급 엠브리오〉', 같은 눈초리로 보지 말거라?!"

……무슨 소릴 하는 거야? 이 〈초급 엠브리오〉.

"〈초급 엠브리오〉가 다들 강하다는 건 환상이다! 특히 소첩은 한 가지에 지나치게 특화되어서 약하지! 그대의 클랜 오너인 프랭클린의 판데모니움처럼 '몬스터 제조 공장이야! 하지만 덩치가 크니까 그냥 짓밟기만 해도 꽤 강해! 그리고 광학 미채도 쓸 수 있어!'라는 식으로 욕심쟁이 같은 성능은 없다!"

……필사적으로 '나는 약해요'라고 어필하며 해롭지 않다고 주장하는 〈초급 엠브리오〉를 보니 뭐라 말하기 힘든 기분이 들었다.

이제 그냥 내버려 둬도 되지 않을까.

하지만, [명왕] 베네트나쉬가 스승님과 교전 중이라면 그쪽은 내버려 둘 수 없다.

[살인희] 수색도 맡고 있는데, 어떻게 해야 하나…….

『그런데 유고.』

왜 그래? 큐코.

『페르세포네는 네메시스를 좀 닮았지? 네메시스보다 작긴 하지만.』

……아, 나도 그런 생각 좀 들었는데.

외모와 말, 행동에 유사점이 꽤 많을 정도로는 닮았다.

그 이유까지는 모르겠지만.

〈엠브리오〉에게는 형제자매가 없을 텐데.

□■상업도시 콜타나 시장 저택

유고가 페르세포네와 다시 만났을 무렵, 시장 저택에서는 여전히 〈초급〉 둘이 싸우고 있었다.

초음속으로 공중을 가볍게 날아다니는 [블루 오페라].

공중에서 쏟아져 내린 포탄과 폭탄은 이미 시장 저택의 정원을 전장으로 만들어버린 뒤였다.

하지만 베네트나쉬는 건재했다.

"《네크로 오라》, 《네크로 리페어》."

『이걸로 세 번째……, 진짜로 단단하네~!』

전 용왕이자 STR과 END에 특화된 아라곤에게 보호받고 있다.

[명왕] 베네트나쉬의 전투 스타일은 전형적인 탱커 앤 위저드.

아라곤을 비롯한 강인한 언데드를 전위로 삼고 베네트나쉬 본인이 후방에서 언데드 전용 버프나 상대방을 향해 디버프, 공격 마법을 사용하는 방어 주체 진형.

그 수비는 견고했고, 〈초급〉 중에서도 공격력이 낮은 축에 드는 AR·I·CA에게는 까다로운 적이었다.

공격을 거듭해도 아라곤의 HP는 미미한 수준밖에 깎아내지 못했다.

그 대미지도 지속 회복형 버프인 《네크로 리페어》로 치료되었기에 지금 시점에서는 대미지가 없다.

하지만 반대로 베네트나쉬와 아라곤은 전혀 공격을 가하지 못했다.

『에잇, 짜증 나는 공격이군. ……나의 벗이여, 칼날이 닿지 않는다.』

“제 마법도 사정거리에서 벗어났고…….”

아라곤의 공격은 자신의 골격을 이용한 물리 공격뿐이다.

도약 같은 것도 가능하긴 하지만, 하늘을 자유자재로 날아다니는 [블루 오페라], 그것도 카산드라를 통해 미래 위험 예지를 사용하는 AR·I·CA를 맞출 수 있을 리가 없었다.

그러긴커녕 공격에 나선 틈에 베네트나쉬가 데스 페널티를 받게 되어버릴 것이다.

그리고 베네트나쉬가 가한 공격도 닿지 않았다.

적어도 저주 계열 상태이상 마법의 사정거리 밖이라는 뜻이었다.

그 밖에 쓸 수 있는 거라면 [대사령(리치)]의 오의, 《데들리 믹서》의 위치에 있는 [고위 영술사(하이 네크로맨서)]의 오의, 원념을 폭발적으로 연소시키는 《데들리 익스플로드》가 있다.

그거라면 닿을지도 모르지만, 역시 빗나갈 가능성이 크다.

그뿐만이 아니라 그 시장이 이 시장 저택에 원념을 너무 많이 모았기 때문에 이곳 자체가 화약고나 마찬가지다. 사용하면 확실하게 저택이 통째로 날아가게 될 것이다.

반대로 말하자면, 그런 폭발력이 있으니 맞출 수 있을지도 모르는 건 맞다.

하지만 이미 인간을 그만둔 거나 마찬가지인 시장의 목숨을 고려하지 않는다 해도 구슬 회수나 시장 저택에 있는 하인들의 목숨을 고려하면 베네트나쉬는 그 방법을 쓸 수가 없었다.

"뭐, 이곳은 원념이 지나치게 많이 모여버렸으니……, 결국 나중에 태워야만 하겠지만요."

『그렇지. 이상할 정도로 밀도가 높은 원념이다. 내가 원념식 언데드였다면 영향을 받았겠지.』

아라곤은 언데드지만, 원념으로 움직이지 않는다. 그것은 언데드를 만드는 방식에 따라 다르다.

사령술사 계통은 원념이나 자신의 마력을 사용해 언데드를 임의로 만든다.

예전에 유고와 맞서 싸웠던 〈고즈메이즈 산적단〉의 [대사령] 메이즈는 원념을 사용한 전자였고, 베네트나쉬는 마력을 사용하는 후자다.

전자는 사용자의 부담이 적은 대신 이성적인 언데드를 만들지 못하고 폭주할 위험도 있다.

후자는 사용자의 부담이 크긴 하지만, 아라곤처럼 혼의 의지가 그대로 깃든 언데드를 만들 수 있다.

후자는 자유 의지를 지니고 있기에 따를지 여부가 혼에 따라 다르다는 단점이 있지만, 아라곤을 비롯한 베네트나쉬의 언데드는 신뢰 관계를 쌓고 있기에 그럴 걱정이 없다.

베네트나쉬의 동료라고도 할 수 있는 언데드 군단은 뛰어난 전투 기술까지 포함해서 강한 힘을 지니고 있다.

하지만 그런 언데드 중에는 [블루 오페라]와 맞서 싸울 자가 없다.

"역시 하늘을 날 수 있는 분도 멤버로 삼아야 했을까요……. 하지만 천룡분들은 언데드가 되면 비행 능력이 크게 떨어지니까요……. [드래곤 스피릿]은 예외지만, 탈 수가 없고."

그리고 괴조는 언데드가 되어도 비행 능력이 그대로 유지되지만, 동료 중에는 없다.

그 이유는 아라곤이 매우 싫어하기 때문이다.

지룡이 괴조를 싫어하는 건 죽은 뒤에도 변함이 없는 모양이다.

"페르세포네와 따로 행동하는 상황만 아니었다면 손을 쓸 수가 있었겠지만……."

골타나에 도착한 뒤, '누가 구슬 같은 걸 찾을까 보냐~! 바람둥이~!'라며 따로 행동하기 시작한 자신의 엠브리오를 떠올리고 베네트나쉬는 한숨을 쉬었다.

전황은 완전히 교착된 상태다.

AR·I·CA의 공격은 아라곤에게 막혀서 닿지 않는다.

베네트나쉬의 공격도 하늘에 있는 [블루 오페라]에게 닿지 않는다.

그런 상황이었기에 [블루 오페라]의 콕핏에서 AR·I·CA가 한숨을 쉬었다.

(결판이 안 나겠는데~? 카루루의 치트 방어보다는 낫겠지만 말이야.)

양쪽 다 정말로 상대방을 돌파할 방법이 없는 건 아니다.

AR·I·CA에게는 [굉뢰견수 던가이]의 번개 방어를 뚫은 필살 스킬이 있다.

그리고 베네트나쉬 쪽도 〈초급 엠브리오〉인 페르세포네가 부재중이지만 AR·I·CA를 쓰러뜨릴 수 있는 비장의 수를 가지고 있다.

하지만 양쪽 다 아직 그 비장의 수를 쓸 수는 없다.

이유는 두 가지.

첫 번째, 양쪽 다 비장의 수를 쓰려면 막대한 비용을 지불할 필요가 있기에 쉽사리 쓰지 못한다.

두 번째, 적이 더욱 늘어날 것을 경계해야만 한다.

이미 구슬을 노리고 [명왕]과 [격추왕] 같은 거대 전력이 이 시장 저택을 습격했다.

그런 상황에서 '더 이상 쟁탈전에 참가할 사람은 없을 것이다'라고 낙관적인 생각을 할 정도로 둘 다 바보는 아니었다.

게다가 AR·I·CA는 이미 [살인희]의 존재를 알고 있었다.

(자……, 어떻게 할까~?)

이대로 계속 싸우면 유리한 건 베네트나쉬다.

〈마징기어〉는 그 특성상, 전투 행동에 MP를 계속 소모한다.

게다가 고성능 기체인 [블루 오페라]에 탑승하고 각종 스킬까지 발동 중인 AR·I·CA의 소모는 막대했다. 아무리 초급 직업인 [격추왕]으로서 막대한 MP를 지닌 AR·I·CA라 해도 전투 시간에는 한계가 있다.

그에 비해 베네트나쉬의 전력인 아라곤은 언데드이기에 체력적인 한계는 존재하지 않는다. 스킬에 사용하는 MP도 AR·I·CA보다 훨씬 적을 것이다.

그렇기 때문에 한 시간, 두 시간, 그렇게 계속 싸우면 전황은 확실하게 베네트나쉬에게 유리해질 것이다.

(내 힘이 다 떨어질 때까지 버텨낼 셈이구나. 뭐, 실제로 그럴 만큼 튼튼하긴 하지. 저건……, 고대전설급 정도의 용왕을 소재로 삼은 건가? ……프 쨩도 저런 걸 만들 것 같네~. 알맹이는 여자애면서 공룡이나 파충류를 좋아했으니까.)

AR·I·CA는 친구와의 추억을 정겨워하며 슬쩍 웃고는…….

(어쩔 수 없지. 이대로 가다가는 질질 끌려가기만 할 테니, ……가져다줘야 할 물건이긴 하지만, 써버릴까!)

그렇게 생각하고 겉옷에서 어떤 물건을 꺼냈다.

그것은———, 헬마이네에서 챠 잔치에게 회수한 [굉뢰견수 던가이]의 구슬이었다.

새로운 소유자의 명령을 받아 번개를 자유자재로 다루는 〈UBM〉이 그 힘을 행사했다. [블루 오페라]의 푸른 장갑 표면에 번개가 가로질렀지만, [블루 오페라] 자신은 전혀 피해를 입지 않았다.

이윽고 번개는 [블루 오페라]가 겨누고 있던 라이플에 집중되었고.

『BANG!』

포탄의 사출과 동시에 막대한 양의 번개를 그 탄에 둘렀다.

번개를 두른 탄환이 공간을 찢어발기며 아라곤에게 명중했다.

"……!!"

『이, 건……!!』

뇌광포탄을 제대로 맞은 아라곤의 늑골 중 하나가 부서졌다.

[굉뢰견수 던가이]의 힘은 갑옷이나 무기로 쓸 수 있을 정도로 정밀한 조작이 가능한 번개.

AR·I·CA는 그 번개를 총탄에 두르고 위력을 키우려 한 것이다.

그 위력은 차원이 다를 정도로 올라가 좀 전까지는 총탄을 튕겨내던 아라곤의 강인한 골격에도 확실한 상처를 주었다.

그 번개는 아라곤에게 매우 효과적이었다.

아라곤은 언데드가 되어 강력한 물리 방어력과 끝없는 체력을 얻었지만, 그 대신 생전에 지니고 있던 《용왕기》 같은 방어 스킬, 그리고 드래곤이 지닌 속성 내성 같은 것들을 잃었다.

그렇기 때문에 번개를 담은 탄환의 폭풍은 일반적인 탄환보다 훨씬 빠른 속도로 아라곤의 HP를 깎아냈고, 그것은 분명히 《네크로 리페어》의 회복량을 넘어섰다.

게다가 그 번개는 구슬 안에 있는 [던가이]가 사용한 것이기에 AR·I·CA는 번개로 인한 소모가 없다.

『약해지긴 했지만 고대전설급(동격)의 기척이 느껴진다. 벗이여, 미안하다만 적의 마력이 떨어질 때까지 기다릴 수는 없을 것 같다.』

아라곤은 냉정하게 상황을 분석하고 AR·I·CA의 마력보다 자신의 HP가 더 빠르게 떨어질 것 같다는 사실을 베네트나쉬에게 전달했다.

그 말을 듣고 베네트나쉬는 잠시 생각한 뒤에……, 고개를 끄덕였다.

"……알았다, 내가 어떻게든 하지."

교착 상태가 무너지자 그는 상대보다 먼저 자신의 비장의 수를 쓰겠다는 각오를 다졌다.

"페르세포네의 필살 스킬은 사용할 수가 없으니……, 이걸 쓰지."

베네트나쉬는 목에 걸고 있던 펜던트를 가슴팍에서 끄집어냈다.

그것은 하반신만 남은 악마상(가고일) 같은 형태였고, 기묘한 금속으로 이루어져 있었다.

은과 비슷하지만 절묘하게 다른 광택을 보이는 금속.

『……깨울 건가?』

“이거라면 그녀의 공격을 확실하게 견뎌낼 수 있을 거다. 나를 지키는 역할을 이걸로 바꾸면 네가 공격에 나설 수도 있을 테고.”

『허나, 내 칼날은…….』

“그녀를 공격하라는 게 아니야. 시장을 쫓아가서 구슬을 확보해주었으면 해. 네가 돌아오면 시장 저택에서 철수하고 거리에서 페르세포네와 합류한 다음, 콜타나를 탈출한다.”

『그렇군. 알겠다.』

“그럼……, 시작할게. ———깨어나라, 《땅에 선(그레이)…….”

베네트나쉬가 비장의 수 중 하나를 사용하려 했을 때.

“…………어? 페르세포네?”

『……? 유 쨩?』

그들은 동시에 동행자들에게 텔레파시를 받았고.

———그 직후, 콜타나 어딘가에서 비명이 솟구쳤다.

ㅁ[장갑 조종사] 유고 레셉스

“그 [살인희]가 이 도시에 있을지도 모른다는 건가? 정말 불씨가 많이도 모여들었구나!”

결국, 나는 페르세포네에게도 상황에 대해 말했다. 먼저 말을 꺼냈다기보다는 상대방이 '그런데, 그대들은 누굴 찾고 있는 거지?'라고 물어봤던 거지만.

"그건 그렇고 [살인희]란 말이지. 그렇군……."

그리고 [살인희]의 존재를 알게 된 페르세포네는 뭐가 즐거운지 미소를 짓고 있었다.

"흐흥. 그렇다면 이 도시는 죽음의 도가니가 되겠구나. 죽음을 초월한 자, 죽음을 양산하는 자, 죽음의 의미를 바꾸는 자. 누군가가 모은 것도 아닐 텐데, 꽤 재미있는 일이 벌어졌군그래."

"?"

"그래서, 그대들은 소첩이 서방님에게 가세하지 못하게끔 잡아두고 싶은 것이고, 그 [살인희]를 찾으러 가고 싶기도 한 거겠지?"

"……그렇게 되네."

"욕심도 참 많구나. 하지만 알겠다. 그 [살인희] 수색에 소첩도 함께하도록 하마."

"어?"

"불행인지 다행인지, 소첩은 한가하다. 게다가 구슬 같은 것에 연연하는 것보다는 그게 훨씬 더 서방님과 소첩에게는 유익할 터이니 말이다."

"유익하다니, 어째서?"

"그건 말할 수 없다. 허나, 지금 그대들에게 손해를 끼치지 않을 거라는 점만은 보장해주마."

페르세포네는 그렇게 말하고 걸어가기 시작했다.

“자. 어서 가자꾸나. 얼른 찾아내고 싶은 것이지?”

“……그렇지.”

우리는 페르세포네를 따라 걸어가기 시작했다.

그녀를 감시하며 [살인희]를 찾을 생각이었는데, 오히려 그녀가 앞장서고 있다.

좀 전에 ‘나는 약하다’라면서 울상을 짓던 소녀와는 전혀 다른 사람 같은 활기. 페르세포네는 선두에 서서 바자를 나아갔다.

그러다, 갑자기 이쪽을 돌아보았다.

“그렇지. 모처럼 이렇게 함께 있으니 뭔가 이야기라도 하자꾸나.”

“이야기……?”

“질문이라도 좋다. 소첩에게 뭔가 물어보고 싶은 건 없는가?”

“어깨가 드러난 그 옷……, 이런 땡볕 아래에서 괜찮아?”

……큐코, 제일 먼저 그런 걸 물어봐도 되는 거야?

“후후후. 물론, 문제없다. 소첩의 패시브 스킬인 《죽은 자의 덮개(칼립소 폰 네크론)》는 언데드에게 햇볕 아래에서 전력 질주를 할 수 있을 정도로 강한 햇빛 및 염열 내성을 부여하는 스킬이다! 그러니 소첩을 대상으로 삼으면 피부가 그을릴 일도 없다!”

“……좋겠네~.”

큐코가 약간 부러운 듯한 표정으로 그렇게 말했다.

아마 ‘나도 [동결]을 좀더 유연하게 쓸 수 있다면 아이스크림이 녹지 않게끔 먹을 수 있을 텐데’라고 생각하는 듯한 표정 같다.

“그대는 뭔가 물어볼 것 없나?”

“……있어.”

잠시 생각한 다음, 나는 예전부터 의문으로 여겼던 것을 물어보기로 했다.

"〈예지의 삼각〉에서 진행했던 원념 동력 연구. 어째서 [명왕]이 협력했던 건지."

예전에 〈예지의 삼각〉……, 언니가 입안했던 원념 동력 구상. 〈마징기어〉의 단점인 MP 문제를 주위의 원념을 흡수하여 에너지로 삼음으로써 해결하려 했던 연구.

언니에게는 에너지 문제 해결이라는 목적이 있었다. 어쩌면 내가 사용하고 있는 [화이트 로즈]의 가장 큰 단점을 그것으로 해결하려 했을지도 모르겠다.

하지만 [명왕] 베네트나쉬에게는 이유가 없다. 돈이나 아이템 등의 보수 때문에 협력했을 가능성도 생각해 보았지만, 내가 기억하고 있는 [명왕] 베네트나쉬는 그런 사람이 아닐 것 같았다.

그래서 그 답을 얻기 위해 페르세포네에게 물었다.

그녀의 대답은.

"청소가 편해지기 때문이지."

이해하기 약간 힘들었다.

"……청소?"

"그래. 물론 쓸고 닦는 청소라는 의미가 아니다. 그런 건 서방님이 직접 해버리니까. 방금 말한 청소란, 원념의 청소다."

"?"

"설명하려면 원념이나 혼의 성질부터 이야기해야만 하는데……, 흐음. 잠시 기다리거라."

페르세포네는 그렇게 말한 다음 바자에 있는 주스 노점 쪽으로 걸어갔다.

거기서 큼직한 얼음이 들어있는 주스를 사 왔다.

"목말라?"

"아니. 설명하기 위해서다."

페르세포네는 그렇게 말한 다음, 달려 있던 빨대로 그릇, 얼음, 주스를 차례차례 찔러댔다.

"비유를 들어 설명하지. 이 그릇이 육체라면 혼은 여기 떠 있는 얼음. 그리고 가득 찬 주스는 마음이라고 할 수 있다."

육체와 혼, 그리고 마음…….

"소첩이나 서방님은 혼을 볼 수 있기 때문에 몬스터가 아닌 유령이 있다는 사실을 알고 있다."

묘지나 던전 등에서 볼 수 있는 [스피릿]이나 [레이스] 같은 언데드와는 다르다는 뜻일 것이다.

"유령이란 그릇(육체)을 잃고 드러난 얼음(혼)에 주스(마음)의 잔향이 달라붙어 있는 거나 마찬가지다. 그 잔향이 사라지면 순수한 혼이 되어 어디론가 사라지지. 아니, 보통은 육체의 죽음과 동시에 사라진다. 그 잔향은 속된 말로 하자면 미련 같은 것이고, 그것이 없다면 그저 조용히 사라질 뿐이니까."

그 말을 들으며 어떤 종교의 개념과 비슷한 건지 생각해 보았다.

이제 막 열다섯 살이 된 내게는 어려운 이야기였다.

"그리고 원념이란, 말하자면 펄펄 끓는 뜨거운 물이나 마찬가지다.”

“뜨거운 물?”

“마음의 성분 일부가 변질된 것, 이라고 해야 할까. 특히 강한 원한이나 공포를 품고 죽은 마음은 쉽게 끓어오르지. 물론 살아 있었을 때 원한이나 공포를 품을 경우도 있다만. ……뭐, 살아있는 동안에는 큰 문제가 없다. 생령이나 어두운 감정이 약간 새어 나오는 정도니까.”

……그렇긴 하겠지. 원념을 흡수해서 MP나 SP로 변환시키는 레이의 [자원주갑]은 산 자가 뿜어낸 어두운 감정까지 흡수했고.

“하지만 죽으면 그렇지 않다. 마음의 구슬픈 말로인 원념은 죽은 자의 육체와 혼조차 크게 변질시켜버린다.”

페르세포네는 그렇게 말하고 나서 그릇 안에 든 주스를 다 마셨다.

“……휴우. 예를 들어 아무것도 들어있지 않은 그릇에 뜨거운 물을 붓는다면 들기도 힘든 그릇이 되겠지. 이것이 이른바 언데드 몬스터다. 서방님이 만드는 마력식과는 다르고.”

페르세포네는 ‘그래. 물건이 원념에 더럽혀져 저주받은 아이템이 되는 경우도 있지’라고 말한 다음, 컵 안에 남아 있던 얼음을 집었다.

“그렇다면 죽은 자의 혼……, 이 얼음을 펄펄 끓는 뜨거운 물에 넣으면 어떻게 되지?”

“……녹아서 없어지겠지.”

“정답이다. 물이 미지근하면 [스피릿] 같은 언데드로 남을 경우도 있다만, 뜨거운 물……, 농밀한 원념은 혼을 흔적도 없이 녹여 원념에 뒤섞어버린다. 그렇게 되면 아무것도 남지 않지. 적어도 결코 다른 혼처럼 조용히 사라지지는 않는다."

"…………."

혼이 원념에 녹는다는 말을 들으니 약간 소름이 끼쳤다.

"특히 악당들은 생전부터 다른 자의 원념을 계속 쐬곤 하니까. 녹아가던 상태이니 금방 녹게 된다."

그때 생각난 것은 〈고즈메이즈 산적단〉이었다.

생전부터 극악무도한 짓을 저지르고, 사후에는 언데드 몬스터가 되었다. 그 [원령우마 고즈메이즈]는 그야말로 악당의 혼이 원념에 녹은 몬스터 아니었을까.

그렇다면 메이즈 상대로 대미지를 축적시킨 네메시스의 《복수는 나의 것(벤전스 이즈 마인)》을 [고즈메이즈]에게도 사용할 수 있었던 게 이해가 된다.

"서방님은 목적을 달성하기 위해 여행하는 도중에 순수한 혼을 녹여버릴지도 모르는 원념까지 없애며 돌아다녔다. 하지만 원념이 모이는 곳은 전 세계에 있고, 사람의 업에 따라 새롭게 생겨나기에 아무리 발버둥을 쳐도 전부 없앨 수는 없다. 그리고 그것들은 혼에 계속 악영향을 주지. ――그렇기 때문에 서방님은 프랭클린에게 협력했다."

그리고 페르세포네는 내가 가장 듣고 싶었던 부분에 대해 이야기하기 시작했다.

"원념을 빨아들이고, 에너지로 변환시키는 구조가 확립되면 이 세계의 원념 자체가 줄어들 테니까. 세계적으로 보급된다면 더할 나위가 없다. 서방님이 쓸데없는 일을 할 필요도 없어지고, 서방님이 구해내야 하는 순수한 혼이 사라지는 경우도 줄어들게 된다."

페르세포네는 미소를 지으며 그렇게 말한 다음, 약간 침울한 표정을 지었다.

"뭐, 그대도 알고 있다시피 그것은 그저 원념의 밀도를 높여 폭주하는 결과를 냈다. 자동적인 원념 웅덩이 제작 장치라고 해야 하나……, 말하자면 목적과는 정반대인 것을 만들어 버렸으니 대실패라 할 수 있겠지."

"…………."

"그런 표정 짓지 말거라. 〈예지의 삼각〉은 잘못한 게 없다. 그저 혼의 세계에는 인간의 기술로 다룰 수 없는 한계가 있었던 것뿐이다. 그것은 과학이든 마법이든 마찬가지다."

……그렇긴 하겠지. 과학적으로 접근한 언니도, 마법적으로 접근한 [대사령] 메이즈도, 결과는 폭주였다.

그것은 함부로 손을 대선 안 되는 건지도 모르겠다.

"서방님은 어쩔 수 없이 지금도 대증요법을 계속 사용하고 있다. 진짜 해야 할 일은 따로 있는데도 원념 웅덩이를 없애고 돌아다니기까지 하고 있는 것이다. 정말……, 서방님은 너무 많이 짊어지는 것 같다."

페르세포네는 절실한 감정을 담아 그렇게 말하고는 한숨을 쉬었다.

그 표정은 왠지 겉으로 보이는 외모의 나이와는 거리가 먼 것처럼 느껴졌다.

그리고……, 나는 지금까지의 이야기를 듣고 어떤 의문을 품었다.

"……두 가지만 더 물어봐도 될까?"

"허가하지."

"그 이야기에 따르면 [명왕] 베네트나쉬는 많이 바쁜 것 같은데……, 로그인 시간은?"

"저쪽 시간으로 환산해서 **하루에 22시간** 정도다. 최소한의 식사와 배설, 목욕. 그것 말고는 전부 **이쪽**이다."

"…………."

그 대답을 듣고 역시 다른 하나의 질문도 해야만 할 것 같다는 생각이 들었다.

그것은 역시 [명왕]의 이유다.

페르세포네가 해준 이야기를 통해 [명왕]이 하고 있는 행동은 이해가 되었다.

——서방님이 구해내야 하는 순수한 혼이 사라지는 경우도 줄어들게 된다.

페르세포네가 이야기하던 도중에 슬쩍 흘린 말이 핵심이다.

혼을 구한다. 아마 콜타나의 구슬을 노린 것은 '새롭고 영원한 삶'으로 혼을 구할 수 있을 거라 생각했기 때문일 것이다.

〈예지의 삼각〉에 협력하고 각지의 원념 웅덩이를 정화하며 구슬을 수집하는 것. 그는 막대한 노력을 기울여 혼을 구하려 하고 있다.

하지만 그 이유를 알 수가 없다.

그는 죽은 자를 구해서 달성감에 취하고 싶어 하는 사람이 아니다.

그 〈예지의 삼각〉에서 가끔 본 그는 한 번도 즐거운 표정을 짓지 않았다.

언제나 피곤하다는 듯이 힘없는 표정으로 자신의 책임을 느끼고 있는 것 같았다.

그리고 그는 현실조차 희생하며 그런 활동을 하고 있는 모양이었다.

결론부터 말하자면――, 그는 아무리 생각해도 〈Infinite Dendrogram〉을 즐기고 있지 않다.

나도 메이든의 〈마스터〉이고, 이 세계를 게임이라고 생각하지 않는다.

하지만 '이 〈Infinite Dendrogram〉에서 죽은 자의 혼을 구하기' 위해서……, 나 자신의 현실 생활을 전부 저버리는 짓은 할 수 없다.

〈Infinite Dendrogram〉과 현실.

양쪽 다 내가 살아가는 세계니까.

하지만 그에게 있어서 세계의 비중은 이쪽에 치우쳐버린 모양이었다.

"그는 어째서 그렇게까지……?"

이 세계에서 사막까지 뛰어다니면서, 현실을 희생하고, 그가 무엇을 추구하고 있는 걸까.

어째서 혼을 구하려 하는 걸까.

페르세포네는 그 답을.

"……이야기를 너무 많이 했군. 그 답은 가르쳐줄 수 없다."

말해주지 않았다.

"그리고 말해봤자 그대는 완전히 이해할 수 없을 것이다. 서방님과는 근본이 다르니."

"그게, 무슨……."

"아마 이해할 수 있는 건 이 세계를 위해 자신의 마음을 깎아내면서도 꺾이는 것이 **불가능한** 〈마스터〉뿐일 것이다. 서방님 말고 그런 자가 또 있을지는 모르겠다만."

페르세포네가 한 말을 듣고 어떤 친구의 얼굴이 떠올랐다.

혹시, 그라면……, 이해할 수 있을지도 모르겠다.

그렇게 생각했을 때.

"……! 유고!"

"이야기 시간은 끝난 모양이로군. 흐음, 이것이 [살인희]인가? 꽤나 특이한 기척이로고."

큐코와 페르세포네, 두 메이든이 내게 경계하라며 재촉했다.

그와 동시에 무언가가 부서지는 듯한 소리와……, 짐승의 울음소리가 들렸다.

◆◆◆

■상업도시 콜타나 바자

유고 일행이 이야기를 나누며 챵 일행을 찾아다니는 동안, 챵 일행도 마찬가지로 바자에 있었다.

외모는 이미 액세서리로 바꾸었다. 이번에는 챵과 에밀리, 양쪽 다 티안으로 보이게끔 설정해 두었다.

그리고 현재, 챵은 바자 한편에서 한쪽 눈을 손으로 누르며 겁먹고 있었다.

(녀석이 서방 사령술사의 정점인 [명왕]……, '불멸'인가?)

챵이 마음속으로 말한 이름은 베네트나쉬를 가리키는 두 별명 중 하나, 살벌한 쪽이었다.

챵은 자신이 사역한 강시 새의 시야를 공유하며 시장 저택에서 벌어진 싸움을 감시하고 있었다.

[명왕]이 콜타나에 있다는 정보는 얼마 전에 라스칼이 통신으로 전달해 주었다.

그렇기 때문에 미리 시장 저택으로 강시를 날려 보내 정찰하고 있었던 것이다.

그리고 챵의 강시는 원념이 아니라 베네트나쉬처럼 마력식 언데드이지만, 자유 의지는 없다.

[부적]이라는 외장 뇌를 통해 움직이는 기계와도 같은 언데드다.

동작용 말고 다른 [부적]을 덧붙임으로써 햇빛 아래에서 받게 되는 행동 저해 효과를 경감시킬 수도 있다.

단점으로 [부적]에 새겨진 행동 패턴만 할 수 있게 되는 것이 있지만, 감시에 쓰기에는 딱히 문제가 없다.

(언데드의 질로는 뒤처지겠군. '오성기룡'이 건재했던 무렵인 나도 힘들었겠어.)

챵은 아라곤을 보며 냉정하게 판단을 내렸다.

싸우게 된다면 '오성기룡'을 사역하던 무렵의 챵도 목숨을 걸고 동귀어진하는 것이 한계다.

산 채로 승리하기 위해서는 [던가이] 구슬을 가지고 있던 무렵의 챵이 온 힘을 다해 싸워야 겨우 가능할 영역이다. 그렇게까지 하더라도 베네트나쉬 본인을 쓰러뜨릴 가능성은 낮다.

(라스칼 씨의 예상대로 강자들이 모여들었……나.)

그 사실로 인해 챵은 말로 표현하기 힘든 불안함을 느꼈다.

이 콜타나의 구슬 하나에 '불멸'과 나를 이긴 '창궁가희'가 모여들었다.

그렇다면 앞으로 얼마나 강한 전력들이 이곳, 콜타나에 모여서 쟁탈전을 벌이게 될까.

(……이 도시에서 무슨 일이 일어난다 해도 서장에 불과할지 모르겠군.)

챵은 마음을 다잡았다. 지금 내가 해야 할 일은 에밀리를 보조하는 것과 전력 데이터를 수집하는 것이라고 생각하며 그 임무에 전념하기로 했다.

그리고 에밀리는 바자에 놓인 거대한 우리를 올려다보고 있었다. 내부에는 뿔이 달린 사자……, [타우러스 레오]라는 상위 순룡 클래스 마수가 엎드려 있었다.

우리에서 [타우러스 레오]가 배설한 분뇨 냄새가 풍기고 있었기에 피해 가는 사람도 많았다.

“챵 아조씨! 왜 이 애는 [주얼]이 아니라 우리에 들어가 있어?”

에밀리는 우리를 손가락으로 가리키며 의아하다는 듯이 고개를 갸웃거리고 있었다.

에밀리가 말한 것처럼 테이밍 몬스터를 판매할 때는 [주얼]에 넣은 상태로 거래하는 게 일반적이다. 품질을 보여주기 위해 밖으로 꺼낸다 하더라도 우리 안에 가둬주지는 않는다.

하지만 이렇게 몬스터를 우리 안에 가두고 파는 데는 이유가 있다.

“우리 안에 들어있는 몬스터는 아직 테이밍되지 않았기 때문이야.”

그렇다, 우리 안에서 잠들어 있는 몬스터는 아직 테이밍되지 않았다.

상인 쪽에 그 몬스터를 테이밍할 수 있을 정도로 실력이 좋은 [종마사(테이머)]가 없다는 등의 이유로 테이밍되지 않은 채 들여오는 경우가 있다. 그럴 경우에는 약 같은 것으로 움직임을 억제하고는 몬스터의 스테이터스로 파괴할 수 없는 우리에 가두는 것이 의무로 정해져 있다.

당연히 불을 뿜는 스킬 같은 게 있다면 그쪽 대책도 해둘 필요가 있다.

'그렇게 할 정도면 길드에 의뢰해서 테이밍해달라고 한 다음에 팔면 될 것을'이라고 생각하는 사람도 있겠지만, 테이밍한 뒤에 [종마사]가 데리고 도망치는 것을 경계하기 때문에 희귀한 몬스터일수록 그러지 않는 업자가 있다.

다른 나라에 세이브 포인트가 있고 데스 페널티도 감수하려는 〈마스터〉가 [계약서]를 쓴 다음, 그런 범죄를 저지르고 지명수배와 데스 페널티를 감수하면서 희귀한 몬스터를 데리고 도망친 경우가 과거에 있었다는 점도 크다.

"구입하는 사람이 테이밍할 것까지 감안해서 시가보다 저렴하게 잡혀 있지. 아니, '테이밍 도전권'이라는 명목으로 파는 거야."

횟수제가 아니라 '10분 동안만 테이밍에 도전할 수 있다'는 식으로 시간제로 운영하는 경우가 많다.

"테이밍 못 하며언?"

"돈을 돌려받을 순 없지."

"흐음~. 그럼 가게 사람들은 테이밍에 실패했으면 좋겠다고 생각하겠네."

에밀리가 대놓고 그렇게 말하자 챵은 마음속으로 고개를 끄덕였다.

우리 옆에 있는 간판을 보니 지금까지 몇 주 동안 테이밍 성공자가 나타나지 않은 모양이었다.

챵은 그게 당연할 거라 생각했다. 움직임을 억제시키기 위한 약뿐만이 아니라 테이밍을 방해하기 위해 정신에 간섭하는 아이템까지 사용했을 것이 뻔했기 때문이다.

하지만 이제 막 우리 옆에서 테이밍에 도전하려는 [종마사]는 그 사실을 눈치채지 못한 모양이었다. 성공을 믿어 의심치 않는 건지 [타우러스 레오]를 손에 넣는 순간을 꿈꾸며 실실대는 표정조차 짓고 있다.

"저건 실패하겠지."

실제로 테이밍을 계속 실패하고 있는지 우리 안에 있던 [타우러스 레오]는 몸을 계속 틀어댔고, [종마사]의 얼굴에는 초조한 기색이 드러났다.

"버둥버둥거리네."

"테이밍에 실패한 몬스터는 날뛰는 경우도 있다. 지금은 우리와 약이 있으니 괜찮겠지만 말이야."

"그렇구나. 그럼, 위험하겠네."

"……?"

챵이 그 말을 듣고 의아하게 생각하자 에밀리가 우리 안을 손가락으로 가리켰다.

"약, 다 떨어졌어. 저건 약효가 있는 척하는 거야."

"……뭐라고?"

"그리고, 몸을 틀어대는 건 준비야. 아마 우리에 몸통박치기를 할 거야."

챵은 어떻게 그런 걸 알아낸 건지 궁금했지만, 문제는 그게 아니었다.
에밀리가 말한 대로 [타우러스 레오]가 몸을 일으켜 우리에 몸통박치기를 날리기 시작했기 때문이다.
(하지만 저 몬스터의 스테이터스로는 부수지 못하는 우리일 텐데……, 큰일이다!)
챵은 몸통박치기를 맞은 우리의 창살이 아래쪽부터 조금씩 휘어서 빠져나가고 있는 것을 목격했다.
보아하니 빠진 창살 아래쪽이 녹슬어 있었다.
주위에 풍기는 냄새가 그 이유를 나타냈다.
(……분뇨구나!! 자신의 오줌으로 우리를 열화시키며 탈출할 기회를 노리고 있었던 거야!)
몬스터는 어리석지 않다.
우리에 가둔 몬스터는 《간파》 등을 통해 스테이터스나 보유 스킬 등을 꼼꼼하게 확인한 다음에 상품으로 내놓지만, 그런 스킬로도……, 몬스터의 지성까지는 측정할 수 없다.
약효가 있는 척하는 위장과 조금씩 우리를 열화시키는 작업.
그리고 상인 쪽이 테이밍을 방해하는 아이템을 사용함으로써 [타우러스 레오]에게는 오랜 기간에 걸쳐 우리를 열화시킬 시간이 주어졌다.
『BUUUUULUGAAAAAAAAAA!』
그리고 지금, [타우러스 레오]가 우리를 뚫고 울부짖으며 바자로 뛰쳐나왔다.
제일 먼저 우리 앞에 있던 [종마사]를 물어 죽이고, 그다음에는 근처에 있던 '테이밍 도전권' 판매를 맡은 가게 종업원들을 해쳤다.

지금까지 갇혀 있던 울분을 풀려는 듯이 날뛰고 있었다.

(……어떻게 하지? 도시 밖에 대기시켜둔 [드래그 웜 강시]를 쓰면 제압할 수는 있겠지만, 여기서 눈에 띄게 되면 '창궁가희'와 그녀의 동료들에게도…….)

창이 생각하는 동안, [타우러스 레오]는 근처에 있던 종업원들을 모조리 물어 죽였다.

주위를 피바다로 만든 다음 찾은 새로운 먹잇감.

그것은 챵과 에밀리……가 아니었다.

그곳에서 도망치려 하던 어린 소녀와 부모, 가족이었다.

『BUUUGAAAAAAA!』

[타우러스 레오]는 사납게 울부짖으며 다음 먹잇감을 향해 뛰어갔다.

추가로 인간 세 명을 자신의 피와 살로 만들려 하는 것이다.

다가오는 맹수의 공포로 여자애가 울었다.

부모는 최소한 딸이나마 지키기 위해 몸으로 딸을 감쌌다.

하지만 사람의 몸 따위는 [타우러스 레오]에게 아무런 의미가 없기에 그 가족은 눈 깜짝할 새에 고깃덩이가 될……, 거라 생각했다.

하지만 그 직전, [타우러스 레오]의 진로에 자그마한 사람이 끼어들었다.

그 모습을 본 챵은 놀랐다.

곁에 있던 에밀리가……, 초음속 기동으로 그곳에 서 있었기 때문이다.

『BUUUUUOOOOAAAAAA!』

[타우러스 레오]는 당연히 에밀리도 먹잇감으로 보며 공격하려 하다가.

"———마이너스."

자동 살육 모드에 들어간 에밀리에게 단숨에 사지와 목이 찢긴 채 숨이 끊어졌다.

[타우러스 레오]는 즉사. 손상이 심했기에 단숨에 빛의 먼지가 되었고, 그곳에 드롭 아이템만을 남긴 뒤 사라졌다.

그 뒤에는 [타우러스 레오]가 튀긴 피로 인해 젖은 에밀리만이 서 있었다.

"……에밀리."

챵은 이해할 수가 없었다.

어째서 에밀리가 뛰쳐나간 걸까.

뛰쳐나간 시점에서 에밀리는 아직 적을 죽일 상태가 아니었다.

그렇다면 원래 에밀리인 채로 가족을 구하려 했다는 뜻이다.

어째서 면식도 없는 가족을 구하려 한 걸까, 챵은 이해할 수가 없었다.

에밀리의 자동 살육 모드가 풀릴 때까지 기다렸다가 물어볼 생각이었다.

하지만, 그보다 전에.

“이봐! 네가 우리 가게 몬스터를 죽인 거냐!”

옷에 짤랑거리는 보석을 달고, 좋게 말하면 풍채가 좋지만 나쁘게 말하면 살이 뒤룩뒤룩 찐 남자가 나타났다. 뒤에는 덩치가 큰 남자들을 여러 명 거느리고 있었다.

보아하니 그 살찐 남자는 [타우러스 레오]의 ‘테이밍 도전권’을 내놓은 상인인 모양이었다.

하지만 그의 태도는 소동을 가라앉힌 에밀리에게 고마워하는 것 같지 않았다.

“용케도 우리 가게의 상품을 망쳐놓았겠다! 모조리 변상해주시지!”

챠도, 주위에서 지켜보던 사람들도, ‘이 녀석이 무슨 소릴 하는 거지?’라는 마음을 품었다.

우리 관리와 약, 테이밍 방해 등을 포함해서 모든 책임은 상인 쪽에 있을 것이다.

그럼에도 불구하고 상인은 피해를 줄인 에밀리에게 변상을 요구하고 있는 것이다.

“잠깐만. 그건 너무 억지잖아. 이번 사건은.”

“이 녀석 아버지냐! 부모라면 책임을 지고 지불해주시지! 9000만 릴이다!”

챠이 말을 걸자 상인은 말도 안 되는 금액을 말하며 떠들어

댔다.
이 상인도 챵과 에밀리의 정체를 알고 있었다면 그렇게까지 강압적으로 나오지 않았겠지만, 지금 두 사람은 위장 때문에 평범한 티안으로 보이는 상태다.
"더글러스 코인 시장님이 내 뒤를 봐주고 계신다! 너희를 체포해서 노예로 만들 수도 있다고!"
그 말을 듣고 챵은 질색했다.
몇 년 동안이나 카르디나의 일부인 헬마이네에서 지낸 챵은 잘 알고 있었다. 카르디나에는 이런 녀석들이 많다.
많은 것들이 돈으로 해결되기에 자산가 중에는 거만한 자들이 많고, 골목에서 만났던 그 건달들처럼 비합법적인 수단으로 돈을 얻으려 하는 자들도 있다.
자정작용이 있는 도시라면 모를까, 지금 콜타나는 시장 자체가 극도로 속물이다.
시장이 뒤를 봐주고 있다고 큰소리를 치고 있는 이 상인도 지금까지 권력과 재력으로 다른 사람들을 깔아뭉개 왔을 것이다.
(이렇게 대놓고 부패한 걸 보면 선거에서 떨어질 만도 한데. ……아니, 5년 전 시장 선거 때는 현재 시장 말고 다른 후보가 모두 탈락했던가?)
분명히 꿍꿍이가 있었지만, 시장의 권력이 사법이나 헌병에게까지 미치고 있는 이 도시에서는 아무도 탄핵시킬 수가 없었을 것이다.
(내가 있던 헬마이네는 많은 나라의 조직이 카지노에 투자하

고 있었으니 오히려 균형이 잡혀서 정치도 깨끗했는데 말이지. ……뭐, 카지노를 박살 내겠다고 떠들어댄 후보가 이긴 적은 없지만.)

챠은 정말 아이러니하다며 한숨을 쉬었고, 상인은 그 태도가 마음에 들지 않았던 모양이다.

"쳇! 어차피 돈도 없는 거겠지! 이봐! 이 녀석들을 붙잡아라!"

상인은 뒤에서 대기하고 있던 덩치 큰 호위들에게 두 사람을 포박하라고 명령했다.

"이봐! 잠깐만 기다려 보라고!"

"그 아이는 당신 몬스터가 날뛰는 걸 막아줬단 말이야!"

"맞아! 사람도 죽었는데!"

너무나 지독한 상인의 언동을 본 주위 사람들이 따지며 소리쳤다.

"어엉? 죽은 건 우리 종업원하고 미리 '무슨 일이 있더라도 책임을 묻지 않겠습니다'라는 [계약서]를 쓴 손님뿐이야. 그렇다면 문제는 우리 가게의 몬스터가 살해당한 것뿐이지. 정 그러면 너희 중에 대신 지불해줄 녀석이 있나?"

그 말을 듣고 주위 사람들도 더 이상 따지지 못했다.

챠은 그동안에도 계속 생각했다.

(9000만 릴은 큰 돈이니까……, 꽤 많이 부풀리긴 했겠지만. 자, 어떻게 할까. 라스칼 씨가 맡긴 활동 자금으로 변상해버리는 게 간단하려나? 아니면 억지로 탈출을…….)

지금은 '창궁가희'와 '불멸'이 전투를 벌이고 있지만, 그것도 언제까지 이어질지 모른다.
강시 새를 통해 본 시야로는 왠지 모르겠지만 공격을 멈추고 있었다.
만에 하나라도 이쪽으로 오기 전에 이곳을 떠나고 싶다는 게 챵의 생각이었다.

하지만 챵은 한 가지 착각을 하고 있었다.
그가 생각한 제한 시간은 두 〈초급〉 중 한 명이 도착할 때까지였지만.
실제 제한 시간은――, 그의 곁에 있었기 때문이다.

"얼른 붙잡아라!"
상인의 지시에 따라 호위들이 챵과 에밀리를 붙잡기 위해 움직였다.
"잠깐. 돈은……."
"――마이너스."
"낼……, 뭐라고?"
다른 사람의 목소리가 끼어드는 것을 들은 챵은 옆을 보았다.
그곳에는 아무도 없었고.
"……끄흑?"
두 사람을 붙잡으려던 호위들 중 한 명의 목부터 가슴까지가 도끼로 갈라진 상태였다.
그렇게 만든 사람은……, 당연히 에밀리였다.

호위를 맡고 있던 남자가 자기 몸의 상태를 의아해하며 확인하려 하자 에밀리는 다른 쪽 도끼를 휘둘러 정수리부터 머리를 갈라버렸다.

남자가 도끼———, 요왈테포스틀리에 무언가를 먹혀서 빛의 먼지가 되었을 때는 이미 에밀리가 다른 호위의 허리에 도끼를 휘둘러 상반신과 하반신을 갈라버리고 있었다.

두 번의 참극이 끝나자 주위 사람들의 뇌가 그제야 비상사태라는 사실을 인식하게 되었다.

"으아아아아아아아아아아아악?!"

"사, 살인자……?!"

주위에 모여들었던 사람들이 비명을 지르며 도망치기 시작했다.

바자는 우리에 갇혀 있던 몬스터가 날뛰던 때와 비슷하거나 그 이상으로 혼란스러워졌다.

"괴, 괴물 같은 녀석! 이봐! 얼른 저 녀석을 죽여버려!"

상인 남자가 그렇게 말하자.

"———마이너스."

에밀리가 던진 도끼로 인해 상인은 늘어진 볼부터 머리가 갈라져 숨이 끊어졌다.

호위를 맡은 나머지 남자들도 무기를 겨누고 있었지만, 그들도 마찬가지로 쉽사리 살해당했다.

그렇게 상인과 호위들은 몰살당했다.

"윽………."

그 참상을 본 챵은 말문을 잃었다.

(경솔했군. 에밀리가 적으로 인식할 가능성을 너무 어설프게 보고 있었어. 무기를 겨눈다, 죽이겠다고 말한다……, 그것뿐만이 아니었던 건가?)

어찌 됐든, 상황은 챠 일행에게 안 좋은 방향으로 돌아가기 시작했다.

소동이 너무 커졌기 때문에 한시라도 빨리 이곳을 떠나야만 한다.

하지만 그때, 세 〈마스터〉가 에밀리 곁으로 달려왔다.

"거기까지야. 무기를 버리고 냉정해져!"

"사정은 보고 있었어. 당신들이 저항한 것도 이해가 되지. 그래도 부디 무기를 거두어줘."

"우리도 헌병에게 증언해줄 테니까 원만하게……."

보아하니 사태를 수습하기 위해 선의로 움직인 〈마스터〉인 것 같았다.

챠은 어떻게 그녀들로부터 도망칠지 생각했지만.

"———마이너스, 마이너스, 마이너스."

에밀리는 도끼를 세 번 휘둘렀다.

두 번의 공격은 두 사람의 HP를 전부 없앴고, 나머지 한 번의 공격은 한 사람의 [구명의 브로치]를 발동시켰다.

"어?"

"…………."

살아남은 여자 〈마스터〉에게 에밀리가 말없이 몇 번이나 두 손으로 각각 들고 있던 도끼를 내리쳤다.

"아, 그만, 그만해……!"

그녀가 애원했지만 에밀리는 공격을 멈추지 않았고, [구명의 브로치]가 파괴되어 그 여자는 고깃덩이가 될 때까지 뭉개진 뒤 데스 페널티를 받았다.

"……어떻게 된, 거지?"

그 광경을 본 챵은 당황했다.

그것은 에밀리가 〈마스터〉에게 한 행동 때문이다.

그들은 선의로 움직이고 있었다. 명백한 적대 행위도 하지 않았다.

그럼에도 불구하고 에밀리는 적으로 인식했고……, 그들을 살해한 것이다.

애초에 붙잡기 위해 움직인 호위를 살해한 시점에서 약간 이상했다.

건달들을 살해했을 때는 그들이 '죽인다'는 말을 한 것과 동시에 무기를 겨누었다.

[타우러스 레오]를 죽였을 때도 상대방의 살의가 담긴 공격을 당하기 직전이었다.

그에 비해 호위들이나 〈마스터〉들을 살해했을 때의 허들은……, 분명히 낮다.

"……설마."

등골에 고드름이 꽂힌 것처럼 기분 나쁜 소름이 퍼졌다.

그러던 와중에 소동이 더욱 확대되었다.

"저 소녀를 막아라!"

"《간파》로 보이는 스테이터스는 위장이다! 정체가 따로 있어!"

방금 해치운 세 명 말고도 많은 〈마스터〉들이 모여들어 에밀리를 막으려 하고 있었다.

그 모습을 시야 안에 담은 에밀리는.

"———마이너스, 마이너스, 마이너스, 마이너스, 마이너스, 마이너스, 마이너스, 마이너스, 마이너스, 마이너스, 마이너스, 마이너스, 마이너스, 마이너스, 마이너스."

그런 말을 계속 내뱉고 있었다.

◆

평소 에밀리는 천진난만한 소녀다.

기본적으로 사람을 잘 따르고, 다른 사람을 싫어하는 것보다 좋아하게 되는 경우가 많은 소녀다.

그렇기 때문에 그녀가 적으로 인식하고 자동 살육 모드에 들어갈 경우에는 상대방에게 그럴 만한 이유가 있을 경우뿐이다.

하지만 한번 모드가 전환된 뒤에는 그렇지 않다. 자동 살육 모드에 들어간 에밀리는 아군이 아닌 상대에 대한 적 인식 허들이 평소의 에밀리보다 **훨씬 낮다**.

그녀를 붙잡으려 하는 자, 그녀에게 무기를 버리라고 하는 자, 그리고 강한 힘을 지니고 그녀에게 다가오는 자.

챵이나 〈IF〉처럼 모드가 전환되기 전부터 아군으로 인식하는 상대가 아닌 이상, 자동 살육 모드는 다가오는 모든 것을 적으로 간주한다.

그녀를 막으려 하면, 막으려 한 자들 또한 그녀에게는 적이 된다.

그리고 그녀에게 있어서 '적'은……, 계속 늘어난다.

라스칼을 비롯한 멤버들이 '연쇄'라 부르는 것.

예전에 거대 클랜 〈펜타곤 캐러밴〉을 괴멸시키고, 한 도시의 전투 직업을 전멸시키고, 웜 종족 하나를 멸종시킨 **현상**.

적대자가 시야에서 사라질 때까지 멈추지 않는 살육의 폭주(스탬피드).

그것이 지금, 이곳 콜타나에서 발동되었다.

◆

에밀리와 맞서 싸우기 위해 모여든 〈마스터〉들 쪽으로 에밀리가 뛰어올랐다.

한달음에 50메텔 거리를 돌파한 뒤, 착지와 동시에 도끼를 교차시키며 휘둘렀다.

곧바로 〈마스터〉 중 한 명의 목이 날아갔다.

"윽! 초음속 기동이라고?!"

"샤아아아아! 《스톰 스팅어》!!"

〈마스터〉들 중 한 명이 희생된 직후, 근처에 있던 [질풍창사(게일 랜서)] 〈마스터〉가 에밀리에게 오의를 날렸다.

오의의 효과로 가속하여 초음속에 이른 [질풍창사]의 일격은 완전히 에밀리의 허를 찔렀고.

에밀리의———, **피부 방어력**만으로 막혔다.

창끝은 에밀리의 몸에 살짝 박혔을 뿐이었다.

"말도 안 돼……, 으악?!"

그 직후, 에밀리의 공격으로 인해 [질풍창사]가 데스 페널티를 받았다.

그동안 [총사(거너)] 〈마스터〉가 〈엠브리오〉 총탄을 난사했지만, 그것은 몸의 표면에서 튕겨 나가 에밀리에게 제대로 된 대미지를 입히지 못했다.

"대체 뭐야, 이 녀석?!"

"이상할 정도로 높은 물리 내성……, 이 녀석은 티안이 아니야! 아마 물리 방어에 특화된 〈엠브리오〉를 지닌 〈마스터〉일 거라고!"

"그렇다면 내가 나설 차례로군!!"

곧바로 에밀리의 정체를 분석하기 시작한 〈마스터〉의 목소리를 듣고 로브를 걸친 [홍련술사(파이로맨서)] 〈마스터〉가 앞으로 나섰다.

에밀리는 곧바로 반응을 보이고 [홍련술사]에게 향했지만.

"《제로 차지》! 《크림슨 스피어》!!"

마법의 고속 발동에 특화된 〈엠브리오〉를 지닌 그 [홍련술사]는 초음속으로 덤벼드는 에밀리보다 빠르게 오의 마법을 발동시켰다.

단숨에 에밀리의 시야가 붉게 물들었고, 그녀의 온몸이 불꽃에 휩싸였다.

"해냈……………………다고?"

그 직후, 불꽃 구체를 뚫고 뻗은 에밀리의 자그마한 손이 [홍련술사]의 목을 붙잡고는……, 마른 나뭇가지처럼 부수며 꺾었다.

효과 시간이 끝나 불꽃이 사라지자 그곳에는 에밀리가 멀쩡하게 서 있었다.

물론 장비는 그렇지 않았다. 내화 성능을 부여하여 주문 제작한 드레스는 타지 않았지만, 위장용 액세서리는 열량을 견디지 못하고 녹아내렸다.

그렇기 때문에 지금 그곳에 선 에밀리는 위장한 외모가 아니라……, 그녀 자신의 모습이었다.

지명수배당한 그 외모.

"……거짓, 말이지?"

——그 스테이터스조차.

에밀리 킬링스톤

직업 : [살인희]

레벨 : 528 (합계 레벨 : 928)

HP : 8056 (+36550)

MP : 350 (+36550)

SP : 1980 (+36550)

STR : 3050 (+36550)

AGI : 4356 (+36550)

END : 1680 (+36550)

DEX : 687 (+36550)

LUC : 100 (+36550)

에밀리의 이름과 레벨에 비해 낮은……, 그리고 높은 스테이터스를 보고 주위 사람들이 동요했다.

이상한 스테이터스였다.

기초 수치는 초급 직업치고는 너무 낮았고, 보정을 받은 수치는 무시무시하게 높았다.

하지만 당연한 것이다. 그 수치 보정이야말로 [살인희]의 진수라고 할 수 있는 스킬.

스킬의 이름은 그녀가 지닌 별명의 유래이기도 한 《시산혈하》.

[살인희]의 상시 발동(패시브) 오의이자 [살인희]가 [살인희]인 이유.

모든 스테이터스에――, '**인간 토벌 횟수**와 같은 수치의 플러스 보정을 적용하는' 스킬.

에밀리가 지금까지 죽여온 티안과 〈마스터〉를 합치면……,

36550명.

그 모두가 그녀의 스테이터스가 되어 나타나고 있다.

사람을 죽이면 죽일수록――, [살인희] 에밀리 킬링스톤은 계속 강해진다.

제5화 얼음과 장미의 기사

ㅁ[장갑 조종사] 유고 레셉스

우리가 비명이 들린 현장에 도착했을 때, 그곳은 혼란의 도가니가 되어 있었다.

사람들이 도망쳐 다니는 와중에 수많은 〈마스터〉들이 무언가와 싸우다가 빛의 먼지가 되어갔다.

내 AGI로는 알아보기도 힘든 속도로 무언가가 주위를 뛰어다니고 있다.

그 모습이 내 눈에 보인 것은 **그녀**가 들고 있던 도끼로 한 〈마스터〉를 머리부터 두 동강 낸 순간이었다.

원래 색을 알아볼 수 없게 된 옷을 걸친 채 머리카락이나 얼굴까지 튄 피로 붉게 물든 소녀.

변장을 푼 건지 얼굴이 달랐지만 카페에서 만났던 그 애라는 강한 확신이 내 마음속에 있었다.

"[살인희]. 그렇군, 처음 보았다만 대단하구나. 그 [기신]과 같은 클랜이라는 것도 이해가 되는군. ……노골적으로 폭주하고 있는데도 한 명, 한 명, 쳐 죽이고 있어."

"유고, 어떻게 할 거야?"

그 아이를 보며 뭔가 중얼거리고 있는 페르세포네와 내 의사를 묻는 큐코.

큐코가 뭘 물어보고 싶은 건지는 알고 있다.

이 상황에서 나 자신이 어떻게 할 것인지.

"…………."

스승님은 《지옥문》으로 제압하라고 지시했다. 어린 소녀에게 사용하는 건 아직 껄끄러웠지만, 이대로 피해가 확대되는 걸 그냥 못 본 척할 수는 없다.

무엇보다……, [살인희(그녀)]를 막아야만 한다고 생각했다.

나(유리)도, 나(유고)도……, 이 참상을 받아들일 수는 없다.

"하자……, 큐코!"

"라져."

아이템 박스에서 [화이트 로즈]를 《즉시 방출》시켰다.

바자 거리 한복판에 순백의 〈마징기어〉가 나타났다.

그 광경으로 인해 주위 사람들의 시선이 이쪽으로 쏠렸다.

물론, [살인희] 에밀리의 시선도.

"…………."

그런 시선 속에서 나는 [화이트 로즈]에 올라탔다.

탑승에 걸리는 시간은 몇 초에 불과하지만, 그 몇 초가 초음속 기동이 가능한 상대에게는 너무나도 긴 시간이다.

그녀의 두 눈은 콕핏 가장자리에 손을 걸치고 있는 나를 포착하고 있었다.

그것은 매우 조용한 눈빛이었다.

살육을 벌이고 있는 와중에도 잔잔한 호수처럼 일렁이지도 않고 이쪽을 보고 있었다.

——살해당한다.

그녀에게는 내가 탑승을 마치기 전에 충분히 그럴 시간이 있다.

나는 날아드는 그녀의 칼날을 환상으로 보았고——.

"…………."

——하지만, 그녀는 나를 공격하지 않았다.

내가 〈마징기어〉에 타려고 하는데도 그냥 내버려 두었다.

마치 내가 **적이 아니라**는 것처럼.

[살인희] 에밀리는 내게서 눈을 돌리고 다시 초음속 기동으로 내 시야에서 사라졌다.

그러던 동안, 나는 [화이트 로즈]에 탑승을 마쳤다.

"큐코!"

내 목소리에 따라 큐코가 [화이트 로즈]와 일체화하여 얼음 갑주가 되었다.

『——《지옥문》!!』

큐코와 [화이트 로즈]의 합체가 완료된 직후, 《지옥문》이 발동되었다.

《지옥문》은 '동족 살해 횟수 퍼센트의 확률로 몸의 동족 살해 횟수 퍼센트를 [동결]시키는' 스킬.

판정 타이밍은 스킬 발동 시, 그리고 13초마다.

그렇기 때문에 100명 이상을 살해했을 경우에는 발동과 동시에 온몸이 [동결]된다.

그 기데온에서 수십 명의 〈마스터〉들에게 발동시켰을 때처럼.

"으, 으아……!"

"이게 뭐야……, [살인희]의 스킬인가?"

이번에는 대상을 구별할 여유가 없었기 때문에 표적을 지정하지 않고 무차별적으로 발동시켰다.

그 때문에 주위에는 몸의 일부나 온몸이 [동결]된 〈마스터〉들이 잔뜩 있었다.

하지만 문제는 그들이 아니었다.

"……어떻게, 되었지!"

나는 초음속으로 움직이던 그녀의 위치를 파악하지 못했다. [동결]된 그녀가 어디 있는지……, 애초에 [동결]되었는지 여부조차 확인하지 못했다.

나는《지옥문》의 성능을 알고 있다.

기데온에서 벌인 전투 때 숙련된 〈마스터〉들 상대로 사용해봤고, 언니 상대로 시험해보았기에 〈초급〉에게 발동시킨 적도 당연히 있다.

하지만 전투형 〈초급〉 상대로는 사용한 적이 없다. 〈엠브리오〉의 출력 차이 등의 이유로 통하지 않는다면 내게는 그녀를 막을 방법이 없다.

그렇게 초조한 마음으로 그녀를 찾다가.

"이, 이봐! [살인희]가……, 얼었어!"

그 목소리가 들린 쪽으로 [화이트 로즈]의 카메라 아이를 돌렸다.

그곳에는 한 소녀가 도끼를 든 채――, 얼음 동상이 되어 있었다.

◇◆상업도시 콜타나

[살인희] 에밀리는 《지옥문》으로 인해 [동결]되고 완전히 무력화되었다.

그것은 우연한 결과였다.

원래 유고는 탑승하기 전에 살해당했을 것이다.

자동 살육 모드에 들어간 에밀리는 상대가 적일 경우 곧바로 살해하려 한다.

하지만 유고는……, 자동 살육 모드로 들어가기 전이었던 에밀리와 이야기를 나누었다.

카페에서 짧은 시간이나마 평소 에밀리와 이야기를 나눈 것이다.

에밀리는 그 시간을 기억하고 있었다.

즐겁게 이야기를 나누었고, 유고를 **아군**으로 인식했다.

자동 살육 모드로 들어간 와중에도 '적이 아니다'라고 판단할 정도로.

자동 살육 모드 때는 모르는 상대를 적으로 인정하는 허들이 매우 낮아지지만, 평소의 에밀리가 아군으로 인식한 상대의 허들은 내려가지 않는다.

그렇기 때문에 유고는 기체에 탑승하는 것을 방해당하지 않았고, 스킬도 문제없이 발동시킬 수 있었다.

그 결과가 이번 자이언트 킬링.

그것은 주위 사람들에게 매우 큰 놀라움을 불러왔다.

에밀리와 교전하고 있던 많은 〈마스터〉들에게.

그리고 이 도시에서 유일하게 에밀리의 진짜 아군인 챵 잔치에게.

"……뭐, 라고?"

챵은 감시하기 위해 두고 온 강시 새의 시야를 통해 에밀리가 [동결]된 모습을 보고 있었다.

《지옥문》이 발동되었을 때, 챵은 에밀리 곁에 있지 않았다.

에밀리의 '연쇄'가 시작된 시점에서 '최악의 경우, 싸움터에 방치하더라도 당신의 안전을 확보한 뒤에 데리고 오면 된다'라는 라스킬의 지시를 따랐다.

〈초급〉이 모여들 것으로 추측되는 상황과 에밀리의 폭주.

그런 비상사태이긴 하지만, 임무의 제1 우선사항인 '챵의 생존'과 제2 우선사항인 '데이터 수집'. 그 두 가지를 완수하기 위해 마음속으로는 에밀리를 남겨두고 가는 것을 망설이면서도 명령에 따라 대피해 있었던 것이다.

그로 인해 다행히도 《지옥문》의 효과 범위 밖에 있던 챵은 [동결]당하지 않았다.

만약 범위 안에 있었다면 그도 에밀리와 마찬가지로 단숨에 온몸이 [동결]되었을 것이다.

하지만 그의 마음속에 다행이라는 생각은 전혀 없었다.

(에밀리가, 그렇게 강한 힘을 지니고 있던 에밀리가 단숨에……. 지금은 에밀리를 구출해야만 한다. 라스칼 씨는 그렇게 말했지만, 이런 상황에서는 내 몸을 날려서라도 그 아이를 구해내야만 한다.)

챵은 '그렇게 강한 힘을 지닌 에밀리가 무력화될 것은 라스칼 씨조차 예상하지 못했을 것이다'라고 생각했다.

이대로 가다간 에밀리가 [동결]당한 채 부서지거나 붙잡힐 것이다.

어찌 됐든 에밀리의 미래는 '감옥' 행이 될 테고.

그것만큼은 피해야 한다. 챵은 그렇게 생각하며 에밀리를 향해 뛰어가기 시작했다.

"……윽!"

하지만 《지옥문》의 전개 범위 안으로 한 발짝 내디딘 순간 마침 13초마다 진행되는 판정이 발생했고, 내디뎠던 챵의 오른쪽 다리가 [동결]되었다.

만약 몇 초만 늦었다면 온몸이 [동결]되었을 테니 불행 중 다행이었다.

"원리는 알 수가 없지만……, 나는 들어갈 수 없다는 건가……."

하지만 강시가 [동결]되지 않았다는 사실은 이미 감시용 강시를 통해 확인했다.

강시라면 에밀리 곁으로 다가가 탈환할 수도 있을 거라고 곧바로 추측했다.

"[드래그 웜 강시] 기동! ……하지만 늦진 않을까?"

도시 바깥에서 불러내 땅속으로 보내긴 했지만, [드래그 웜 강시]는 이동 속도가 빠른 편이 아니다. 그가 황하나 헬마이네에서 이용하던 [하이 드래곤 강시]와는 천지 차이다.

과연 에밀리가 부서지기 전에 구해낼 수 있을까, 챵은 매우 초조해졌다.

하지만 만약에 그곳에 있던 것이 챵이 아니라 라스칼이었다면……, 그는 전혀 초조해하지 않았을 것이다.

원군을 보내지도 않고 데이터 수집을 계속 진행했으리라.

'무슨 일이 있더라도――, 마지막에 서 있을 사람은 에밀리다.'

'그 결과만은 절대로 바뀔 리가 없지.'

불과 한 시간 전에 라스칼은 그렇게 말했다.

그 말의 근거는 [살인희]의 《시산혈하》로 인해 에밀리가 얻은 막대한 스테이터스――**따위가 아니었다**.

그녀의, [살인희] 에밀리의 진가는――, 따로 있다.

ㅁ[장갑 조종사] 유고 레셉스

“《지옥문》……, 해제.”

『응.』

내 지시에 따라 큐코가 《지옥문》을 해제했다.

그와 동시에 그 아이 이외의 [동결]을 해동시켰다.

“……오, 돌아왔다.”

“저 〈마징기어〉에 탄 녀석의 스킬인가? 대단한데, [살인희]를 멈춰버렸어.”

“이 얼어붙은 스킬, 어디선가 본 적이 있는 것 같은데…….”

주위에서 그런 목소리가 들리지만, 지금 나는 그런 걸 신경 쓸 여유가 없었다.

나는 서둘러 스승님의 [블루 오페라]와 통신을 연결했다.

“스승님, 지금 바로 이쪽으로 오실 수 있으신가요?”

『그래, 그래~. [살인희]와 마주친 거지?』

“네. ……《지옥문》으로 무력화시켰습니다.”

『꽤 하네에♪』

내 보고를 듣고 스승님은 휘파람을 불었다.

“……이제 저는 어떻게 하면 될까요?”

『일단 기다려. 아, 그래도 [살인희]에게는 분명 동료가 있었을 테니까 그 동료의 습격을 주의하고.』

카페에서 그 아이는 보호자로 보이는 남자와 함께 있었다.

그가 그 아이의 동료라면 이 상황을 그냥 지켜볼 것 같지 않았다.

"알겠습니다."

『그럼 이쪽도 이야기를 마치고 그쪽으로 갈 테니까, 조금만 더 기다려.』

스승님은 그렇게 말하고 통신을 끊었다.

이야기를 마친다는 건 분명히 [명왕]과 이야기를 마친다는 뜻일 것이다.

『페르세포네. 네 〈마스터〉는, ……?』

기체의 스피커로 페르세포네를 불렀지만, 대답이 없었다.

콕핏 모니터로 그녀를 찾아보았지만, 보이지 않았다.

전투 능력이 없다고 했던 그녀는 어느새 어디론가 도망친 모양이었다.

……지금은 상관없으려나.

"큐코, 주변 경계. 저 아이의 동료가 탈환하러 올지도 모르니까."

『라져~.』

스승님이 올 때까지 계속 경계해야만 한다.

그렇게 생각하며 주위를 보니 [화이트 로즈] 쪽으로 〈마스터〉 몇 명이 모여들었다.

그중 한 명, 모히칸 머리 〈마스터〉가 내게 말을 걸었다.

"덕분에 살았어. 당신이 저 녀석을 얼려준 거지?"

그 물음을 듣고 [화이트 로즈]의 고개를 끄덕이게 만들었다.

그리고 유고스러운 말투를 신경 쓰며 대답했다.

『내 〈엠브리오〉의 스킬이다. 한동안 [동결]되어 있을 거다.』

"그렇군. ……재빨리 부숴버리는 게 낫나?"

『……아니. 곧 내 동료가 올 거다. 〈세피로트〉의 [격추왕], AR·I·CA다.』

"'창궁가희'란 말이지……. 그럼 기다리는 게 더 안전할지도 모르겠군. 부수면 [구멍의 브로치]가 발동되어서 [동결]을 해제하고 부활할지도 모르니까."

……그럴 가능성도 있겠구나. 얼음을 부술 정도로 대미지를 입힌 다음, 치명 대미지를 막아주는 [브로치]를 장착하고 있을 경우에는 어떻게 될지 검증한 적이 없다.

『……만에 하나를 대비해 다시 스킬을 쓸 수 있게끔 경계하도록 하지.』

"그렇군, 정말 든든해. 당신 덕분에……, 아, 아직 자기소개도 하지 않았었군. 나는 〈모히칸 리그〉 본부 소속인 모히칸 록이다."

……아, 응. '모히칸이니까 그 클랜 관계자인가?'라는 생각이 좀 들긴 했는데.

왠지 모르겠지만 그 클랜은 각 나라에 지부가 있단 말이지. ……드라이프에도 있었고.

『나는 유고 레셉스. ……지금은 프리지만, 예전에는 〈예지의 삼각〉 소속이었다.』

"오, 역시 그렇군. 본 적이 없는 〈마징기어〉길래 그럴지도 모르겠다 싶었는데."

『그런가? ……그렇지, 한 가지만 전해두고 싶다. [살인희] 에밀리에게는 동료가 있고, 그녀를 탈환하러 올지도 모른다. 주변 경계에 협력해줄 수 없을까?』

"물론 OK지. 맡겨만 주라고."

그렇게 록 씨는 주위로 모여든 〈마스터〉들에게 말을 걸었고, 그들은 [동결]된 그 아이를 그대로 내버려 둔 뒤 주변을 경계하기 시작했다.

"내가 말을 건 사람들은 모두 우리 멤버다. 그래, 이런저런 사정 때문에 모히칸을 감추고 있긴 하지만."

……모히칸을 감춘다니, 그게 무슨 뜻이지?

"그러고 보니 어째서 '창궁가희'……, 〈세피로트〉의 멤버가 콜타나에 온 거지? 혹시 시장 때문인가?"

『……말할 수는 없다만, 왜 그러지?』

실제로 시장 때문이긴 하지만, 그 사실은 말할 수가 없다.

하지만 록 씨가 어째서 그런 걸 물어봤는지 신경 쓰였다.

"아니, 혹시 시장의 부정행위 때문이라면 협력할 수 있을 것 같아서 말이지. 〈세피로트〉라면 의장 편일 거 아냐?"

『?』

"우리 〈모히칸 리그〉는 카르디나 사법국의 의뢰로 더글러스 코인 시장을 수사하고 있었다. 정말 악독한 짓을 저지른 모양인데, 지금까지 증거가 없었던 것 같아서 말이지. 그런데 얼마 전에 구체적인 범행 내용이 잔뜩 적힌 종이가 사법국에 전달되었거든. 우리는 그 사실을 확인하기 위해 이곳, 콜타나에 있었던 거다. ……뭐, 시장과 손을 잡고 있던 것 같아서 감시하고 있던 상인은 [살인희]에게 살해당해버렸지만 말이지."

보아하니 이 도시의 시장은 구슬을 은폐한 것 말고도 꺼림칙한 짓을 잔뜩 저지른 모양이었다.

……그리고 모히칸을 감춘다고 했던 건 조사를 위해서였나?

뭐, 모히칸 머리 〈마스터〉가 여러 명 모여 있으면 눈에 띄긴 하겠지만.

그리고 리더 격인 록 씨만은 모히칸 머리를 유지하고 있었던 것 같다.

……록 씨도 감추는 게 나았을 것 같은데.

『이쪽은……, 적어도 시장 편은 아니니 협력할 수 있을지도 모르겠군. 스승……, AR·I·CA 씨와도 의논해봐야겠지만.』

"그렇군. 그거 잘 됐어."

『그런데 그 투서는 대체 누가 보낸 거지……?』

"아, 그건 우리 서방님이다."

록 씨와 이야기를 나누고 있자니 어느새 다가와 있던 페르세포네가 끼어들었다. ……전혀 눈치채지 못했다.

『페르세포네, 유고가 '너무 작아서 눈치채지 못했다'는데.』

"끄으으……, 역시 이 몸은 너무 작은 건가……!"

페르세포네는 머리를 감싸 쥐고 분하다는 듯이 끙끙댔다.

그런 의미가 아니었는데……, 카메라의 사각이었나?

『모습이 보이지 않던데, 지금까지 어디 있었지?』

"잠깐 회수를 좀 했지."

회수?

"그런데 아가씨, 투서를 보낸 게 당신이 아는 사람인가?"

"으음. 내 〈마스터〉, [명왕] 베네트나쉬다."

록 씨가 묻자 페르세포네는 쉽사리 대답했다.

"[명왕]……, 이봐, 이봐, 〈초급〉이 세 명이나 모이다니, 이 도시는 대체 어떻게 된 거야? ……우리도 오메가 총장에게 와달라고 할 걸 그랬나?"

록 씨가 약간 살벌한 말을 중얼거리고 있었다. 오메가 씨라면 아마 〈모히칸 리그〉의 오너이자 〈초급〉이었을 텐데……, 더 이상 모이면 혼란스러운 상황이 전혀 수습되지 않을 것 같다.

뭐, 그건 제쳐두고 우선 페르세포네에게 질문을 하기로 했다.

『어째서 [명왕] 베네트나쉬가 투서를 보낸 거지?』

"그래. 그대도 알고 있듯이 서방님은 유령을 볼 수 있으니까. 시장의 피해자 유령에게 이야기를 들은 다음, 협력해주는 대가로 시장의 범죄를 파헤치는 것을 도와주고 있었다."

……그렇구나.

"참고로 그 정보는 시장을 협박하는 데도 사용했지. '이 사실을 카르디나 의회에 들키고 싶지 않다면 구슬 플리즈'라는 식으로."

"……어라? 하지만 이미 투서를 보낸 건 아닌가……."

"그러니 투서를 보낸 곳은 사법국이고, **의회에는** 아직 전하지 않았지. 안 그런가?"

……언니도 가끔 써먹는 '거짓말은 하지 않았어. 거짓말은 말이지!'라는 식인 《진위 판정》 회피 화술이다.

다시 말해 시장이 구슬을 넘기든 안 넘기든, 시장의 범죄가 들통날 것이 확정되어 있었다는 뜻이다. [명왕] 베네트나쉬도 성격이 참 좋은 것 같다.

"이 도시의 원념을 보니 그 시장은 선을 넘은 모양이니 말이다. 어차피 오래 가진 못했을 것이다. 여생은 감옥 안에서 보내게 되겠지. ……여생이 있다면 말이다만."

페르세포네는 그렇게 말한 다음, 시장 저택 쪽을 보고 있었다.

"자, 슬슬 그대의 동료와 서방님이……, 좀 위험하군."

페르세포네는 그렇게 말하고 나서 시선을 [동결]된 [살인희] 쪽으로 돌렸다.

그 직후.

얼음 동상 안쪽에서———, 도끼 두 자루가 날아올랐다.

『뭐?!』

도끼 두 자루는 궤도 위에 있던 〈마스터〉 두 명의 목을 잘라내며 주위를 선회했다.

"암즈 계통 〈엠브리오〉다!"

"쳇! 본인이 얼어붙어 있는데도 무기만 움직일 수가 있나!"

보아하니 얼음 동상의 두 손이 부서져 있었다.

도끼를 날리기 위해 움직인 대가일 것이다.

하지만 도끼 두 자루는 부상을 아랑곳하지 않고 날아올라.

『……어?』

[동결]된 그녀에게 격돌하여———, 산산조각으로 **분쇄**했다.

부서진 얼음 조각이 햇빛 아래에서 빛났다.

그 안에는 〈마스터〉가 데스 페널티를 받을 때 보이는 빛의 먼지도 분명히 섞여 있었다.

에밀리는……, 자신의 〈엠브리오〉로 인해 데스 페널티를 받았다.

"자, 자살한 건가……?"

"우리에게 쓰러지는 것보다는 낫다는 건가? 그야 스스로 상처를 입어서 HP를 전부 잃고 데스 페널티를 받게 되면 자해 시스템을 이용한 데스 페널티보다 드롭하는 아이템이 적긴 할 테니까."

소생 가능 시간이 지난 그 아이의 몸은 빛의 먼지가 되었기에 이제 되살아날 수가 없다.

"…………이럴 수가."

이렇게 결판이 나게 될 줄은 예상하지 못했다.

어린 소녀를, 〈Infinite Dendrogram〉 내부라고는 해도 자살하게끔 몰아붙였으니……, 분명 꿈자리가 사나울 것이다.

……하지만 이제 소동 자체는 해결되었다.

[살인희]와의 만남과 싸움은 그렇게 결판이 났다.

"마이너스."

———그렇게 생각했다.

어디선가 목소리가 들린 직후, 약간 큰 파열음과 물소리가 들렸다.

소리가 들린 곳을 찾아 주위를 보니.

옆에 있던 〈마스터〉……, 록 씨의 머리 대신 도끼가 달려 있었다.

확실히 치명상이었고, 트레이드 마크인 모히칸 머리까지 통째로 얼굴이 분쇄된 록 씨는 곧바로 빛의 먼지로 변해버렸다.

핏빛 도끼만이 그곳에 남았고, 빙글빙글 돌면서 어떤 사람의 손으로 돌아갔다.

그 사람은 돌아온 도끼를 잡으며……, 주위를 둘러보았다.

데스 페널티를 받았다고 생각했던 그 아이———, [살인희] 에밀리였다.

그녀는 [동결]되지도 않았고, 도끼를 날렸을 때 부서졌던 팔도 완치된 상태였다.

완전히 멀쩡한 상태로……, 그녀는 그곳에 있었다.

"어, 어떻게 된 거야?!"

"누, 누가 소생 아이템이라도 쓴 건가?!"

"말도 안 되는 소리 하지 말라고! 그런 건 빛의 먼지가 되기 전, 소생 가능 시간 이내에 쓰지 않으면 의미가 없잖아! 저 녀석은 확실하게 빛의 먼지가 되었다고! 그 상태에서 되살아나다니, 있을 수 없는 일이야!"

그렇다, 있을 수 없는 일이었다.

상식적으로 생각하면 있을 수 없는 일이다.

하지만, 나는 알고 있다.

어떤 〈마스터〉는 타의 추종을 불허하는 스테이터스를 지닌 괴수와 힘을 합친다.

어떤 〈마스터〉는 사양으로 정해진 스킬의 성능을 대폭 바꿔 칠 수 있다.

어떤 〈마스터〉는 보이지 않을 미래를 본다.

그리고 어떤 〈마스터〉는 홀로 수만의 군단을 만들어낸다.

그녀들……, 〈초급〉은 때로는 상식을 뒤엎고 있을 수 없는 일을 실현시킨다.

그 사실을 알고 있기에 나는 짐작할 수 있었다.

『이것이, [살인희] 에밀리의……, 〈초급 엠브리오〉의 능력……!』

———죽은 뒤에도 되살아나는 〈초급 엠브리오〉.

■ 요왈테포스틀리에 대하여

〈Infinite Dendrogram〉에는 리소스라 불리는 개념이 존재한다. 인간 범주 생물의 직업, 몬스터, 아이템, 자연, 그리고 〈엠브리오〉가 보유한 어떤 종류의 에너지 자원이라고도 할 수 있다.

리소스가 오가는 양상은 다양하다.

생물이 다른 생물을 격파했을 때는 경험치가 되어 생물의 레벨을 올려준다.

아이템에 포함되어 있는 리소스를 대가로 바쳐 다양한 스킬을 기동시킨다.

몬스터가 사망했을 때는 리소스의 대부분을 아이템으로 변환시킨다.

〈마스터〉나 몬스터가 사망했을 때는 경험치와 아이템 변환분량 이외의 리소스를 곧바로 관리 AI가 회수하고, 리소스를 잃은 육체는 빛의 먼지가 된다.

관리 AI가 회수한 리소스의 용도도 다양하다.

〈마스터〉의 아바타가 파괴되었을 때는 아바타의 리소스를 사용하여 아바타 담당인 관리 AI 1호 앨리스가 아바타를 재구축한다.

또는 환경 담당인 관리 AI 5호 캐터필러가 환경을 수복시키거나 세이프 포인트 주변의 환경 개선에 사용하는 경우도 있다.

〈Infinite Dendrogram〉에서 생명의 구조는 리소스의 집중과 분배, 소비와 증폭이라 할 수 있다.

〈엠브리오〉 중에서도 그 리소스를 받아들여 구사하는 개체가 있다.

[파괴왕]의 [전신함 발드르]나, [대교수]의 [마수공장 판데모니움]은 아이템의 리소스를 변환하여 탄약이나 몬스터를 제조한다.

[범죄왕]의 [시원만변 눈]은 〈마스터〉가 직업으로 획득한 리소스의 대부분을 〈엠브리오〉가 취득함으로써 만능성과 물리 내성을 얻었다.

그리고 [살인희] 에밀리 킬링스톤의 [혼식쌍부 요왈테포스틀리]는 지극히 **직접적으로** 리소스를 이용하는 〈초급 엠브리오〉다.

요왈테포스틀리의 능력은——, 리소스의 수탈과 저장.

에밀리가 해친 생물의 리소스……, 경험치가 될 리소스의 대부분을 요왈테포스틀리가 저장한다.

그 때문에 에밀리의 레벨은 원래 도달해야 할 레벨보다 낮지만, 그것은 요왈테포스틀리의 능력에 비하면 사소한 문제다.

요왈테포스틀리는 죽은 뒤에 남게 되는 티안의 시체로부터 리소스를 통째로 흡수한 뒤 빛의 먼지로 바꾼다. 임의로 수치를 따지자면 레벨이 100인 티안으로부터 한계까지 빨아들일 경우, 요왈테포스틀리는 100의 리소스를 얻을 수 있다. 그냥 죽이기만 하더라도 절반은 빨아들일 수 있을 것이다.

아즈텍 신화에서 신이나 악마로 불리며 혼을 빨아들인다고 하는 요왈테포스틀리에 어울리는 능력이라 할 수 있다.

하지만 그것은 어디까지나 사전 단계에 불과하며, 요왈테포스틀리의 진가는 그 너머에 있다.

요왈테포스틀리는 저장한 리소스를——, 에밀리의 **소생**에 사용할 수 있다.

요왈테포스틀리의 패시브 스킬, 《적자생존》.

사망한 뒤에 소생 가능 시간이 경과하여 에밀리의 리소스가 회수되고 바닥나면……, 자동적으로 리소스를 충전하여 에밀리를 소생시킨다.

마치 신에게 산 제물을 바치는 것과 같이 저장해둔 리소스를 소비하여 빛의 먼지가 된 상태로부터 순식간에 아바타를 재구축한다. 외상으로 인한 죽음이든, 상태이상의 결과로 인한 죽음이든 상관 없이 에밀리는 HP와 상태이상을 전부 회복하고 완벽한 상태로 되살아난다.

말하자면 관리 AI 1호가 맡은 재생 작업을 자신 한정으로 로그아웃을 거치지도 않고 순식간에 진행해버리는 거나 마찬가지다.

그것만으로도 경이롭지만, 에밀리의 적대자에게는 더욱 치명적인 문제가 있다.

에밀리를 소생시키는 데는 리소스가 소비되지만——, **횟수 제한이 없다**.

에밀리의 레벨이 100이었을 무렵에는 100의 리소스로 되살아날 수 있었다.

지금 에밀리의 레벨은 928이기에 소생 리소스도 늘어났다.

그렇다면 한계가 있긴 할 것이다. 리소스가 바닥나면 더 이상 소생할 수가 없다.

하지만 에밀리가 지금까지 살해한 인간은 방금 해친 분량까지 포함해서 36587명.
그 밖에 웜 같은 몬스터도 해치웠다.
그것이 바로 치명적인 문제다.
에밀리가 현재 저장해둔 리소스의 양은 얼마나 될까.
그리고 에밀리는 몇 번이나 되살아날 수 있을까.
만약 거듭 되살아나서 리소스가 줄어든다 하더라도 에밀리가 전투를 벌이며 생물을 죽이면 리소스가 다시 늘어나게 된다.
적어도 적보다 먼저 쓰러질 일은 결코 없을 것이다.
그것이 바로 라스칼이 한 말의 진짜 의도.

[살인희] 에밀리 킬링스톤은――, **불사신**인 〈마스터〉다.

ㅁ[장갑 조종사] 유고 레셉스

죽음이란 생명을 멈추는 가장 거대한 존재.
선행도, 악행도, 어떠한 것이든 죽어버리면 멈추게 된다.
이 〈Infinite Dendrogram〉에는 언데드가 있긴 하지만, 그것도 완전한 죽음이 아니라 언데드라는 생명으로 바뀐 것에 불과하다.
죽음이라는 끝은 모든 것에 존재하며, 그것은 돌이킬 수 없는 사실일 것이다.

내가 돌이킬 수 없다고 생각하기 때문에 내 〈엠브리오〉인 큐코는……, 죽음의 대가를 치르게 만드는 힘을 지니고 태어났을 것이다.

하지만 눈앞에 있는 [살인희] 에밀리는 그렇지 않았다.

우리 눈앞에서 빛의 먼지가 되었던 [살인희] 에밀리가 부활했다.

〈마스터〉로서의 일시적인 죽음조차……, 저 에밀리에게는 선사할 수가 없다.

에밀리는 막을 수가 없다.

"아, 니……."

그 사실에 큰 충격을 받은 건 나뿐만이 아니었다.

외부의 습격을 경계하며 에밀리를 포위하는 형태를 취하고 있었던 〈마스터〉가 눈앞에서 벌어진 사태를 이해하느라 내 체감 시간으로 몇 초 동안 움직이지 못하고 있었다.

그사이에 움직이지 못한 건 나도 마찬가지였다.

그리고 살육이 시작되었다.

시야 안에서 다른 〈마스터〉들이 차례차례 살해당했다.

파격적인 스테이터스를 지닌 채 죽음을 맞이하더라도 곧바로 부활하는 초월자.

지금까지 내가 봐온 〈마스터〉 중에서도 최상위. 스승님조차 넘어섰고, 그 [파괴왕(슈우 스탈링)]에 가까운 위협조차 느껴졌다.

『……윽! 대상을 카운트 1만 이상의 〈마스터〉로 한정하여 재기동!』

『라져.』

내가 《지옥문》을 다시 설정하고 재기동시킬 때까지의 몇 초 동안에도 열 명 가까운 〈마스터〉가 죽었다.

초음속 기동. 근처에 있던 사람들부터 차례대로, 그녀는 도끼를 휘둘러 먹잇감으로 삼아나갔다.

내게는 잔상으로만 보이는 그녀가 먹잇감을, ……〈마스터〉를 해치우고 있다는 사실을 이해해버렸다.

그리고 한순간, 등골이 오싹해지는 듯한 감각을 맛보았다.

그 감각을 통해 나를 노리고 있다는 사실과――, 좀 전과는 달리 그녀가 나를 '적'으로 보고 있다는 사실을 이해하게 되었다.

『《지옥, 문》……?!』

그리고 내가 《지옥문》을 다시 전개하기도 전에, [화이트 로즈]의 장갑에 무언가가 부딪히는 소리가 울렸다. 충격이 콕핏까지 전달됐다.

중장갑에 걸맞은 중량을 지닌 [화이트 로즈]가 뒤로 물러나며 헛발을 디뎠다.

『……윽!』

다행히 그 동작 이후로 곧바로 뒤쪽으로 뛰어서 조금이나마 거리를 벌렸다.

한순간 부유감이 느껴진 다음, 앱소버로 미처 흡수하지 못한 충격이 콕핏을 뒤흔들었다.

『……끄으.』

『큐코?!』

『괜찮, 아. 도끼가 날아왔을 뿐이야……. 내가 조금 **부서졌지만**, 장갑에 막혔어. 도끼는 저 아이에게 돌아갔고.』

이 [화이트 로즈]는 스킬로 인한 대미지 경감, 큐코의 빙결 장갑, 그리고 본체 장갑의 삼중 방어를 통해 〈마징기어〉 중에서는 가장 강한 방어력을 자랑한다.

하지만 방금, 도끼 투척이 그 방어를 뚫고 본체 장갑까지 닿았다.

『장갑 대미지는……?』

『약간, 휘어졌을 뿐이야.』

역시 대미지를 입긴 했다.

하지만 언니가 만든 신화급 금속 합금 장갑은 도끼의 투척으로도 파괴되지 않았다.

언니의 기체라면 아직 견딜 수 있다.

하지만 투척이 아니라 그녀가 직접 연속 공격을 가한다면 오래 버틸 수는 없다.

『에밀리는, ……!』

『……얼었어.』

《지옥문》은 두 번째에도 효과를 발휘했고, 에밀리는 다시 [동결]되었다.

하지만 다시 도끼가 날아올라 에밀리를 부숴서 죽였고, ……부활시켜버렸다.

『…………』

부활한 에밀리는 내게 추가타를 날리지 않고 다시 다른 〈마스터〉들을 노리고 있었다.

지금 그녀는 마치 버서크 계열 스킬을 사용한 것처럼 공격 행동에 이성이 없다.

공격하려는 상대의 명확한 우선 순위라는 것이 보이지 않았고, 《지옥문》을 사용한 우리가 아니라 주위에 있는 〈마스터〉를 닥치는 대로 공격하는 중이었다.

……자신과 거리가 가까운 상대나 레벨이 높은 〈마스터〉를 우선적으로 공격하고 있는 건지도 모르겠다.

그렇다면 만렙이 되기에는 한참 남았고, 거리도 멀리 떨어져 있는 지금 우리는 그렇게까지 우선순위가 높지 않을 것이다.

"———마이너스, ———마이너스."

그녀는 〈마스터〉를 죽이면서 《지옥문》에 [동결]되었다가 도끼에 부서지거나, 다른 〈마스터〉의 필살 스킬에 치명적인 대미지를 입고는 부활하기를 반복했다.

……그것은 마치 지옥과도 같은 광경이었다.

『끝이 없네…….』

『뭔가 방법 없어?』

『……있다고 한다면 저 도끼를 파괴하는 거지.』

아마 저 도끼 두 자루가 에밀리의 〈초급 엠브리오〉일 것이다.

저것만 없애버리면 그녀는 소생 스킬을 사용할 수 없다.

『……하지만, 저 도끼는 파괴할 수 없어.』

지금도 날아오른 도끼를 파괴하기 위해 〈마스터〉 중 한 명이 필살 스킬을 발동시켰다.

하지만 도끼는 필살 스킬을 맞고도 금조차 전혀 가지 않은 채 그 〈마스터〉를 살해했다.

암즈 〈초급 엠브리오〉를 파괴하는 것은 쉬운 일이 아니다. [시해선(마스터 강시)] 신우는 〈초급 엠브리오〉인 손톱으로도 [초투사(오버 글래디에이터)] 피가로의 〈초급 엠브리오〉를 파괴하지 못했다.

반대로 [초투사] 피가로도 자신의 〈초급 엠브리오〉의 효과를 끌어올리기 전에는 신우의 손톱을 꺾지 못했다.

적어도 저 도끼를 파괴하는 것은 [화이트 로즈]의 화력으로는 불가능하다.

그건 분명히 스승님도 마찬가지일 것이다.

왕국의 [파괴왕]이라면 가능할지도 모르겠지만……, 지금은 기대할 수 없는 상황이다.

『어떻게 해볼 방법이 없네…….』

레이나 나와 싸웠던 루크라면 이런 상황에서도 승산을 찾아낼지도 모른다.

하지만 나는, 그럴 수가 없어…….

나는……, 저 아이의 살육을 멈출 수 없다.

『……이대로 그냥 내버려 둬도 괜찮아?』

『괜찮을 리가 없지! 하지만…….』

나는 이제 어떻게 해볼 수가 없어…….

이런 상황에서 어떻게 해야 하는지, 나는…….

『유고……, '여성을 지키는 기사가 되는 것'.』

『……어?』

내 마음이 약한 소리를 내뱉으려 한 순간, 큐코가 조용히 그렇게 말했다.

『큐코? 갑자기 무슨……?』

『그게 당신이 **유고**에게 원한 거였지?』

『…………그건.』

그건 분명히 내가 유고에게 원했던 것.

여성을 지키는 기사가 되는 것.

연약한 여성을 괴롭히는 비극을 해치우는 것.

아름다운 꽃의……, 가시가 되는 자.

얼음과 장미의 기사.

내가 유고에게 추구하며 연기하던 인물상.

내가 유고에게 맡긴……, 소원.

『이대로 가다간, 저 아이는 멈추지 않을 거야. 분명 많은 사람들이, 유고가 지키고 싶어 하던 사람들이, 잔뜩 죽어버릴 거야.』

『…………』

『나는 당신의 소원으로부터 태어났어. 그러니까 나는 당신을 지킬 거고, 당신의 소원을 지킬 거야.』

그 말을 들었을 때, 나는 지금은 [화이트 로즈]의 장갑이 되어 있는 큐코에게 안긴 것 같은 기분을 느꼈다.

『내가 지켜줄 테니까. 등을 돌리고 포기하지는, 말아줘.』

큐코가 한 말은.

『소원에서, 눈을 돌리지 말아줘…….』

『큐코…….』

빙결지옥(코큐토스)라는 이름을 지닌 그녀의 말은……, 매우 따스했다.

그렇게 큐코의 말이 가슴에 닿은 순간, 또 하나……, 내 마음이 어떤 말을 떠올렸다.

———너무 망설인다고, 아가씨.

예전에 내가 망설이며 스스로는 나아갈 수도, 물러설 수도 없게 되었을 때 들었던 말.

나와 같은 친구를 두었고, 사람의 마음을 헤집는 듯한 말만 쏟아냈던……, 내가 이 〈Infinite Dendrogram〉에서 가장 싫어하는 소년이 했던 말.

하지만 알고 있다. 그가 한 말이 내 마음을 헤집었던 이유는 내가 애써 보려 하지 않았던 내 마음의 진실을 그가 말로 계속 들춰냈기 때문이다.

방금 그가 했던 말을 환청으로 들은 것도 나 자신이 그것을 인식하고 있기 때문이다.

하지만 지금, 그가 했던 말이 내 등을 밀어주고 있다.

그와 동시에 어떤 광경이 떠올랐다.

강대한 적 앞에서도 물러서지 않았던……, 한 〈마스터〉의 모습이.

『……등을 돌리지 마라, 유고(나).』

자신의 의지로 선택해서 나아가라.

상대가 아무리 강대하고 정체를 알 수 없는 자라 해도.

적어도 그 두 사람은 그런 이유 때문에 물러서진 않았을 것이다.

『……선택해라, 유고(나).』

그리고, 지금은 그때와는 분명히 다른 것이 있다.

많은 사람들의 비극과 언니를 저울에 달았던 기데온이 아니다.

그때와는 망설일 이유가 다르다.

눈앞에 위협을 두고 도전할지 포기할지, 망설이고 있을 뿐.

그렇다면 유고 레셉스(나)가 나아갈 길은 이미 정해져 있을 텐데……!

『……알았어, 큐코. 나도……, 나도 아직……, 포기하지 않을 거야!』

『응, 힘내.』

나는 나아가기로……, 위협에 도전하기로 결심했다.

다시 한번, 내가 할 수 있는 일이 없을지 생각해봐야만 한다.

『………….』

예전에 자신보다 훨씬 강한 〈초급〉……, 언니와 맞서 싸웠던 레이는 이런 말을 했다고 한다.

——〈초급〉인 너도 이유 없이 무적인 몬스터 같은 건 만들 수 없었던 거니까.

그렇다, 아무리 〈초급〉이라 해도 완전한 무적은 있을 수 없다.

그렇게 보인다 하더라도 어딘가에 단점이나 부족한 부분을 떠안고 있을 것이다.

생각해라. 에밀리의 불사신에 빈틈이 없을지……!

『……그래.』

그러다 눈치챘다.

지금 에밀리는 13초마다 [동결]된 다음, 자신의 몸을 자신의 도끼로 부수고 곧장 부활하고 있다.

하지만……, **[동결]은 되고 있다.**

죽은 뒤에 완전 회복된다 하더라도 온몸의 [동결]로 인한 행동불능 효과는 에밀리에게도 효과적으로 계속 작용하고 있다.

『그리고 〈마스터〉를 노리고 날아드는 도끼는……, 위력이 두 종류야.』

에밀리가 직접 던졌을 때와 도끼가 알아서 날아올랐을 때.

그 두 가지 패턴은 분명히 위력이 달랐다.

아마 에밀리가 던졌을 때는 에밀리의 STR이 더해지지만, 도끼가 단독으로 날아올랐을 때는 그렇지 않을 것이다.

전자는 [화이트 로즈]의 장갑으로도 여러 번 막아낼 수가 없다.

하지만 후자라면……, 장갑으로 막아낼 수 있다.

『……그리고, [동결]된 이후의 행동이 완전히 일정하게 정해져 있어.』

그녀는 [동결]된 뒤에 부서질 때까지 움직일 수가 없고, 도끼는 그녀가 [동결]된 시점에서 손을 부수고 날아오른다.

만약 도끼가 날아다니는 동안에 [동결]되면 공격을 중단하고 그녀를 부수기 위해 돌아간다. 공격하던 상대를 해치우기 직전이라 하더라도 두 자루 모두 그녀에게 돌아가는 것이다.

그것은 '에밀리의 행동 불능'을 계기로 도끼가 자동적으로 그녀를 죽여서 회복시키기 위해 움직인다는 뜻이다.

그것이 필요한 행동이기 때문이다.

『……부서지지만 않으면 계속 [동결]된 상태겠고.』

저 아이의 회복에는 죽음이라는 방아쇠가 필수다.

빛의 먼지가 되어야만 회복한다.

그렇다, 에밀리는――, **죽기 때문에** 불사신인 것이다.

……그렇다면!

『큐코! [화이트 로즈]의 제2 전투 모드를 사용하겠어!』

『……포격 방어용인 그거? 소모가 심할 텐데?』

『어차피 이대로 가다간 오래 버티지 못할 거야!』

이 [화이트 로즈]는 방어 스킬을 상시 발동시키고 있는 데다 중장갑이어서 MP 소모가 크다.

게다가 《지옥문》까지 전개하고 있으니 더더욱 그렇다.

그것이 바로 언니가 기체와 함께 건네준 매뉴얼에 적혀 있던 [화이트 로즈]의 가장 큰 단점이자 미완성 부분.

[화이트 로즈]는 장기전용 기체이면서도 **단기간밖에 싸울 수가 없다**.

내구형이면서도 무시무시하게 연료가 빨리 떨어진다.

그것은 큐코와의 시너지 효과라고도 할 수 있다.

카운트가 100이 넘는 상대라면 금방 《지옥문》으로 결판을 낼 수 있지만, 그 루크처럼 카운트가 어설픈 수준에 불과한 상대와 싸우게 되면 장기전을 벌일 수밖에 없다.

[화이트 로즈]의 이상적인 운용 방식은 견고한 방어로 상대방의 공격을 막으며 《지옥문》으로 오랜 시간에 걸쳐 상대방을 제압하는 것.

하지만 상급 직업인 내 MP로는 [화이트 로즈]를 오랫동안 사용할 수 없고, 레이의 [자원주갑]처럼 그것을 보조해주는 MP 공급 시스템도 없다.

지금 [화이트 로즈]는 그러한 구조적인 결함을 떠안고 있다.

게다가 이제 사용하려 하는 제2 전투 모드는 MP 소모에 박차를 가하게 된다.

가동 시간은 5분도 안 될 것이다.

하지만……, 그것으로만 해낼 수 있는 것도 있다.

『이 상황을 해결하기 위해서는 그것밖에 없어……!』

『알았어.』

나는 조종간 옆에 있던 계기판을 조작하며 그 순간이 오기를 기다렸다.

지금도 에밀리는 〈마스터〉들을 죽이고 다니며 13초마다 《지옥문》의 판정으로 인해 [동결]되었다가 도끼에 부서지고 있다.

에밀리가 [동결]된 뒤 도끼가 에밀리를 복귀시키기 위해 움직일 때까지는……, 오래 걸려도 2초.

승부는 그 2초 사이이다.

『큐코! 판정까지 카운트다운!』

『다음 판정까지 십일, 십, 구……!』

내 지시에 따라 큐코가 판정까지 남은 시간을 세기 시작했다.

하지만 다음 순간.

『———마이너스.』

『……!』

판정을 기다리던 우리에게 에밀리가 초음속 기동으로 몸을 뿌옇게 만들며 달려들었다.

보아하니 주위에 있던 〈마스터〉들은 대부분 이미 살해된 뒤였다.

『기어코 우리가 대상이 되었군……, 하지만!』

에밀리는 두 손에 각각 들고 있던 도끼를 던졌다.

도끼가 선회하며 우리 말고 다른 〈마스터〉를 덮쳤다.

그리고 그녀는 맨손으로 [화이트 로즈]의 장갑을 후려쳤다.

『……윽?!』

그녀의 난타는 묵직했고, 기체가 크게 균형을 잃었다.

그것은 예전에 루크의 아룡과 싸웠을 때보다 거세게 기체의 프레임을 삐걱대게 만들었다.

이쪽 기체의 성능은 그때와는 비교도 되지 않는다. 하지만 에밀리 또한 맨손이라 해도 아룡 클래스와는 비교도 되지 않았다.

『표면 장갑에 대미지. 금이 갔어.』

신화급 금속으로 만든 [화이트 로즈]의 장갑을 맨손으로 부수려 하고 있다.

『내, 몸도…….』
『큐코, 괜찮아?!』
『맡겨줘……!』
하지만 아직 큐코와 [화이트 로즈]는 버티고 있다.
『우리는……, 아직, 포기하지 않아!』
그리고 몇 초라는 짧은 시간이 몇십 초, 몇 분처럼 느껴지는 난타 속에서 우리는 계속 기다렸고.

그 순간까지———, 살아남았다.

『삼, 이, 일……!』
《지옥문》의 판정이 발생하여 에밀리가 [동결]된 순간.
『[화이트 로즈] **모든 장갑 분리**! ———제2 전투 모드!』
에밀리의 공격으로 인해 금이 가고 일그러진 [화이트 로즈]의 장갑이 전부 떨어져 나갔다.
하지만 그것은 공격으로 인한 탈락이 아니라———, 자발적인 분리.
그렇게 떨어져 나간 본체 장갑 대신 큐코가 직접 [화이트 로즈]의 장갑이 되었다.
『도끼가, 와!』
〈마스터〉들을 덮치고 있던 도끼가 선회하여 [동결]된 에밀리에게 돌아왔다.
하지만 그 직전에 나는 [화이트 로즈]의 마지막 기믹을 작동시켰다.

『───《부클리에 플라네타(유성의 방패)》!』

도끼 두 자루는 주인을 해방시키기 위해 자동적으로 주인을 죽이려 했다.

그리고, 좀 전까지 되풀이했던 것처럼 도끼가 에밀리에게 날아들었고.

───에밀리의 얼음 동상을 **지키기** 위해 떠오른 [화이트 로즈]의 장갑에 튕겨 나갔다.

도끼는 에밀리에게 닿지 않았다.

『유고!』

『……성, 공!』

지금 공중에 떠 있는 장갑이 바로 [화이트 로즈]의 제2 전투 모드───, 《부클리에 플라네타》.

공중에 뜬 채 대상을 지켜주는 부유 방패. 원래는 포격이나 마법을 [화이트 본체]에서 떨어진 곳에서 막아냄으로써 본체에 대미지가 가지 않게끔 해주는 장갑 원격 조작 기능.

어느 정도 조작이나 자동 방어 설정도 가능하며, [화이트 로즈] 본체를 지킬 수도 있고, 에밀리의 얼음 동상에 사용한 것처럼……, 다른 사람을 지킬 수도 있다.

에밀리의 도끼는 날아다니며 몇 번이나 장갑에 격돌했다.

하지만 높은 스테이터스를 지닌 에밀리의 투척이 아닌 도끼 단독 공격으로는 예상대로 신화급 금속 합금인 장갑을 파괴할 수 없었다.

자동적인 움직임을 반복하는 도끼는 에밀리의 HP를 전부 없애는 것을 가장 우선시하는 건지 옆에 있는 [화이트 로즈]를 공격할 낌새가 없었다.

부서지지 않는 방패에 몇 번이나 계속 부딪혔다.

그리고 방패에 막혀서……, 도끼는 에밀리를 **죽이지 못한다**.

『이걸로……, 끝장이야.』

이것이 바로 유일한 승산.

날아오는 도끼로부터 에밀리를 지키며 그녀를 부수게 하지 않는다.

그러면 그녀는 죽지도……, **되살아나지도 못한다**.

'에밀리를 지키는 것'이 바로 에밀리를 막을 수 있는 유일한 방법이었다.

◇

『……《지옥문》 해제. 나머지 MP는 《부클리예 플라네타》 유지로 돌릴 거야.』

『라져~.』

『큐코도 쉬고.』

『……응. 좀, 쉴게.』

나는 《지옥문》을 해제했고, 지친 큐코는 장갑에서 메이든으로 돌아왔다.

기체를 움직이지 않고, 《지옥문》도 쓰지 않는다. 《부클리예 플라네타》만이라면 MP 회복 아이템을 사용해 회복하는 속도로 상쇄시킬 수 있다.

그리고 《지옥문》 자체를 해제하더라도 [동결] 상태는 지속된다.

이 [동결] 시간은 동족 토벌 횟수에 비례하여 늘어난다.

부서지지 않는 한……, [살인희]인 그녀는 며칠 동안 이곳에 계속 [동결]되어 있을 것이다.

아마 그동안 로그아웃할 필요가 생길 테고.

하지만 [동결] 상태로는 일반적인 로그아웃 처리를 할 수가 없다.

그녀는 로그아웃하기 위해 자해 시스템을 사용하게 될 것이다.

아니면 로그아웃하지 않는 그녀를 걱정한 가족이 기기를 떼어내려 하면 강제로 자해 시스템이 사용된다. ……그렇게 되어 있을 것이다.

자해 시스템이 그녀의 소생 스킬의 대상이 아니라는 건 분명하다.

그렇지 않다면 몇 번이나 도끼로 자신을 죽일 필요도 없었고……, 이미 되살아났을 것이다.

그러니 이미 결판이 났다.

『…………』

지금도 도끼는 여전히 방패를 향해 날아들기만 했다.

자신의 〈마스터〉를……, 반신인 그녀를 죽이기 위해.

『……어째서.』

[동결]된 에밀리를 《부클리에 플라네타》 너머로 보면서 나는 생각했다.

'저 아이는……, 어째서 이런 살육을 일으켜버린 걸까'라고.

물론 모두가 나 같은 메이든의 〈마스터〉는 아니다.

드라이프의 [마장군]처럼 이 세계를 단순한 게임이라 생각하고, 티안을 NPC로만 보고, 부숴도 되는 오브젝트 정도로 생각하는 사람도 있을 것이다.

[살인희]의 전투 방식도 게임 같은 방식이었다.

그녀와 싸우는 동안, 나는 인간을 상대하는 것 같지 않았다.

행동 루틴이 설정되어 있는 고전 게임 CPU 같은 단락적인 느낌과 감정이 없는 기계 같은 냉철함.

그녀의 살육으로 인한 피해는 매우 컸고, 주위에는 사람이 거의 남지 않게 되었다.

바자에 있던 티안들 중 대부분은 도망쳤으며 살아남은 〈마스터〉는 스무 명도 안 된다.

주위에는 티안의 시체……, 라고도 부를 수 없게 되어버린 유해가 흩어져 있다.

이 참상을 보면 국제 지명수배도, 〈마스터〉들 중에서 가장 악명이 높다는 사실도 이해할 수밖에 없다.

『…………어째서.』

하지만 카페에서 이야기를 나누었던 저 아이……, 에밀리는 그렇지 않았던 것 같다.

다른 사람의 〈엠브리오〉를 친구라고 부르며 즐겁게 이야기를 나누고.

그런 평범하고 순진한 여자아이였을 텐데.

『어째서 너는 [살인희]가 되어버린 걸까…….』

물어보아도 얼음 동상이 된 그녀는……, 대답할 리가 없었다.

싸움이 끝난 바자에는 그녀의 도끼가 《부클리예 플라네타》에 부딪히는 금속음만이 울리고 있었다.

□ ■ 상업도시 콜타나 모처

[대령도사] 챠 잔치는 매우 초조해하고 있었다.

에밀리의 결말은 강시를 통해 확인했다.

에밀리가 자력으로 [동결]에서 벗어났을 때는 성급하게 초조해졌던 게 기우였다고 생각하며 안심하기도 했었다.

하지만 그 이후로 유고로 인해 완전히 사로잡혀 버렸기 때문에 더욱 초조해졌다.

게다가 초조해진 이유는 그뿐만이 아니었다.

도시 바깥에 대기시켜 두었던 [드래그 웜 강시]는 이미 움직였다.

원래는 [동결]된 에밀리 곁으로 가서 구해냈어야 했다.

"……틀렸나."

하지만 [드래그 웜 강시]는 목적을 이루기 전에 포착당하고 전멸당한 상태였다. 정지하기 직전에 강시의 시야가 그렇게 만든 자의 모습을 보았다.

그것은 공중에 뜬 푸른색 장갑 〈마징기어〉였다.

그 결과에 대해서는 운이 안 좋았다고 할 수밖에 없다.

사막에 서식하는 이 지방의 [드래그 웜]의 잠행 능력이 오아시스를 중심으로 펼쳐져 있는 콜타나 내부의 흙과 잘 맞지 않았던 것이다.

결국 잠행으로는 빠른 속도를 내지 못해서 서둘러 구출하기 위해 어쩔 수 없이 지상으로 달려가게 했고, 그 모습을 바자로 향하던 AR·I·CA에게 발견당했다.

결과적으로 [블루 오페라]가 날린 번개 포탄에 [드래그 웜 강시]는 쉽사리 전멸해 버렸다.

“그건 내가 가지고 있던 [던가이] 구슬인가? ……내가 가지고 있었을 때는 든든했지만, 적에게 넘어가니 골치 아프군.”

그래도 AR·I·CA를 붙잡아 두었으니 [드래그 웜 강시]가 전멸한 것도 허사는 아니라고 해야 할까, 아니면 결국 구출하기 전에 그쪽과 합류해버렸으니 의미가 없었다고 해야 할까.

어찌 됐든, 챵은 전력으로 써먹을 강시를 덧없이 잃어버렸다.

현재, 에밀리를 구출해낼 가능성은 한없이 낮다.

“…………”

그럼에도 불구하고 챵은 에밀리의 구출을 포기할 생각이 없었다. 만약 에밀리가 이대로 계속 붙잡혀 있게 된다면 그것은 〈IF〉에……, 지금 그가 소속되어 있는 조직에 큰 타격을 입히게 된다.

“그렇다면 이 몸을 날려서라도 구출해야겠지.”

수족으로 써먹을 강시를 잃기는 했지만, 아직 챵 자신이라는 전력이 남아 있다.

‘오성기룡’과 [던가이]를 지닌 상태로도 패배한 AR·I·CA를 이기는 건 불가능하지만, 에밀리를 감싸고 있는 방패만 사라지면 도끼———, 요왈테포스틀리가 에밀리를 부활시킬 것이다.

"내 몸을 내던져서라도 에밀리의 해방만을 노린다."

챵은 좀 전에 오른쪽 다리가 [동결]된 범위 안으로 한 발짝 내디디며 얼지 않는지 확인했다.

강시를 통해 유고의 [화이트 로즈]를 보고 있던 챵은 이미 결과를 예상하고 있었다.

(그 스킬은……, 발동되지 않았군. 그 장갑을 두르고 있을 때만 발동되는 스킬인가?)

《지옥문》이 가로막고 있지 않다는 걸 확신한 챵은 단숨에 뛰어가기 시작했다.

골목 사이를 돌파해 에밀리가 있는 바자를 향해 나아갔다.

(그 녀석들의 주의를 끌 만한 소동이 또 일어나주면 좋을 텐데…….)

하지만 그건 있을 수 없는 일이다. 챵은 시장 저택에 배치해둔 강시 새의 눈으로 AR·I·CA와 베네트나쉬가 뭔가 거래하는 순간을 보고 있었다.

베네트나쉬는 그가 가지고 있던 구슬을 AR·I·CA에게 넘겼다.

챵에게는 이야기를 나누는 소리가 들리지 않았지만, 아마 베네트나쉬가 '이 구슬을 넘기는 대신 시장이 가지고 있는 구슬을 얻게 해달라'고 했을 거라 추측했다.

('불멸'과 시장의 전력 차이는 확실하니 구슬을 간단히 강탈할 수 있겠지. 그쪽에서는 소동 같은 게 일어날 리가 없어.)

AR·I·CA는 에밀리와 싸우는 동료(유고)를 원호하기 위해 서두를 필요가 있어서 그런지 거래를 받아들였다.

그럼에도 불구하고 최종적으로는 베네트나쉬가 얻은 시장의 구슬까지 가로챌 꿍꿍이를 품고 있다는 걸 챵도 알아볼 수 있었다.

(아니면 그 타이밍까지 기다리면……, 아니, '창궁가희'가 '불멸'과 다시 싸운다 해도 그때쯤이면 다른 〈마스터〉들이 모여들겠지.)

〈세피로트〉의 멤버인 AR·I·CA라면 의회……, 의장을 통해 길드에 대규모 의뢰도 내걸 수 있다.

에밀리가 자해 시스템을 작동시켜 데스 페널티를 받을 때까지 다른 〈마스터〉에게 경호를 맡기는 것도 간단하다. 그중에는《부클리에 플라네타》보다 더욱 방어에 적합한 스킬이나 장비를 지닌 자도 있을 것이다.

최악의 경우, 〈세피로트〉의 일원인 [지신]이 나타나 에밀리를 지하 수천 메텔 지점에 **매장**해버릴 것이다.

그렇게 되면 끝장이다. 구출할 수가 없게 된다.

(그러기 전에 어떻게든 해야 하는데…………, 뭐지?)

더 이상 상황이 악화되기 전에 구출해야 한다며 골목을 달려가던 챵은 갑자기 멈춰 섰다.

그것은 그의 [대령도사]로서의 감각이 호소한 이상한 기척 때문이었다.

"……원념? 혼? 아니, 이게……, 뭐지?"

챵이 평소에 다루는 강시는 시체에 마력을 충전시킨 다음 몸을 움직이는 프로그램인 [부적]을 붙인다.
부착된 [부적]이 혼 역할을 대신 맡기 때문에, 챵은 [명왕]이나 [대사령]처럼 혼을 다루진 않는 것이다.
그럼에도 챵은 일단 사령술사 같은 존재이기에 혼을 전혀 느끼지 못하는 것은 아니었다. 그리고 그 감각에 [대령도사]인 챵도 느껴본 적이 없는 것이 걸렸다.
"……**한탄**인가?"
혼의 한탄. 원념조차 아닌 통곡.
마치 '돌이킬 수 없게 된 것에 울부짖는' 듯한 파동이 느껴진 것이다.

그것은 거리의 어떤 곳――, 소동 같은 게 일어날 리가 없다고 생각했던 시장 저택 쪽에서 느껴졌다.

◇◇◇

ㅁ[장갑 조종사] 유고 레셉스

『얏호~! 유 쨩, 고생했어~!』
에밀리를 사로잡고 나서 몇 분 뒤, 스승님의 [블루 오페라]가 공중에서 내려왔다.
『오~. 제대로 봉인했네~. 그런데 왜 방패로 둘러싸고 있는 거야? 뭔가 도끼가 쾅쾅 부딪히고 있는 것 같은데.』

그 질문을 듣고 스승님에게는 제일 처음에 [동결]시킨 이후로 연락하지 않았다는 사실이 생각나서 에밀리의 〈초급 엠브리오〉의 스킬까지 포함하여 현재 상황에 대해 설명했다.

『……무제한 자동 소생이라니, 정말 지독한 스킬도 있구나~. 대충 알고 있긴 했는데, 이렇게까지 밸런스 브레이커 같은 〈초급 엠브리오〉도 있나 보네~.』

한정적이나마 미래를 볼 수 있는 스승님도 남에게 뭐라 할 만한 입장은 아닌 것 같은데요.

『우리 알베르트도 일곱 번이 한계인데. 뭐, 그쪽은 소생이 덤이나 마찬가지긴 하지만.』

"스승님?"

『그래. 잠깐 생각하던 것뿐이니까 신경 쓰지 마.』

"그런데 스승님 쪽은……."

『시장이 가지고 있는 구슬은 [명왕]에게 차례를 넘겨줬어. 필요 없는 거라면 나한테 준다고 하니까. 뭐, 필요하다고 해도 빼앗을 거지만.』

"…………."

『그리고 다른 것도 받았거든~.』

"다른 것?"

『그 녀석이 가지고 있던 '물을 흙으로 바꾸는' 구슬이야. 그 녀석에게는 별로 중요하지 않았던 모양인지 쉽사리 넘겨주던데?』

페르세포네에게 들었던 [명왕] 베네트나쉬 이야기를 생각해보면 혼이나 생명과는 아무런 관련도 없는 그 구슬은 그에게 딱히 가치가 없을 것이다.

하지만 그래도 구슬은 구슬이다. 황하의 국보이며 교섭 재료로는 매우 유용하다.

"그러면 그쪽에 아무런 이득이 없을 것 같은데……."

『음~, 그 대신 그 녀석이 시장의 구슬을 우리에게 주면 그쪽의 부탁을 들어주기로 했거든. 야한 부탁을 하면 어쩌지?』

"……스승님한텐 이득만 보는 거래네요."

이 스승님은 진짜 한결같네.

『그래서, 유 쨩은 이제 어떻게 할 생각이야?』

"에밀리……, 이 아이가 자해 시스템으로 로그아웃할 때까지 어떻게든 이대로 [동결]을 유지할 거예요. 아마 그녀의 카운트로 보아 현실 시간으로 하루 종일 [동결]되어 있어도 시간이 남을 테니까요. ……문제는 그녀의 동료인데요."

내가 그렇게 말하자 [블루 오페라] 너머로 스승님이 잠깐 생각에 잠긴 듯한 기척이 느껴졌다.

『관계가 있는 것 같은 웜을 여기로 오기 전에 쓰러뜨리고 왔는데, 그 밖에도 있을지도 모르겠네.』

그렇다면 기다리는 것도 힘들려나.

"스승님은 저 〈초급 엠브리오〉를 부술 수 없나요?"

지금도 방패에 부딪히고 있는 도끼 두 자루를 손가락으로 가리켰다.

『못해. 나는 〈초급〉 중에서 화력이 약한 편이니까. 게다가 보아하니 저 도끼는 공격력보다 내구도에 중점을 둔 것 같아. 어지간히 강한 화력이 아니면 부술 수 없을 거야.』

스승님도 부수지 못한다면 지금은 손을 쓸 방법이 없다.

한순간, [명왕] 베네트나쉬의 협력을 받을 수 없을까 생각하긴 했지만…….

"……?"

그의 〈엠브리오〉인 페르세포네는 또 홀연히 자취를 감춰서 이곳에는 없었다.

『그런데 큰일이네~. 이 아이를 보낸 녀석들도 이렇게까지 완벽하게 붙잡힐 줄은 생각하지 못했을 테고. 자칫하다가는 〈IF〉의 정식 멤버가 구하러 올지도 모르겠어.』

"〈IF〉……?"

『〈세피로트〉와 가끔 치고받곤 하는 범죄자 클랜이야. 이 아이, [살인희] 에밀리는 그 클랜의 구성원이고.』

그러고 보니 〈예지의 삼각〉에서도 그 클랜의 소문을 몇 번 들은 적이 있는 것 같다.

에밀리 개인의 소문을 들은 적이 훨씬 더 많지만.

『문제는 〈IF〉의 정식 멤버들이 모두 〈초급〉이고……, 이 아이의 얼음 동상을 부수고 해방시키는 것 정도는 간단하다는 점이지.』

"…………."

『'암흑심(다크 코어)' 젝스……는 감옥 안에 있으니 제쳐두더라도, '개조인원(에러 소스)' 라 크리마가 물량으로 부수거나, '유적

킬러(레거시 디스트럭터)' 라스칼이 도시까지 통째로 섬멸시켜서 부수거나. 어찌 됐든 개인 전투형인 나는 막을 수가 없단 말이야.』

……스승님, 악당에게 딱 어울리는 그 별명들은 어디 사는 누가 생각해낸 건가요?

『참고로 별명은 〈DIN〉이 발행한 기사에 나와 있던 거야. 이 아이의 '시산혈하'는 다른 멤버들보다 단순하지.』

……그런가?

『어찌 됐든, 거리 안에 방치하는 건 위험하고, 부서져서 소생하면 곤란하니까…….』

스승님은 [블루 오페라] 안에서 뭔가 잠시 생각한 다음 말했다.

『좋아. 버려버릴까? 이 아이.』

"네?"

뭔가 그냥 흘려넘길 수 없는 말을 하기 시작했다.

『사실 도시 밖으로 나가서 남서쪽으로 좀 날아가면 규모가 큰 유사가 있거든.』

"어? 저기, 스승님?"

『그 안에 던져넣으면 다른 녀석이 구하러 와도 도시는 안전할 테고, 모래 안에서는 잘 부서지지도 않을 테고, 부활하더라도 한동안은 움직이지 못할 테니 딱 좋겠어!』

"딱 좋겠어는 무슨?!"

얼린 건 나지만, 여자애를 유사에 버린다고……?!

『그럼, 다녀오겠습니다~♪』

"아, 잠깐……!"

스승님은 곧바로 말릴 틈도 없이 얼음 동상이 된 에밀리를 끌어안고 날아올라 버렸다.

도끼 두 자루가 쫓아갔지만, [블루 오페라]의 속도를 따라잡지는 못했기에 거리가 벌어졌다.

나는 초음속으로 이루어진 그 행동을 그저 바라볼 수밖에 없었다.

"…………."

에밀리를 보면서 나도 많은 생각을 했고, 갈등과 고민을 했지만……, 스승님의 행동으로 전부 날아가 버린 것 같은 기분이다.

"…………착하다, 착해."

매우 지쳐서 제대로 움직이지 못하고 있던 큐코가 위로해주려는 듯 내 머리를 쓰다듬었다.

"역시 수단을 가리지 않는 녀석이었군. 무섭다, 무서워."

그런 우리 뒤에서 말을 거는 목소리가 들렸다.

또 어느새 모습을 드러낸 페르세포네의 목소리였다.

"페르세포네, 어느새……, 아니, 애초에 어디 있었어?"

"음~, 숨어 있었다."

"에밀리 때문에?"

"아니, 굳이 말하자면 [격추왕] 때문이다."

스승님 때문에?

"그 여자, 아무렇지도 않게 소첩을 쏴 죽이고는 '이제 [명왕]을 쓰러뜨리고 구슬을 빼앗는 게 편해지겠네!'라고 떠들어댈 것 같으니 말이다."

……어쩌지? 에밀리를 끌어안고 날아간 모습을 보고 나니 부정할 수가 없다.

"그럼 스승님이 사라져서 나온 거야? 그래도 금방 돌아올 텐데."

"그건 알고 있다만, 충고를 해야 할 것 같았기 때문이다."

……충고?

"그 [살인희] 사건은 이제 끝나겠다만……."

페르세포네는 왠지 어이가 없다는 듯이 고개를 젓고는…….

"더 골치 아픈 녀석이 나올 거다."

그렇게 딱 잘라 말했다.

"어?"

에밀리보다 골치 아프다고?

"페르세포네, 그게 대체……."

"…………."

그녀는 아무런 대답도 하지 않았다.

하지만 어떤 방향을 보았다.

이곳, 콜타나에서 그 시선 쪽에 있는 것은……, 시장 저택이었다.

■상업도시 콜타나 시장 저택

"히익……, 히익……?!"

콜타나 시장, 더글러스 코인은 정신 없이 자신의 저택 안을 뛰어가고 있었다.

"주인님, 대체 무슨……, 꺄아아아아아악?!"

시장의 모습……, 아라곤이 잘라낸 두 다리 대신 수많은 구더기가 다리를 이루고 있는 모습을 본 시장 저택의 메이드가 제정신을 잃은 듯이 소리질렀다.

하지만 시장은 아랑곳하지 않고……, 그뿐만이 아니라 자신의 두 다리의 상태도 눈치채지 못한 채 목적지로 향하고 있었다.

그가 간 곳은 시장 저택의 지하. 수많은 부랑자와 노예들을 끌고 와 시체로 만든 곳. 의식에 쓸 시체 안치소였다.

"의, 의식을, 의식만 하며언……!"

죽음이 다가오는 공포로 인해 제정신을 잃어가던 시장은 죽고 싶지 않다는 마음만으로 지하로 향했다.

죽고 싶지 않다.

바로 그것의 시장의 원동력이며, [데 웰미스] 구슬로 의식을 치르려 한 이유다.

이유 그 자체는 시장이 구슬을 손에 넣기 전부터 존재했다.

시장이 온몸에 병을 앓은 것은 1년여 전이다.

노화로 인한 신체 기능 쇠퇴와 장기간의 향락 생활로 인한 내장 질환으로 인해 시장의 몸은 만신창이였다. 일상생활에도 지장이 생기기 시작하자 '죽음'이라는 단어가 확실하게 머릿속을 스쳐 갔다.

죽음이 다가오고 있어서 그런지 잠자리에 누우면 그가 지금까지 살아오며 학대하고 죽였던 자들의 환각을 보게 되었다.

죽으면 지금까지 얻어온 것을 전부 잃게 되고, 죽은 뒤에는 어떻게 될지 모른다.

다른 사람의 원망을 너무 많이 산 자는 죽은 뒤에 괴로워하게 된다고, 많은 옛날 이야기에서 그렇게 말하고 있다(사령술사의 관측 결과에 기반한 사실이기도 하다).

시장은 그런 이야기에 코웃음을 치곤 했지만, 죽을 시기가 다가오자 두려워하게 되었다.

병을 앓게 된 뒤, 시장은 날마다 침대에서 이불을 뒤집어쓰고 공포로 인해 제대로 다물어지지 않는 이빨로 소리를 내고 있었다. 이불을 뒤집어쓴 것은 이불 밖으로 얼굴을 내밀면 보일 리가 없는, 보고 싶지 않은 것들을 보게 되어버리기 때문이었다.

그것은 창문에 비친……, 병들어 죽을 상이 보이는 자신의 얼굴.

그리고 몇 년 전, 시장 선거 때 누명을 뒤집어씌워 치욕을 주었던 남자의 부인, 프리아다.

노예로 거두어들인 다음 죽였던 여자의 얼굴이……, 밤만 되면 보이게 된 것이다.

마치 시장이 죽기만을 기다리는 것처럼.

그녀와 남편뿐만이 아니라 그는 상인으로서, 정치가로서 수많은 악행을 저질러 왔다.

왕국과 카르디나의 국경에서 활동하던 〈고즈메이즈 산적단〉에게 많은 돈을 받고 그 대가로 왕국군을 견제할 목적으로 군대의 훈련을 진행하거나 매직 아이템을 제공하며 원조해 주었다.

그 때문에 왕국에서 많은 아이들과 아이를 구하려던 자들이 죽었지만, 그는 주머니에 들어오는 돈이 늘어나는 것을 기뻐할 뿐이었다.

그런 짓을 수십 년 전부터 반복해 왔다.

하지만 죽을 시기가 되자 죽으면 그런 악행의 죗값을 치르게 되는 것 아닐까……, 제멋대로 공포를 느끼고 있었던 것이다.

그런 나날이 계속 이어지던 어느 날.

"싫어……, 죽고 싶지 않아……, 싫어……, 싫다고오……."

시장은 그날 밤에도 마치 어린애처럼 눈물을 머금은 채 죽음을 두려워하고 있었다.

부하나 하인들이 그가 죽은 뒤에 어떻게 할지 이야기를 나누는 목소리도 귀를 기울이면 들릴 것 같았다.

"나, 나는……, 아직 죽고 싶지 않아……, 죽고 싶지 않다고오……!!"

상인으로 시작해서 정치가로 활동하며 카르디나 제2의……, 보기에 따라서는 제1의 도시 시장까지 올라왔다.

의회에서의 발언력도 의장 다음으로 강하다.

카르디나라는 연합 국가의 부왕이라 해도 과언이 아닌 존재다.

하지만 그렇게까지 쌓아 올린 부도, 명예도, 권력도……, 그의 죽음과 함께 사라지게 된다.

그리고 죽음 너머에는 그가 욕심을 위해 죽여온 자들이 원망과 함께 기다리고 있는 것이다.

"으아아아아아아……, ……아아?"

그가 자신의 미래를 비관하면서 악몽에 시달리듯 울고 있자니……, 갑자기 무언가가 시장이 뒤집어 쓰고 있던 이불을 살며시 흔들었다.

그것은 창문으로 불어들어온 바람이었다.

어느새 시장의 침실 창문이 열려 있었고, 그곳에서 바람이 불어 들어온 것이다.

"…………크윽."

시장은 잠시 하인을 불러 닫으라고 시킬까 생각했지만, 그 직전까지 계속 울어대서 부은 얼굴을 보여주기 싫었기에 어쩔 수 없이 직접 닫기로 했다.

아픈 몸과 떨리는 팔다리로 지팡이를 짚으며 창문 쪽으로 다가간 순간.

바닥에……, 기묘한 것이 놓여 있었다.

"……이게, 뭐지?"

그것은 마치 수정 같은 구슬이었다.

구슬 아래에는 메모지 한 장이 깔려 있었고, 거기에는 '증정. 이것이 당신이 원하던 것입니다. 구슬을 머리맡에 두고 건강과 젊음을 빌면 이루어집니다'라고 적혀 있었다.

시장은 구슬을 수상쩍다는 듯이 바라보며 창문을 닫고……,

그 구슬을 주워들었다.

수상쩍다고 생각하면서도 왜 주워들어 버린 것일까.

그 이유는 구슬과 메모지에 시장이 무시할 수 없는 기묘한 유혹이 있었기 때문이다.

침입자의 흔적과 구슬이 괴상하다는 건 분명했지만, 시장은 이게 맞다고 느끼고는 구슬을 들고 침대로 돌아온 다음 구슬을 머리맡에 내려놓았고.

"건강한 몸과 젊음을……, 내게……. 후후, 나는 이런 구슬에 무슨……."

자조하듯이 중얼거리면서, 하지만 구슬을 침대에서 치우지 않고 잠들었다.

그리고 다음 날 아침 깨어났을 때——, 그는 알아보기 힘들 정도로 건강한 몸을 손에 넣은 상태였다.

죽을상이 보이던 얼굴은 회춘한 것처럼 활기찬 얼굴이 되어 있었고, 몸의 통증이나 팔다리가 떨리던 증상도 전혀 없었다.

시장은 오랜만에……, 그야말로 수십 년 동안 맛보지 못했던 해방감을 느꼈다.

"하, 하하하. 이게……, 이게, 대체……!"

『네 몸 을 형태 를 유지한 채 수선 했다.』

"?!"

갑자기 시장의 머릿속에 알지 못하는 목소리가 들렸다.

그것은 환청이 아니었고, 근처에 있는 누군가가 말을 건 듯한 목소리였다.

"누, 누구냐……, 어디 있지?"

『나 는 [데 웰미스]. 네 가 가지 고 있는 구슬 에 봉인된 존재.』

"뭐라고……?"

그 뒤 [데 웰미스]는 자신에 대해 이야기했다.

자신이 〈UBM〉이라는 것.

600년 이상 전에 [용제(드래고닉 엠퍼러)]로 인해 구슬에 봉인된 것.

그리고 누군가가 황하에서 빼돌려서 시장의 저택으로 가져왔다는 것.

그 내용을 듣고 시장은 당황하며 구슬과 함께 놓여 있던 종이를 보았다.

대체 누가 황하의 국보라 할 수 있는 물건을 그에게 넘긴 걸까.

그 목적이 무엇인지 생각하던 시장은 카르디나의 유력자인 자신에게 이걸 넘김으로써 황하와의 전쟁을 유발하려는 게 아닌가 하는 추측 때문에 몸을 떨었다.

구슬을 황하로 돌려주는 게 낫지 않을까, 그렇게 생각한 시장에게 [데 웰미스]가 말했다.

구슬을 포기하면 수선한 몸을 유지시킬 수 없다고. 병과 노화로 가득 찬 몸으로 돌아갈 거라고.

그 말을 듣자 [데 웰미스]의 힘으로 건강해지기 전의 공포가 떠오른 시장은 그 선택을 할 수가 없었다.

결국, 시장은 [데 웰미스] 구슬을 숨기기로 결심했다.

그 뒤 자신을 알아보지 못하는 하인들 때문에 증명하느라 애를 먹었지만, 시장은 최종적으로 '특별한 아이템의 효과다'라는 식으로 거짓말이 아닌 내용을 말하며 《진위 판정》을 넘겼다.

그렇게 시작이 건강한 하루를 맛본 뒤, [데 웰미스]가 다시 말하기 시작했다.

『네 수선 된 몸은 나 의 모든 힘 이 아니다.』

"뭐……?"

『나 의 힘은 너 희가 '불로불사' 라 부르 는 것이 다.』

"뭐라고?!"

그 이후로 [데 웰미스]는 불로불사가 되기 위한 의식의 방법을 가르쳐 주었다.

우선 '100~200명의 시체가 필요하다'는 것.

그리고 '살해한 뒤, 일정 기간 동안 안치해야만 한다'는 것.

그런 사전 준비를 거쳐야 '불로불사의 몸을 얻는 의식'을 치를 수 있게 된다.

많은 사람의 목숨을 해치는 행동이었지만, 시장의 부와 권력이 있다면 몰래 실행하는 건 손쉬운 일이었다. 대상을 부랑자나 노예로만 좁힌다면 더더욱 그렇다.

『네 가 협 력한 다면 의식 을 치 를수 있을 것이 다. 협력 해줄 수 있겠 나.』

"…………그 의식을 치르면."

『너 도 '불로불사' 가 된 다.』

마법이나 사령술이 존재하는 이 〈Infinite Dendrogram〉에서도 그것은 너무나도 새까맣고, 수상쩍은 유혹이었다.

하지만 시장은 그 유혹에 넘어갔다. [데 웰미스]가 그 힘을 선불로 주며 시장의 몸을 건강하게 만든 것이 크게 작용했다.

"불로불사……, 불로불사가 되면……."

불로불사가 되면 앞으로는 두 번 다시 그 죽음이 다가오는 공포, 사후의 공포를 맛보지 않게 된다.

시장에게는 더 이상 바랄 게 없었다.

그는 [데 웰미스]의 유혹에 넘어가 불로불사를 얻기 위해 움직이기 시작했다.

◆

시장에게 구슬을 맡긴 사람은 〈IF〉의 서브 오너인 제타였다.

그녀는 죽을 위기에 처한 탐욕스러운 권력자라면 구슬을 활용하기 위해 온갖 수단을 모조리 동원할 거라 생각했고, 그 움직임은 많은 강자들을 유인할 거라 생각했다.

그렇기 때문에 콜타나에서 벌어진 소동은 그녀의 계획대로라고 할 수 있다.

단, 그 결과로 나타난 것이 그녀가 예상하고 있던 범위 내에 머무르고 있었는지는……, 다른 이야기다.

◆

지금, 시장은 의식을 치르는 곳인 지하실에 도착해 있었다.

"히익, 히익……, 도착했다! 따돌려서 도착했다고!"

지하실에는 지금까지 죽인 200명에 가까운 인간의 시체가 쌓여 있었다.

기묘하게도 시체가 가득 차 있는데도 썩은 내가 전혀 나지 않았다.

시체는 모두 신선했고, 죽였을 때 생긴 상처조차 깔끔한 구멍이 되어 있었다.

시장은 품속에 숨기고 있던 [데 웰미스] 구슬을 꺼냈다.

"자! 의식을 시작해라!"

『그러도록 하지.』

시장이 [데 웰미스]에게 명령한 직후.

시장의 오른손은――, 그의 의지와는 상관없이 [데 웰미스] 구슬을 돌바닥에 내동댕이쳤다.

"……………………호에?"

시장은 그런 짓을 할 생각이 없었다.

하지만 몸이 저절로 움직인 듯이……, 구슬을 내동댕이친 것이다.

선선대 [용제]의 비술로 〈UBM〉을 봉인한 구슬.

봉인된 〈UBM〉의 힘을 구사할 수 있는 비보지만, 강도가 그렇게 강한 건 아니다.

몇 년 전에도 어떤 지역에서 구슬이 부서져 내부에 봉인되어 있던 〈UBM〉이 해방된 적이 있다.

그렇기 때문에 지금도 바닥에 내동댕이쳐진 구슬은 쉽사리 부서졌고……, 〈UBM〉이 해방되었다.

그것은——, 자그마한 **파리**였다.

결코 〈UBM〉……, 차원이 다른 힘을 지닌 괴물 같아 보이지 않는 왜소한 존재.

하지만 틀림없이 그 파리야말로——, 〈고대전설급 UBM〉, [요저전생 데 웰미스]였다.

『이렇게 서로 마주 본 건 처음이지? 더글러스.』

지금까지와는 비교도 안 될 정도로 자연스러운 목소리로 [데 웰미스]가 말을 걸었다.

하지만 그 말을 들은 시장은 움직일 수가 없었다.

당황, 그리고 공포 때문이다.

"히, 히익……!"

시장이 지금까지 [데 웰미스]와 거래할 수 있었던 것은 '구슬에 봉인되어 있기에 컨트롤할 수 있다'는 전제가 있었기 때문이다.

하지만 지금은 구슬에서 해방된 상태다.

아무런 제약도 없는 〈UBM〉과 맞서는 건 티안에게 죽음이나 마찬가지다.

시장은 자신이 해방을 위해 이용당했다는 사실을 눈치채고는 절망에 빠지려 했다.

『그렇게 겁먹지 않았으면 좋겠군. 나는 널 해칠 생각이 없으니까.』

하지만 [데 웰미스]는 겁먹은 시장에게 자상하게 말을 걸었다.

“뭐, 라고……?”

『말했잖나. 불로불사의 의식을 치를 거라고. 물론, 벗인 너도 함께다. 나와 함께 영원히 살자.』

그 목소리에는 악의나 상대방을 속이려 하는 의지가 전혀 없었다.

진심으로 시장을 친구라고 생각하며 불로불사를 선사하려 하고 있다.

100퍼센트 선의. 시장도 그 진심을 느끼고는 안심했다.

“그, 그렇군! 그렇다면 그 [명왕]이 오기 전에 의식을 마치자.”

『그러는 게 낫겠지. 그럼 시작하마.』

[데 웰미스]가 그렇게 말한 직후———, 실내에 안치되어 있던 시체 더미가 움직이기 시작했다.

더글러스가 사병들에게 명령을 내려 죽인 노예와 부랑자들의 시체가 죽은 사람으로 보이지 않을 정도로 활기차게 움직였다.

“시체가……!”

『시체가 아니다. 살아 있으니까.』

“……뭐라고?”

『아, 그렇군. 우선 그것부터 이야기해야겠어. 네 몸을 수선했을 때 형성한 **분체**는 발성 능력에 한계가 있었기에 전달할 수 있는 정보에도 제한이 있었지. 마침 잘 됐군. 불로불사의 몸을 만드는 동안 그 이야기를 하마.』

시장이 방금 들은 말의 내용 중에는 캐묻고 싶은 내용이 몇 가지 있었지만, 그보다 먼저 [데 웰미스]가 자신의 능력에 대해 말하기 시작했다.

『내 능력은 《부활전생(賦活轉生)》. 부상이나 병으로 인해 악질화된 생물의 살이나 뼈, 장기를 **내 분체로 치환하는** 스킬이다.』

"……? ……?"

『분체는 치환된 원래 장기와 똑같은 기능을 하고, 혈액 같은 것들도 순환할 때 양질화시킨다. 게다가 활력을 보충해주는 힘도 있기에 육체의 일부가 분체로 치환된 자는 예전보다 건강해지지. 부활(賦活)은 영원히 지속되고 시간의 경과에 따라 열화되지도 않기 때문에 영원히 살 수 있다. 그리고 몸의 99퍼센트가 손상, 소각된다 하더라도 그렇게 상처 입은 악질 세포를 사용해서 다시 치환할 수 있다. 그래, 더글러스는 온몸이 악질화된 상태였기에 분체의 치환 범위가 넓어져서 효과도 강해졌고 외모도 젊어졌을 거다.』

"잠깐, 네가 무슨 말을 하는 건지……."

『간단히 말하자면 '몸의 안 좋은 부분을 재료로 삼아 몸을 건강하게 만들어주는 내 분체를 만드는 것'이다.』

그렇게 풀어서 설명해주자 시장도 그제야 이해할 수 있었다.

하지만 마음에 걸리는 게 있었다.

"분체란 어떤 거지?"

그 물음에 대해 가장 직접적인 대답은 시장의 두 다리———,
두 다리 대신 돋아난 구더기 다리였을 것이다.

하지만 [데 웰미스]는 그것을 가리키지 않고, 그 대신 움직이기 시작한 시체를 보았다.

살아있다고 설명해준 시체들이 한곳에 모여……, 쓰러지기 시작했다.

뼈나 관절 같은 것들을 무시하고 **꾸깃꾸깃** 뭉쳐서 무너져내리는 사람들.

그들의 몸의 모든 구멍에서———, **흰 구더기**가 셀 수 없을 정도로 잔뜩 기어 나왔다.

『저것이 내 분체다.』

"————."

시장은 시체에서 쏟아져나온 구더기를 보고, 자신의 구더기 다리를 눈치채고, 말문을 잃었다.

하지만 [데 웰미스]는 아랑곳하지 않고 계속 말했다.

『심폐 정지로 인해 죽어가는 사람의 몸은 내 분체를 만들어내기에 가장 적합한 소재다. 치명적인 부상 부위를, 사멸해가는 뇌세포를, 부패한 온몸을, 차례차례 분체로 치환할 수 있다.』

이상할 게 아무것도 없다는 듯이 [데 웰미스]가 계속 말했다.

『가능하다면 며칠 더 치환하며 숫자를 늘리고 싶었다만, 내 힘을 네게서 빼앗으려는 자가 나타난 이상, 한계가 왔다고 해야겠지.』

몸에서 쏟아져나온 구더기는 자신의 숙주였던 시체의 치환되지 않은 부위——, 아직 죽지 않은 세포를 다 먹어치운 쓰레기처럼 내버리고는 모여들기 시작했다.

인체를 재료로 삼아 치환하여 생겨난 구더기는 사람의 세포로 이루어졌다고 할 수 있을지도 모른다.

하지만 그것은 분명히 사람이 아니다.

원래는 수많은 시체였던 구더기는 원래 형태를 잊고 한데 모여 다른 형태를 이루기 시작했다.

어떤 시체에서 생겨난 구더기는 손가락으로.

어떤 시체에서 생겨난 구더기는 발가락으로.

어떤 시체에서 생겨난 구더기는, 그리고 구더기 대부분은 그대로 구더기 형태를 유지하며 모여들었다.

200구에 가까운 시체의 부피와 비슷한 정도인 그것은 구더기에 사람의 팔다리가 잔뜩 돋아난 것 같았고……, 인간이 똑바로 바라볼 수 없는 모습이었다.

인공물이었다면 그나마 제정신을 유지할 수 있을지도 모른다.

하지만 그것은 살아 있다. 한데 모인 채 맥박이 뛰고 있다.

시체에서 생겨난 구더기는 새로운 형태……, **새로운 생명**이 되었다.

너무나도 끔찍한 광경.

죽음 너머에서 기다리는 광경, 지옥조차 넘어선 최악.

만약에 이 탄생의 순간을 레이 스탈링이나 유고 레셉스가 보았다면……, 원령이 구현된 모습인 [원령우마 고즈메이즈]를 떠올렸을 것이다.
하지만 그것과 이것은 전혀 다르다.
오히려 정반대다.
그 [고즈메이즈]가 원념을 통해 시체를 움직이는 언데드라면, 이것은 생물의 세포를 구더기로 바꾸고 부활(賦活)시켜 **계속 살리는** 괴물이다.
잠시 후, [데 웰미스]의 본체인 자그마한 파리가 그 구더기 덩어리 쪽으로 다가갔다.
구더기 덩어리는 자신의 아버지를 받아들이고 몸을 모조리 넘겼다.
지금은 200인 분량의 구더기로 구성된 거대한 몸집이 바로 [데 웰미스]의 몸이었다.
"……어, 어아……, 으어?"
눈앞에 펼쳐진 이상한 광경으로부터 눈을 돌리지 못하던 시장은 갑자기 귀가 간지러워서 손을 뻗었다.
귓속에 손가락을 넣자———, 손가락 끝에는 구더기 한 마리가 붙어 있었다.
"……아? ……?! 아아아아아아악?!"
그리고 그는 알게 되었다. 지금까지 그에게 속삭이던 [데 웰미스]의 목소리는 그의 마음에 직접 말을 건 것이 아니라———, 두개골 안에 자리 잡은 분체가 고막에 속삭인 목소리라는 사실을.
『네 몸은 내 분체에 익숙하게 만들어 두었다.』
생리적인 혐오감으로 돌바닥에 나뒹군 시장에게 [데 웰미스]

가 조용히 말했다.

『다른 살과는 달리 마지막 세포 한 조각까지 너는 나와 함께 살 것이다. 네 덕분에 나는 다시 밖으로 나올 수 있었고, 곧바로 몸을 만들 수도 있었다. 정말로 고마워하고 있다.』

그리고 자랑스럽게, 뽐내는 듯이, 안심시키려는 듯이.

『그러니, ——**함께 영원히 살자꾸나.**』

——[데 웰미스]는 진심을 담아 그렇게 말했다.

"그, 그건……, 설마……."

시장이 가장 두려웠던 것은 [데 웰미스]가 한 말이 100퍼센트 선의와 감사로 이루어져 있다는 사실이었다.

정말로 시장을 위하여 그와 함께 영원한 생명을 얻으려 하고 있다.

하지만 [데 웰미스]에게 있어서 삶은, 사람들이 생각하는 삶과 전혀 다른 것이었다.

[데 웰미스]의 삶이란 사람의 체세포를 구더기로 전생시켜 영원히 살리는 것.

그렇기 때문에 [요저전생 데 웰미스]의 능력은 거짓말이 아니었다.

'사용한 자에게 건강한 삶을 주고, 새롭고 영원한 삶까지 준다'는 말은 잘못된 말이 아니었다.

그렇다, 지금 새로운 삶이 주어진다. ——구더기로서의 영원한 삶이.

"으아아아, 히이이이아아아아아악?!"

시장은 이해해버렸다.

지금부터 생겨날 것은 시체를 이어붙인 언데드(플레시 골렘)조차 아니었다.

죽는 것조차 용납되지 않는 구더기 덩어리다.

『안심했으면 좋겠군. 아픔 같은 건 느껴지지 않을 테니까. 처음에는 당황스러울지 모르겠지만, 너도 분명히 기뻐할 거다.』

[데 웰미스]는 진심으로 그렇게 말했다.

하지만 시장은 고개를 저으며 울부짖었다.

"아니야! 이런 건, 아니라고오……?!"

산 자와 언데드의 삶이 다른 것처럼, 다세포 생물과 단세포 생물이 다른 것처럼.

시장은 자신이 얻게 될 불로불사가 자신이 원한 것과는 전혀 다를 가능성을 고려하지 않았다.

영원히 죽을 수 없는 몸의 일부로 흡수되었을 때, 혼은 어디로 가버리게 되는 걸까.

어디로도 가지 못한 채 영원히 갇히게 될지도 모른다.

지푸라기라도 잡는 심정으로 구더기 덩어리를 보았지만, 인간으로 만들어진 구더기에게서는 사람의 의지가 느껴질 리가 없었다. 그저 꾸물꾸물 꿈틀댈 뿐이었다.

그것은 시장의 미래이기도 했다.

"싫어어어어어어어!!"

그 사실을 이해해버린 시장은 제정신을 잃고 울부짖으며 지하에서 지상으로 도망치려 했다. 저런 것에 흡수당할 바엔 차라리 재판을 받아 사형당하는 게 낫겠다고 생각했기 때문이다.

하지만 이미 늦었다. [데 웰미스]가 시장의 몸속을 대부분 치환한 구더기를 움직이자 도망치려 하던 시장은 오히려 구더기 덩어리 쪽으로 걸어가기 시작했다.

손가락 끝부터 구더기 덩어리에게 빨려 들어갔고, 조금씩 분해되어 흡수되기 시작했다.

"싫어, 싫다고오오오오오오오오오오오오오오?!"

절망을 품고 계속 울부짖으며……, 시장은 [데 웰미스]에게 삼켜졌다.

그런 그가 마지막으로 한 말은.

"죽여, 죽여, 줘…………어………………——————."

죽음을 두려워하며 삶에 집착한 노인이 마지막으로 한 말치고는 매우 아이러니한 말이었다.

그렇게 시장을 맞이하여 완성된 [요저전생 데 웰미스]는——, 답답한 지하의 천장을 뚫고 지상으로 진출하기 시작했다. 예정보다 일찍 만들어냈기에 아직 부피가 부족한 몸(구더기)을 보충하기 위해서.

제7화 《땅에 선 일기당천》

■상업도시 콜타나 시장 저택

[명왕] 베네트나쉬는 [격추왕] AR·I·CA와 교섭을 마치고 시장 저택 내부로 돌입한 시점에 지하의 이변을 눈치챘다.

그는 자신이 지닌 스킬로 혼이나 원념을 볼 수 있다.

그것은 물질적인 벽으로 가로막히지 않는 시각이기에 그에게는 지금도 지하의 혼이 보였다.

그렇기 때문에 지하에 존재하는 200명에 가까운 혼이 한탄하고 있다는 사실을 이해할 수 있었다.

『나의 벗이여, 왜 그러나?』

외벽과 복도의 벽을 억지로 부수며 실내로 침입한 아라곤은 멈춰선 베네트나쉬에게 물었다.

그러자 베네트나쉬는 조용히 고개를 저었다.

"……최악이다."

드물게도 그가 욕설을 내뱉듯이 그렇게 말한 직후, 시장 저택이 뒤흔들렸다.

그리고 그들 눈앞을 하얗고 거대한 팔이 바닥을 뚫고 나와 막아섰다.

그 팔은 차례차례 지하에서 돋아난 뒤, 모두 합쳐 여섯 개가 되어 저택의 바닥을 꿰뚫었다.

여섯 개의 팔이 닥치는 대로 지상에 있던 것……, 시장 저택을 붙잡았다.

시장 저택은 그 중량을 버티지 못하고 무너져내리기 시작했다.

『벗이여, 타거라!』

"……그래."

베네트나쉬가 아라곤의 늑골 안쪽에 올라타자 아라곤이 붕괴되는 시장 저택의 벽과 기둥을 분쇄하며 정원으로 탈출했다.

그러던 와중에 시장 저택은 완전히 무너져내렸다.

"…………."

내부에 남아 있던 하인들의 생사는 혼을 볼 수 있는 베네트나쉬가 아니어도 확실하게 알아볼 수 있었다.

『아래쪽에서 온다!』

아라곤이 경고한 직후, 시장 저택을 파괴한 여섯 개의 팔은 그 너머에 있던 몸을 끌어올리는 듯이 움직였다. 잠시 후 전체적인 모습이 드러났다.

그것은 인간의 팔다리가 돋아난 구더기였다. 순룡보다 거대한 구더기에 길고 큰 여섯 개의 팔이 돋아났고, 인간의 다리가 셀 수 없을 정도로 많이 돋아나 거대한 몸집을 지탱하고 있었다.

그 모든 것이 미세한 구더기의 집합으로 이루어져 있었다.

너무나도 끔찍했기에 마음이 약한 자는 보기만 해도 제정신을 유지할 수가 없다.

하지만 지하에서 나타난 그 끔찍한 괴물이 어떤 존재인지, 베네트나쉬는 이해하고 있었다.

『벗이여, 저건…….』

"봉인되어 있던 〈UBM〉이 해방되었다고 봐야겠지."

『몸집이 꽤 거대하다만, 저걸 억누르고 있었던 건가? 구더기 덩어리라니, 추악한 것을 봉인해두고 있었군…….』

아라곤이 한 말을 듣고 베네트나쉬가 고개를 저었다.

"아뇨, 저 몸은……, 살아있는 인간입니다."

『뭐, 라고?』

베네트나쉬는 저 [데 웰미스]의 몸이 형성된 순간을 보지 못했다.

하지만 그는 혼을 볼 수 있다.

인간의 혼이 온몸을 구성하고 있는 구더기 안에 흡수된 모습도.

페르세포네는 유고에게 얼음과 액체, 그릇을 예로 들어 혼과 마음, 육체의 관계를 설명했었다. 그 이야기의 핵심은 끓어오른 원념이 혼과 육체에 끼치는 영향이었지만, 다른 경우도 있다.

그것은 육체가 혼과 마음에 끼치는 영향. 원래 육체와는 전혀 다른 끔찍한 육체에 들어가게 되는 것은 혼과 정신에도 악영향을 끼친다.

술을 납 그릇에 담으면 독주가 되는 것처럼, 육체에 따라 마음과 혼도 오염된다.

지금 저 [데 웰미스]는 그런 상태였다.

구더기로 치환된 와중에도 그들은 아직 살아 있다. 죽었을 텐데도 혼이 육체에 계속 사로잡혀 있고, 살아 있기 때문에 원념에 녹아 사라질 수도 없다.

언데드보다 무시무시한 말로가 바로 [데 웰미스]의 몸이었다.

『역시 아직 부족하다. 영원을 손에 넣기에는 아직 힘과 숫자가 부족하다.』

인간 구더기로 만들어진 [데 웰미스]는 그렇게 말하고는 시장 저택의 붕괴에 휘말려 죽은 메이드의 시체를 여섯 개의 손 중 하나로 아무렇게나 붙잡았다.

그리고 시체를 손으로 뭉치는 듯이 뭉갰다.

온몸이 골절과 외상, 내장 파열로 인해 손상된 시체는 그 직후에 온몸의 상처가……, 악질화된 세포가 구더기로 바뀐 뒤 [데 웰미스]의 손안에 빨려 들어갔다.

그리고 [데 웰미스]는 아주 약간 커졌다.

『……벗이여, 저 녀석은.』

"시장에게 '다리'가 돋아난 시점에서 이상하긴 했어……. 시장에게 알을 심었다고 해도 구슬 내부에서 능력을 행사할 수 있긴 하지만 몸의 일부인 나팔관을 드러낼 수는 없을 테니까. 하지만 저건 생물적으로 만들어낸 게 아니라……."

『존재 변질의 스킬……, 그 속물의 육체 그 자체를 구더기로 변질시켰던 건가.』

"……아마 건강해졌다는 것도 그 능력 때문이었겠지. ……마고트 테라피라는 건 저쪽(현실)에도 존재하긴 하지만, 저건 너무나도……."

너무나도 추악하다.

하지만 베네트나쉬에게는 그저 외모와 생태뿐만이 추악한 게 아니었다.

정말 추악한 건 혼이 흡수되었다는 점이다.

변질된 세포가 구더기로서 살아 있고, 그 때문에 혼도 사로잡힌 상태.

이대로 시간이 지나면 혼이나 정신까지 구더기로 변해버릴 것이다.

실제로 좀 전에 베네트나쉬가 본 시장의 혼은 사람의 혼으로부터 조금씩 엇나가기 시작하고 있었다.

지금은 [데 웰미스] 본체와 융합된 상태여서 그런지 변모하는 속도도 빠르다.

베네트나쉬가 '최악'이라고 한 가장 큰 이유가 그것이다.

흡수된 혼은 인간이 아니게끔 변모하여, 인간으로서 죽지도 못한다는 것에 대해 한탄하고 있었기 때문에.

"——《데들리 익스플로드》."

베네트나쉬는 이미 산 자가 없는 시장 저택을 신경 쓰지 않았다.

시장의 악행으로 인해 축적된 원념을 재료로 삼아 [고위 영술사]의 오의인 《데들리 익스플로드》를 기폭시켰다.

기폭은 가장 원념이 진한 지하에서 이루어졌고, 생겨난 폭염은 지상에 있던 시장 저택의 잔해를 전부 집어삼켰다.

폭풍이 정원수를 휩쓸며 엄청나게 큰 불기둥이 하늘로 솟구쳤다.

축적된 원념으로 인해 강해진 그 화력은 예전에 [시해선] 신우가 사용했던 《진화진등 폭룡패》에 필적할 정도였지만…….

『벗이여.』

"……내게도 보이니까 알아."

《데들리 익스플로드》의 화력에 온몸이 탔는데도 [데 웰미스]의 거대한 몸집은 건재했다.

불에 강한 내성을 지닌 순룡이라 해도 모조리 불태울 수 있을 정도로 강한 원념의 불꽃. 하지만 구더기 덩어리를 소각시킬 수는 없었던 것이다.

몸의 대부분이 [탄화]되었지만, 까맣게 탄화된 구더기는 곧바로 흰색으로……, 새로운 구더기로 치환되어 아무런 문제도 없이 수복되기 시작했다.

그것이 바로 [데 웰미스]의 고유 스킬, 《부활전생》의 무시무시한 점 첫 번째.

《부활전생》은 악질화된 세포를 분체인 구더기로 치환한다.

즉, **자신의 상처**조차 전부 건강한 구더기로 치환하여 완전히 회복시킬 수 있다는 뜻이다.

"정말, 〈UBM〉은 어째서 이렇게 상식을 무시하는 거지……."

『정말 그렇군.』

"……아라곤도 생전에는 꽤 그랬던 것 같은데."

그래도 탄화 이상……, 세포조차 **흔적도 없이** 타버린 구더기

분량만큼 부피가 줄어들었고, 그것만이 [데 웰미스]가 입은 대미지다.

물론 그것은 전체의 1할도 되지 않았다.

『벗이여, 연속으로……는 쓰지 못했지?』

“방금 그 공격으로 시장 저택에 고여 있던 원념은 전부 태워 버렸으니까…….”

《데들리 익스플로드》는 원념을 화력으로 변환시키는 마법이다.

그렇기 때문에 원념 웅덩이 한 곳에서는 한 번밖에 쓰지 못한다. [대사령] 메이즈처럼 [원령의 크리스탈]을 가지고 있다면 연속으로도 사용할 수 있었겠지만, 그것은 원념 웅덩이를 없애고 다니는 베네트나쉬에게는 있을 수 없는 일이다. 가지고 다닐 리가 없다.

『쓰러뜨리려면 흔적도 남기지 않고 없앨 수밖에 없겠군. ……이 위협은 신화급에 가깝다.』

“고대전설급 최상위 정도겠지……. 그렇다면 아라곤보다 강한 것 아닌가?”

『나도 비슷한 영역이긴 했지. 허나 상성 차이가 최악이라 나는 이길 수가 없다.』

“……베어도 소용없어 보이니까.”

아라곤은 냉정하게 피아 전력을 분석한 뒤 말했고, 베네트나쉬도 납득했다.

그들이 그렇게 이야기를 나누는 동안에 시장 저택에서 솟구친 불기둥을 보고 콜타나에 있던 〈마스터〉들이 모여들었다.

그들은 거대한 구더기 머리 위에 뜬 [요저전생 데 웰미스]라는 이름을 보고 상대가 〈UBM〉임을 인식하고는 토벌하기 위해 움직이기 시작했다.

그중에는 아라곤을 보고 깜짝 놀라 무기를 겨눈 자도 있었지만, 곧바로 〈마스터〉가 데리고 있는 언데드라는 사실을 눈치채고 [데 웰미스] 쪽으로 갔다.

『……흐음, 이 정도 규모의 도시치고는 적게 모였군.』

"페르세포네가 해준 이야기에 따르면 [살인희]가 바자에서 마구 날뛰었다니……, 그쪽에 대처하러 갔다가 데스 페널티를 받은 사람이 많은 것 같아."

『그 도굴꾼과 같은 클랜인 소녀 말인가? 그렇다면 어지간한 〈마스터〉는 맞붙을 수도 없겠지.』

"……라스칼만큼 무시무시한 상대라고 생각하고 싶진 않은데 말이지."

그들이 이야기를 나누는 동안에도 〈마스터〉들이 [데 웰미스]에게 집중 공격을 가하기 시작했다.

[데 웰미스]는 방어력이나 내성이 그렇게 강하지 않다.

날아든 마법이, 날린 참격이, 무시무시한 상태이상이 [데 웰미스]를 덮쳤고, 확실하게 효과를 발휘했지만.

———그 모든 것이 회복되었다.

마법으로 타오른 몸은《데들리 익스플로드》를 맞았을 때와 마찬가지로 수복되었다.

참격은 구더기 집합체를 갈랐을 뿐, 칼날의 궤도에 잘린 구더기도 곧바로 다시 전생했다.

그리고 상태이상으로 인해 악질화된 구더기는 곧바로 새로운 구더기로 치환되었다.

무슨 짓을 하더라도 곧바로 완벽하게 건강한 상태로 회복된다.

그리고 《간파》를 지닌 자는 눈치챘을 것이다.

그렇게 재생을 거듭했는데도 [데 웰미스]의 SP는 전혀 줄어들지 않았다.

그것이 바로 《부활전생》의 무시무시한 점 두 번째.

SP 소비 없는 스킬 행사———, 그뿐만이 아니라 SP 지속 회복 효과까지 지니고 있다.

아무리 재생을 거듭하더라도 [데 웰미스]는 지치지 않는다.

오히려 지쳐서 악질화되면 곧바로 새로운 구더기로 치환한다.

무슨 일이 생기더라도 영원히 건강한 상태를 유지하는 것이다.

방어력이나 내성 부족 따위는 아무런 문제도 되지 않는다.

악질화되면 치환이 가능해지니까.

『슬라임처럼 부피로 판정되는 HP. 게다가 무한 연속 재생……, 아니, **전생**인가?』

"그러고 보니 페르세포네가 한 이야기에 따르면 [살인희]는 연속 소생을 사용한 모양이야. ……여기서 [데 웰미스]와 싸워줬으면 좋았을 텐데."

『……그건 지옥 같은 광경이겠군.』

공격을 전부 받아내고 회복하는 [데 웰미스]를 보고 〈마스터〉들 사이에서도 동요가 퍼져나갔다.

그중에는 좀 전에 발동된 《데들리 익스플로드》에 필적하거나 그 이상의 위력을 발휘하는 필살 스킬을 사용한 자도 있었지만……, 그런 공격조차도 완전히 회복했다.

그 공격을 전부 받아낸 뒤, [데 웰미스]가 공세에 나섰다.

구더기 몸에서 돋아난 여섯 개의 인간 팔이 제각각 주위로 손바닥을 내밀었다.

『공격성 마법 병렬 기동. 소사 개시.』

날아간 것은 수많은 공격 마법.

뇌격이, 화염탄이, 얼음 덩어리가, 바람의 칼날이, 토창이, 빛줄기가 주위의 〈마스터〉들에게 쏟아져 내렸다.

그것들은 전부 구더기로 치환된 시체의 주인이 지니고 있던 마법이었고, 거의 모두가 노예나 부랑자였기에 마법 중에서는 초보적인 것들이었다.

위력은 최소, 연사 성능이 뛰어나긴 하지만 숙련된 〈마스터〉에게는 찰과상을 입히는 정도의 효과밖에 없었다.

하지만, 그거면 된다. ———찰과상이면 충분한 것이다.

"흥! 이 정도 대미지라면 아무것도 아니지!"

"보아하니 체력과 수복력에 특화된 〈UBM〉인 것 같군. 지금은 약해진 것 같지 않지만 이대로 계속 밀어붙이면 언젠가는, ……?"

전투를 벌이고 있던 〈마스터〉가 갑자기 기묘한 위화감을 눈치챘다.

몸 어딘가가 가려운 것 같기도 하고, 뭔가 작은 것이 피부에서 꿈틀대는 감각.

그들은 그 감각이 느껴지는 부위……, 좀 전에 마법 공격을 맞은 부위를 보고는.

———거기서 꿈틀대는 수많은 구더기를 보았다.

"으, 으아아아아아아아아아아아악?!"

주위에 절규가 메아리쳤다.

하지만 그럴 정도로 상식에서 벗어난 광경이었다.

꿈틀대는 구더기는 매우 작은 입으로 주위의 살을 먹었고……, 그 직후에 그 살도 구더기로 변하기 시작했다.

"이게! 뭉개져, 뭉개지라고!"

그들은 자신의 몸에서 기어다니던 구더기를 뭉갰다.

불꽃으로 태운 자도 있었다.

하지만 뭉개지고 타오른 구더기는 곧바로 다시 새로운 구더기로 전생했다.

그리고 그런 행위로 인해 상처를 입으면———, 그 상처 또한 구더기가 되었다.

그것이 바로 《부활전생》의 무시무시한 점 세 번째, 그리고 가장 무시무시한 점.

반경 300메텔 이내의 생물이 입은 **모든 상처**를 구더기로 치환할 수 있다.

사라지지 않는 구더기 때문에 공포와 혐오가 담긴 절규가 울려 퍼졌다.

뒹굴거나 어딘가에 부딪혀서 상처를 입어도 그 상처는 구더기로 변한다.

『자신의 상처는 전부 새로운 구더기로. 다른 자의 상처도 전부 구더기로. 상처를 입는 것만으로는 전체적인 양이 줄어들지 않고, 싸우고 있는 상대도 조금씩 자신으로 치환해가는 건가?』

전투를 벌이던 〈마스터〉들도 전선을 유지할 상황이 아니었다.

통각을 꺼둔 〈마스터〉들은 아프지 않았지만, 구더기가 자기 몸을 기어 다니는 감각만큼은 분명히 느껴졌다.

그것이 결코 줄어들지 않고 조금씩 몸에서 판도를 넓혀나갔다.

한번 대미지를 입히기만 하면 《부활전생》의 범위 안에 있는 이상, 영원히 상대방의 몸을 구더기로 침식시키는 것이다.

발작하며 자해 시스템을 사용한 자도 있었지만 나무랄 수는 없을 것이다.

『벗은 공격을 맞지 않는 게 낫겠군. 나를 방패로 삼아라. 그리고 《네크로 이펙트》는 끊기지 않게끔 해 다오.』

"나도 알아."

강인한 아라곤도 전혀 대미지를 입지 않을 수는 없다. 대미지를 입은 부위가 조금씩 구더기로 치환되었다.

하지만 그 구더기는 곧바로 죽었다.

그 이유는 사령술사 계통의 버프 스킬 중 하나, 《네크로 이펙트》 때문이다.

효력이 약한 접촉 즉사 상태를 부여하는 효과를 통해 몸 표면에 발생한 구더기를 즉사시키고 있는 것이다.

약한 상대에게만 효과가 있지만, 이 구더기 상대로는 문제가 없다.

"……그러고 보니 뼈 그 자체인 아라곤은 괜찮은 거지?"

『저건 대미지나 병에 걸린 부위를 치환하는 스킬인 것 같다. 아무런 질환도 없는 뼈에는 효과를 발휘할 수 없는 거겠지. 나는 썩지도 않았으니 말이다.』

"……그렇다면 좀비는 안 되겠네. 그리고 너도 대미지를 입은 부위는 치환되었어. ……생물이라면 살이나 뼈가 없더라도 치환되어버릴 가능성도 있겠는데."

[데 웰미스]가 나타난 이후로 그 한 사람과 한 마리는 냉정하게 분석과 대화를 이어가고 있었다.

주위 사람들이 공황 상태에 빠지더라도 그들의 정신은 흔들리지 않는다.

그것은 그들이……, 적어도 베네트나쉬의 정신이 인간을 초월했기 때문은 아니다.

그저 이런 지옥과도 같은 전투에 익숙해져 버렸기 때문이다.

"자, 또 원념이 쌓이기 시작했는데……, 저긴가."

계속 《관혼안》을 사용하고 있던 베네트나쉬는 집합체로 꿈틀대는 혼 중에서 [데 웰미스] 본체의 혼을 발견했다.

그와 동시에 [데 웰미스]에게 사로잡힌 혼이나 방금 그 공격으로 발생한 원념을 [명왕]의 스킬로 그 한 점에 집중시키고.

"——《데들리 익스플로드》."

——[데 웰미스]의 본체인 파리를 흔적도 없이 태워 없앴다.

본체인 파리가 불타 없어지자 [데 웰미스]는 움직임이 멎었고.

『해치웠나?』

"…………실패한 것 같아."

한순간 뒤에 다시 원래대로 움직이기 시작하고 있었다.

파리의 몸은 본체이긴 하지만 코어가 아니다.

본체가 불타 없어진다 하더라도 지금 [데 웰미스]의 몸은 바로 그 집합체.

그 모든 것을 흔적도 남지 않게 없애지 않으면 승리할 수가 없다.

"코어 같은 건 존재하지 않는 것 같네. 혼도 저기 계속 존재하고 있어."

『다시 말해 어떻게 해서든 저것 전체를 없애야만 쓰러뜨릴 수 있다는 건가? 뼈가 빠지겠군.』

"…………그거 농담이야?"

전신 골격 용(아라곤)의 말에 베네트나쉬는 진지한 표정으로 물었다.

"후안 롱……, 선선대 [용제]가 쓰러뜨리지 못하고 봉인한 것도 이해가 되네. 저건 쓰러뜨리기보다 봉인해버리는 게 더 간단하겠어."

베네트나쉬는 그렇게 말하며 또 하나의 가능성을 생각하고 있었다.

(아니면 쓰러뜨리기보다……, 구슬에 넣어서 보존해둔 다음 적국에서 해방시키면 병기로서도 써먹을 수 있겠다고 생각한 건지도 모르지. ……봉인한 시점에서 이기긴 했을 테니까.)

그것이 다른 자에게 도난당한 결과 잠재적인 적국의 대도시에서 해방되었으니 아이러니하다고 할 수밖에 없다.

『내가 알고 있는 용 중에서 저것에 대처할 수 있을 만한 자는 천룡의 왕족과 예전에 자취를 감춘 [멸룡왕]……, 그리고 소문으로 들었던 [글로리아] 정도밖에 없겠군.』

모두 신화급 이상인 데다 광역 섬멸이 특기인 최강급 용들이다.

이곳에 있는 〈마스터〉들 중에서 그 정도로 강한 화력을 발휘할 수 있는 자는 없을 것이다.

『그래서, 어떻게 할 거지?』

"……태워 없앨 수밖에 없다면 그렇게 해야지."

하지만……, 베네트나쉬에게는 그럴 수단이 있었다.

"불행인지 다행인지……, 지금은 그 정도 화력을 발휘할 만한 방법이 있으니까."

『……**그 녀석들** 말인가?』

"하지만 그러기 위해서는 페르세포네와 합류해야만 하고, 주위 사람들을 피난시키고 동의를 받을 필요도 있어. 사용하면 콜타나가 무사하지 못할 테니까. ……그건 그녀와 교섭하기 나름이려나."

베네트나쉬는 좀 전까지 싸웠던 푸른 〈마징기어〉를 떠올리며 약간 불안한 마음을 품었다.

하지만 카르디나에서도 이 사태를 방치할 수는 없을 테니 가장 빠르게 이 사태에 대처할 수 있는 베네트나쉬의 제안을 받아들일 것 같다는 생각이 들었다.

"피난과 시간 벌이를 위해 저 〈UBM〉은 여기에 붙잡아두어야만 해."

『내가 그 역할을 맡도록 하지……라고 말하고 싶긴 하다만, 벗이 내 곁을 떠나면 《네크로 이펙트》가 끊겨서 나도 점점 구더기에게 파먹히게 되겠지.』

"그렇지. 그러니까 붙잡아둘 역할은……, **결코 상처 입지 않을 존재**여야만 해."

베네트나쉬는 그렇게 말한 다음 옷 안쪽으로 손을 넣어 어떤 것을 집었다.

"그러니 그 역할을 맡길 수 있는 건……, 그밖에 없겠지."

『이런, 이런, 결국 쓰게 되는 건가.』

그것은 AR·I·CA와 전투를 벌이며 쓸 뻔했던 물건.

악마상(가고일)의 하반신처럼 생긴 기묘한 형태의 펜던트.

"저번에 사용한 뒤로 짬짬이 600만 정도까지는 MP를 담아두었으니……, 30분 정도는 움직일 수 있을 거야."

『……여전히 연비가 안 좋은 녀석이군.』

“하지만 그럴 가치는 있고, 그만이 해낼 수 있는 게 있으니까. ……그럼.”

베네트나쉬는 펜던트를 들고 자신의 앞쪽으로 들어 올렸다.

그리고 그는 선언했다.

“깨어나라―――, 《땅에 선 일기당천(그레이티스트 바텀)》.”

그 직후, 펜던트가 빛을 뿜어냈고―――.

◇◆

〈마스터〉에게 날리는 마법 공격, 그리고 《부활전생》으로 상처를 구더기로 치환하는 작업을 반복하며 [데 웰미스]는 ‘순조롭다’고 생각했다.

지금도 조금씩 [데 웰미스]의 부피가 확대되고 있다.

이것은 《부활전생》이 아닌 다른 스킬의 효과다. 《부활전생》의 효과 범위 밖으로 나간 분체를 집합체로 전송시키고 있는 것이다.

그렇기 때문에 상처를 입어 구더기에게 침식당한 〈마스터〉가 범위 밖으로 도망친다 하더라도 만들어진 분체는 확실하게 [데 웰미스]에게 돌아온다.

일반적인 생물로 따지면 〈마스터〉의 몸을 침식한 구더기는 종의 확산을 우선시하며 회수되지 않고 조금씩 판도를 넓혀나가는 것이 더 나은 행동일지도 모른다.

하지만 [데 웰미스]에게는 그렇지 않다. [데 웰미스]가 가장 우선시하는 것은 다른 생물을 분체로 바꾸고 분체를 늘려 그것들과 한데 뭉쳐 영원히 계속 살아가는 것. 그것이 바로 이 〈UBM〉의 선의이자……, 다른 자에게는 존재에 대한 침략 행위다.

어찌 됐든 집합체의 《부활전생》 범위 바깥으로 나간 분체는 치환이 통하지 않기에 상처 입고 죽어도 그대로 방치된다. [데 웰미스]가 회수하는 것은 당연한 일이었다.

하지만 인간이 그 사고와 방향성을 '구더기가 확산되지 않으니 다행이다', '집합체를 모조리 없애면 쓰러뜨릴 수 있다'라는 식으로 안이하게 기뻐하는 건 오산이다.

왜냐하면 집합체의 확대와 더불어 《부활전생》의 효과 범위까지 조금씩 확대되기 때문이다.

원래 예정하고 있던 몸의 크기는 300메텔.

하지만 그보다 거대해지면 효과범위까지 더욱 확대된다.

확대 속도가 느리긴 하지만, 이대로 분체를 늘려서 계속 집합시키면……, 얼마나 확대될지는 모른다.

나라조차 집어삼킬 우려도 있다.

『숫자가 적은데…….』

[데 웰미스]는 구더기로 치환시킬 살을 찾고 있었다.

구더기에 대한 공포와 어찌 해볼 수 없는 상황 때문에 [데 웰미스] 주위에 있던 〈마스터〉들의 숫자는 줄어들었다. 그런 상황은 [데 웰미스]에게는 별로 탐탁지 않았다.

삶을 함께할 상대가 줄어드는 건 기쁘지 않다.

그렇기 때문에 다음에 나타난 것을 본 [데 웰미스]는 기뻐했다.

『……이건.』

그것은 거대한 그림자였다.

[데 웰미스]는 그것이 강한 힘을 지니고 있다는 사실을 감각적으로 이해할 수 있었다.

그와 동시에 '이 정도로 거대한 몸집이라면 많은 분체를 맞이할 수 있다'는 것도.

그 두 가지 사고로 인해 [데 웰미스]는 곧바로 마법으로 공격을 가했다.

수많은 공격 마법을 이용한 집중포화.

그것을 맞고 무사하긴 힘들고, 조금이나마 상처를 입는다면 그 부위부터 《부활전생》으로 인한 치환이 시작된다.

상대가 아무리 거대하다 해도 그 힘에서 벗어날 수 있을 리가 없다.

『…………?』

그렇기 때문에 [데 웰미스]는 의문을 품었다. 수많은 공격을 날렸는데도 불구하고 눈앞을 막아선 그것에 대해 능력이 발동된 기척이 없었다.

다시 말해 그것은――, 찰과상조차 입지 않았던 것이다.

『……너는, 누구지?』

그것은 대답하지 않았다.
애초에 그것은 입 같은 게 없었다.
눈도 없고, 귀도 없고, 머리조차 없다.
팔도 없고, 몸통도 없고, 심장조차 없다.
하지만 그것은 두 다리와 거대한 꼬리로 서 있었다.
은과 비슷하면서도 다른 빛을 뿜어내는 미지의 금속으로 이루어진 하반신.

그것은――――, 하반신만으로도 50메텔이라는 거대한 몸집을 자랑하는 악마상이었다.

『――――――――――.』
악마상이 소리를 울렸다.
그 소리는 입으로 낸 것이 아니라 휘두른 길고 큰 꼬리로 인한 소리.
꼬리는 초음속으로 진동했고, 그로 인해 주위의 공기가 뒤섞였다.
눈조차 없는데도 그것은 정확하게 자신을 향해 다가오던 여섯 개의 팔을――――, 꼬리의 일격만으로 분쇄했다.
여섯 개의 팔은 단숨에 모래 알갱이보다 잘게 분쇄되었다. 악마상이 지닌 《하이퍼 바이브레이션》이라는 공격성 방어 스킬로 인해 이루어진 초진동 완전 분쇄였다.
『……!』

[데 웰미스]는 그 공격을 경계하며 여섯 개의 팔을 재구성함과 동시에 공격 마법으로 다시 집중포화를 가했다.

하지만 그것은 악마상에게 단 하나의 상처도 입히지 못했다. 수많은 마법 공격은 악마상이 지닌 마법 공격 완전 내성 스킬로 인해 전부 무력화되고 있었다.

그 결과를 보고, [데 웰미스]는 이번엔 꼬리와는 다르게 진동하지 않고 있는 다리를 여섯 개의 팔로 공격했다.

하지만 악마상이 지니고 있던 순수한 방어력과 대미지 감산 스킬로 인해 전혀 대미지를 입히지 못했다.

악마상은 [데 웰미스]의 공격을 무력화시키고 있었다.

『대체……, 뭐지?』

『…………..』

하반신밖에 없는 악마상은 대답할 입이 없었다.

하지만 그것을 본 자는 말 같은 것을 통하지 않아도 그것의 힘을 알게 될 것이다.

신화급 금속을 뛰어넘는 초급 금속으로 형성된 몸.

고대전설급의 공격을 쉽사리 분쇄하는 공격성 방어 스킬.

그리고 그 몸에 깃들어 있는 [데 웰미스]조차 뛰어넘을 정도로 압도적인 위압감.

그것이 바로 예전에 [명왕] 베네트나쉬가 획득한 초급 무구로 불러낸 존재.

[수왕(킹 오브 비스트)]과 [명왕]이라는 양대 강자가 힘을 합쳐 간신히 토벌한 존재.

〈Infinite Dendrogram〉에서 최강의 가고일이자……, 첫 번째 〈SUBM〉.

[일기당천 그레이티스트 원]———의 반신이다.

프롤로그 Another First Choice.

□ ■ 2044년 3월 베네트나쉬

눈앞에서 소녀가 굶어 죽었다.

그 이후로 몇 시간 동안 기억이 어렴풋하다.

내 목이 소리 지른 건 기억하고 있다.

소리를 지르며 필사적으로 로그아웃한 것도 기억하고 있다.

그런 다음 침대로 가서 이불을 뒤집어쓴 채 후회한 것도……, 기억하고 있다.

그리고, '어째서 카르디나를 선택해버린 걸까', '어째서 시점을 리얼하게 설정해버린 걸까', '어째서 그 길에 들어서 버린 걸까', '어째서……, 〈Infinite Dendrogram〉을 시작해버린 걸까'라는 것들만은 몇 번이나 생각했던 기억이 있다.

〈Infinite Dendrogram〉은 리얼한 게임이다. 게임이었을……, 텐데.

하지만 내게는 너무나도……, 리얼했다.

처음 도착한 사막 도시를 리얼하다고 느꼈던 것처럼.

처음 만난 아이가 앙상해진 몸으로 죽어간 광경을……, 현실(리얼)이라고 느껴버렸다.

눈을 감으면 소녀가 죽는 순간이 몇 번이나 떠올랐다.

"어째서……, 어째서, 그런……."

그 광경을 기억에서 없애려 해도 없어지지 않았다.

처음 접한 잔혹한 죽음의 충격과 후회가 없어지지 않았다.

몇 번이고, 몇 번이고, 소녀가 죽는 순간과……, 그녀가 마지막으로 원하면서도 결국 먹지 못했던 과자를 떨어뜨렸을 때의 그 감촉이 되살아났다.

"적어도……, 적어도……."

적어도, 적어도 마지막으로 그녀에게 그 과자를 먹여줄 수 있었다면, 이렇게까지 크게 후회하진 않았을지도 모른다.

하지만 이제는 그럴 수 없다.

끝난 일은 돌이킬 수 없다.

죽은 소녀는 되살아나지 않는다.

아무리 애를 써도……, 어떻게 해볼 수 없었던 최후가 기억에서 사라지지 않는다.

"게임, 게임일 텐데……."

게임의 NPC가 죽었다, 사실 그뿐일 텐데.

내 마음은 **그뿐이라고 하며 끝내주지 않았다.**

그로부터 몇 시간 동안이나 눈물을 흘리며 계속 후회했다.

그리고 문득 생각했다.

"……그 아이의 장례식."

그 아이는 죽어버렸다.

하지만 묻어주고 꽃을 바치거나 무덤 앞에서 기도해주면 이

후회도 조금이나마 가시지 않을까, 그런 희망을 품었다.

"그 과자도 바쳐야지……."

나는 떨리는 손으로 〈Infinite Dendrogram〉 기기를 들고 다시 로그인했다.

◇

〈Infinite Dendrogram〉에서는 현실보다 시간이 세 배 빠르게 지나가 있었다.

이미 한밤중이었고, 불빛이 있긴 하지만 현실과 비교하면 훨씬 적어서 거리가 어두웠다.

로그아웃한 곳이 가까웠기 때문에 소녀가 죽은 골목에는 금방 도착했다.

"없어……. 아니, 그야 그렇겠지."

골목에는 이미……, 소녀의 시체가 없었다.

아마 가족이 데려가 묻어주었을 것이다.

혹시 가족이나 아는 사람이 없다면 교회에서 묻어줄지도 모른다.

그렇다면 적어도 무덤 앞에 이 과자를 바치고 기도를 해줘야지…….

나는 그녀의 무덤이 어디 있는지 알아내기 위해 근처를 돌아다니던 경비병에게 물었다.

"실례합니다."

"응? 왜 그러지? 〈마스터〉 씨."
"저기, 여기 있던 아이가 묻힌 곳을 알고 싶은데요."
"아이? 어떤 아이인데?"
"오늘 낮에 이 골목에서 죽은 아이인데요……."
"……아. 길바닥에서 죽은 고아라면 북쪽 변두리에 있을 거야."
"가, 감사합니다!"
나는 경비병에게 고맙다는 인사를 한 다음, 북쪽 변두리를 향해 뛰어가기 시작했다.
"그런데 안 가는 편이…………."
뒤에서 들린 목소리는 제대로 알아들을 수 없었다.

북쪽 가장자리에 그것이 있었다.
도시의 문에서 걸어서 10분 이상 가야 하는 곳이었다.
그것은 사막 안에 있었고, 구색 맞추기 정도로 세워둔 울타리가 넓은 범위를 둘러싸고 있었다.
묘지의 경계라는 듯이.
하지만 그것은 묘지가 아니었다.
그곳에는 묘비가 없었고, 무덤 구멍조차 없었다.
그저……, 시체만이 잔뜩 쌓여 있었다.
건조한 사막 위.
썩지 않고 메마른 시체와.
벌레에게 파먹혀 뼈가 된 시체와.
아직 마르지 않고 살이 붙어 있는 시체가 쌓여 있었다.

"윽, 욱……."

정신을 차리고 보니 토하고 있었다.

어째서 이곳에 이런 광경이 있는 걸까, 의문과 공포가 격류처럼 머릿속에서 미쳐 날뛰었다.

"……어?"

입구 근처에는 간판 하나가 세워져 있었다.

부랑자 유해 폐기장.

그 아래에는 이런 설명 문구가 적혀 있었다.

『콜타나에는 세금을 내지 않는 부랑자의 유해를 묻을 곳은 없으며 화장에 들어가는 연료비도 조달할 수 없기에 부랑자는 사막 환경을 이용한 풍장, 또는 몬스터를 이용한 조장 및 충장을 시행한다. 콜타나 시장 : 더글러스 코인.』

세이프 포인트와 오아시스로 인해 이런 사막 안에서도 콜타나는 번영하고 있다.

하지만 그것은 한정된 범위일 뿐, 다른 나라의 국토처럼 확장할 수 있는 게 아니다.

묘지의 면적조차 한정되어 있고……, 돈만 중시하는 카르디나의 성질을 가장 현저하게 드러내고 있는 이곳, 콜타나에서는……, 묘지에 들어갈 권리조차 돈으로 정해진다.

그리고 낼 돈 같은 게 있을 리가 없는 부랑아의 시체는 전부 도시 밖에 버려진다.

마치 모래 속에 파묻는 경비조차 아깝다는 듯이.

"…………."

나는 묘지……, 폐기장의 설명 문구를 읽었다.

자동으로 번역된 글자라서 간단히 읽을 수 있었다.

하지만 이해할 수가 없었다.

머리로는 이해했지만, 마음이 이해하지 못했다.

논리는 알 수 있지만, 그런 행동을 한다는 것을 이해할 수 없었다. 내가 지금까지 현실에서 살아온 사회는 아무리 부랑자라 해도 무덤에 들어갈 수는 있었을 테니까.

나는 이 〈Infinite Dendrogram〉에 오고 나서……, 가장 비현실적인 감각이 들었다.

"…………아."

그리고 발견해 버렸다.

쌓여 있던 시체 제일 위쪽에서, 이미 뼈가 되어가고 있던 시체들 제일 위쪽에서, 아직 피부와 머리카락이 남아 있는 소녀의 시체를 발견해 버렸다.

내 눈앞에서 죽은 소녀의 시체를.

"…………."

기도하기 위해 왔을 텐데.

과자를 바치기 위해 왔을 텐데.

하지만 지금 나는 그런 행동을 하는 것조차 불가능한 상태였다.

아무런 행동도 하지 못하고 무릎을 꿇은 채, 시선만 겨우 그녀에게서 돌렸다.

"……?"

눈을 돌린 곳에는 간판이 하나 더 있었다.

거기에는 이렇게 적혀 있었다.

『유해를 가지고 나가는 것은 자유이지만, 거리에서 《사령술(네크로맨시)》을 이용하여 죽은 자를 소생시키는 것은 엄금한다.』

시체를 가지고 나가는 게 자유라는 문구가 충격적이었다.

하지만 '시체가 없어지면 이 폐기장의 공간이 그만큼 확보된다'라고 생각하니 이렇게 인간미가 없고 지나치게 합리적이기만 한 곳에는 어울리는 건지도 모르겠다.

하지만…….

"《사령……술》? 죽은 자의 소생?"

그것은 마치 죽은 자를 되살릴 수 있다는 듯한 말이었다.

아니, 그럴 수도 있겠구나. 마법이 있다면 죽은 자를 되살리는 마법도.

"아, 아아아……."

하지만 죽은 자를 사람의 손으로 되살리는 것.

그것은 윤리를 무너뜨리는 짓이다.

적어도 내가 지금까지 믿어온 종교에서는 해선 안 되는 짓이었다.

하지만 만약에, 만약에 그럴 수 있다면…….

그 가능성이 있다면…….

"이 후회를……, 없앨 수 있다면……."

——그런 윤리 따위는 무너져도 상관없다……, 마음속으로 굳게 그런 생각을 품었다.

그 순간, 내 왼쪽 손등이 보라색 빛을 뿜어냈고.

"——삼가 받들겠다. 그렇다면 그것이 소첩의 존재 방식이 될 것이다."
——낯선 소녀가 곁에 서 있었다.

"……어?"
그 소녀를 한 마디로 나타내자면 '보라색'이었다.
보라색 머리카락을 땋았고, 보라색 고대 그리스풍 드레스를 입고 있었다.
하지만 그 눈동자만은 빨려 들어갈 것만 같은 칠흑색이었다.
"너, 는?"
"소첩의 이름은 페르세포네. 그대의 살과 혼, 그리고 마음의 통곡으로 인해 생겨난 존재. 그대의 〈엠브리오〉이자 TYPE : 메이든 with 캐슬 테리터리."
"페르, 세포네?"
"앞으로 잘 부탁한다, 마이 마스터."
명계의 왕비의 이름을 지닌 소녀……, 내 〈엠브리오〉는 그렇게 말하며 숙녀처럼 인사했다.

"그럼 곧바로 소첩의 힘을 쓸 텐가?"

"히, 임?"

"으음. 소첩이라면 저 소녀를 되살릴 수 있다."

"……정말로?!"

그 말을 들은 다음, 정신을 차리고 보니 나는 페르세포네의 양쪽 어깨를 붙잡고 있었다.

"허나 소첩은 이제 막 태어난 제1형태. 되살리려면 본인의 깨끗한 시체가 필요하고, 되살릴 수 있는 시간도 짧다."

"그게, 무슨……."

"소첩은 저 소녀를――, **3분 동안만** 되살릴 수 있다."

페르세포네가 한 말을 받아들이기에는 시간이 걸렸다.

"3, 분……."

그것은 정말로 짧은 시간이다. 모티브가 된 페르세포네의 일화……, 오르페우스의 부인을 되살리려 했을 때와 비교도 되지 않을 정도로 짧다.

되살려서 다시 죽게 만들 거라면 차라리 되살리지 않는 게 낫지 않을까라는 생각이 들 정도로 짧은 시간.

하지만, 3분.

3분만 있으면…….

"…………."

계속 들고 있던 과자 봉투가 부스럭, 소리를 냈다.

내 선택은…….

제8화 되살아나는 가능성

ㅁ[장갑 조종사] 유고 레셉스

시장 저택에서 솟구친 불기둥을 보고 달려간 내가 본 것은 괴물과 괴물의 격돌이었다.

하얀 구더기 괴물은 여섯 개나 달린 팔로 마법을 날리며 구더기의 몸으로 만들어낸 수많은 입으로 다른 괴물을 물어뜯으려 하고 있었다.

하지만 은과 비슷하면서도 다른 광택을 뿜어내는 하반신만으로 이루어진 괴물은 전혀 아랑곳하지 않았다.

꼬리를 휘둘러 구더기 괴물을 분쇄하고, 물렸는데도 전혀 대미지를 입지 않았다.

하지만 그건 구더기 괴물도 마찬가지였다. 입은 상처를 전부 곧바로 회복했다.

상처를 없애는 구더기 괴물과 상처를 입지 않는 하반신 괴물.

두 괴물은 서로를 쓰러뜨리려 하면서도 양쪽 다 다치질 않았다.

마치 영원히 싸움을 벌인다는 사후 세계와도 같은 모습이었다.

그 광경은 좀 전에 보았던 에밀리를 연상케 했다.

"……큐코, 카운트는?"

"전부 0. 다리는 소환 몬스터. 구더기는……, 안 죽였으니까."

……어찌 됐든 양쪽 모두 《지옥문》이 통하진 않겠구나.

"흐음. 서방님이 [그레이티스트]를 불렀나? 뭐, 저걸 상대로 시간을 벌려면 저것이 가장 적합하긴 하겠지."

괴물들의 끝나지 않는 사투를 보고 있던 내게 페르세포네가 말을 걸었다.

"페르세포네, 저게 뭔지 알아?"

"그렇다. 저 하반신만 있는 쪽은……, 뭐, 간단히 말하자면 서방님이 특전 무구로 불러낸 소환 몬스터다. 이름은 [그레이티스트 바텀]이라고 하지."

"저게 [명왕(그)]의……."

특전 무구로 불러낸 거라면 저것은 〈UBM〉으로부터 유래된 것이라는 뜻이다.

그리고 구더기 괴물도 머리 위에 [요저전생 데 웰미스]라는 이름이 떠 있었다.

다시 말해 이것은 〈UBM〉끼리 벌이는 사투라고도 할 수 있다.

"저건 좀처럼 쓰지 않을 텐데 말이지. 무엇보다 연비가 나쁘다. 마법 계열 초급 직업인 서방님이 틈만 나면 특전 무구에 MP를 충전하고 있다만, 그렇게 모아둔 MP를 소모하더라도 오랫동안 싸울 수가 없으니. 게다가 오리지널만큼의 힘이 없다."

"오리지널?"

"보면 알겠지만 하반신밖에 없지. 상반신이 있던 무렵에는 저 [데 웰미스]도 쓰러뜨릴 수 있었을 것이다. 허나 상반신을 빼앗겼기에 지금 [그레이티스트 바텀]에게는 하반신과 방어 스킬만 남아 있지. 저 상대에게 쓰러지지는 않겠지만, 이쪽도 쓰러뜨릴 수가 없으니 결판이 나지 않는다. 아니, 지구력이 없는 이쪽이 불리하지."

〈UBM〉이었을 무렵보다 열화되었다는 뜻인가.

……그런데, '상반신을 빼앗겼다'고?

그렇게 들으니 마치 상반신을 다른 누군가가 소유하고 있다는 것 같다.

하지만 특전 무구를 다른 자와 나눌 만한 〈UBM〉은…….

"페르세포네……!"

귀에 닿은 목소리가 사고를 가로막았다.

돌아보니 깡마른 남자와 그를 늑골 안에 태운 뼈 용이 이쪽으로 향하고 있었다.

뼈 용은 제쳐두고, 남자 쪽은 본 적이 있다.

예전에 〈예지의 삼각〉의 본거지에서 여러 번 보았던 [명왕] 베네트나쉬다.

"오오, 서방님."

"여기에 와 있었구나……. 그쪽은……, 〈예지의 삼각〉의?"

보아하니 상대방도 나를 기억하고 있었던 모양이다.

"유고 레셉스입니다. 스승님……, [격추왕] AR·I·CA의 일행이기도 합니다. 그래서 구슬에 대한 사정이나 스승님과 교섭했다는 사실도 들었습니다."

"그래……."

"그런데 저 구더기 괴물은."

"……단적으로 말하자면 시장이 가지고 있던 구슬이 깨져서 봉인되어 있던 〈UBM〉이 해방된 결과야."

"?!"

"그런데 그녀의 일행이라면……, 연락 수단이 있나요? 그녀에게 전해야만 하는 말이 있는데요."

"네, 네."

나는 [화이트 로즈]의 콕핏을 개방하고 통신기를 켠 다음 스승님의 [블루 오페라]와 연결했다.

그러자 [명왕] 베네트나쉬가 스승님에게 상황을 전달하기 시작했다.

"……그렇게 된 관계로 저쪽은 서서히 부피를 늘려가고 있습니다. 어지간한 공격으로는 효과가 없기에 쓰러뜨리기 위해서는 넓은 범위를 흔적도 남지 않게 모조리 태워버릴 수밖에 없습니다."

『…………진짜로~?』

통신기에서 상황을 이해한 스승님이 끙끙대는 목소리가 들렸다.

『이쪽도 투기가 끝나서 돌아가는 중인데……, 아, 응. 보이네. 엄청 징그러운 게 보여. 하반신만 있는 녀석은……, 이봐, [명왕]. 저건…….』

"그건 노 코멘트하겠습니다……."

『아, 그래. ……영차.』

그 직후, 노래하는 듯한 기관음이 하늘에 울려 퍼졌고, 저녁놀이 깔린 하늘을 날아오른 푸른 기체가 머리 위를 지나쳤다.

[블루 오페라]는 번개를 두른 포탄을 연달아 날리며 [데 웰미스]를 공격했다.

하지만 [데 웰미스]는 그 공격을 전형 신경 쓰지 않았으며, 포탄에 뚫리고 번개로 인해 그을린 몸도 금방 수복되어 버렸다.

『아, 이거 안 되겠네. 내가 이길 수 없는 타입이야.』

"……스승님, 포기하는 게 너무 빠른 것 아닌가요?"

『애초에 나는 '화력이 지나치게 세지 않으니까' 구슬을 회수하는 역할을 맡게 된 거라고! 이렇게 덩치가 크고 재생하는 녀석은 내가 아니라 파툼이나 알베르트, 그리고 그 돈 바보나 빈정대는 여자 담당이란 말이야!』

……돈 바보하고 빈정대는 여자는 누굴까.

『지금 불러도 늦지 않으려나……. 그쪽은 수도나 다른 나라와의 국경에 있고, 이동 속도도 느리니가……, 진짜! 아무리 그래도 콜타나가 사라지는 건 카르디나에게 있어서도 최악인데!』

이곳, 콜타나는 〈Infinite Dendrogram〉에서 카르디나의 시작 지점.

이곳이 괴멸되는 것은 카르디나의 입구가 막히는 거나 마찬가지다.

폐하가 된 도시를 시작 지점으로 선택할 〈마스터〉는 별로 없을 것이다.

그뿐만이 아니라 상업의 중심지인 이 도시는 카르디나가 잃어선 안 되는 곳이다.

"[격추왕] AR·I·CA, 제안할 게 있습니다."

그때, 고민하던 스승님에게 [명왕] 베네트나쉬가 말을 걸었다.

『뭔데?』

“조건을 세 가지만 받아들여 주시면———, 제가 저 〈UBM〉을 쓰러뜨리겠습니다.”

『…………흐응.』

그 제안을 들은 스승님은 뭔가 생각한 모양이었다.

『그렇구나. **가지고 있는 것들 중**에 저걸 어떻게 해볼 수 있는 녀석이 있다는 거야?』

“……그러고 보니 제 필살 스킬을 알고 계셨죠.”

『그래서, 조건은 뭔데?』

스승님은 '저 〈UBM〉을 쓰러뜨릴 수 있다'는 선언을 전혀 의심하지 않았다.

“첫 번째는 저것을 쓰러뜨린다는 것 자체. ……구슬이 필요 없는 것일 경우에 당신에게 넘긴다는 약속을 지킬 수가 없게 되니까요.”

『오케이~. 다음.』

“두 번째는 그런 상황에서 구슬을 넘겼을 때 들어주기로 한 부탁을 들어주시는 것.”

『구체적으로는?』

“앞으로 원념을 처리하거나 죽은 자가 '건강한 상태로 소생'하는 아이템 및 정보를 발견했을 때 제게 알려주시는 것.”

『아이템이나 정보를 달라는 건 아니네?』

“네.”

『……흐응. 뭐, 그것도 오케이~. 마지막으로는?』

스승님이 묻자 베네트나쉬는 약간 망설이는 듯이 입을 다물었다가.

"……저 [데 웰미스]를 중심으로 반경 600메텔에 한해———, 콜타나를 흔적도 남지 않게끔 소멸시킬 허가를."

터무니없는 말을 꺼냈다.

"물론……, 사람들이 피난을 마친 뒤에요. 그 시간은……, 제 소환 몬스터가 벌고 있으니 금방 끝날 겁니다. 가능하다면 당신들도 도와줬으면 합니다만."

『그렇구나~. 그런데 흔적도 남지 않게끔 없앤단 말이지……, 얼마나 위험한 걸 지니고 있는 거야~?』

"……그래서, 허가는요?"

『잠깐만 기다려.』

스승님이 그렇게 말한 다음, 통신기 너머로 부스럭거리는 소리가 들렸다.

『아. 여보세요, 마담……이 아니라 의장님. 응, 저예요. AR·I·CA예요. 구슬을 회수하다가 문제가 좀……, 어? 상황은 이미 파악하고 있다고요? ……아니, 진짜 어디까지 내다본 건데요? 진짜로 그 이름 대로 예지의 악마(라플라스)인가요?』

통신기 너머로도 스승님이 콕핏에서 다른 곳과 통신을 하고 있다는 사실을 알 수 있었다.

『네, 네. 베넷찌, 베넷찌~.』

…………베넷찌?

하지만 이상한 호칭으로 불린 베네트나쉬는 딱히 신경 쓰는 것 같지 않았다.

"네."

『확인할 게 있는데 말이야. 시장은 죽었어?』

"…………[데 웰미스]에게 흡수되었습니다."

『오케이~. 죽은 걸로 할게.』

……방금, 약간 음침한 거래가 오간 것 같다.

『그럼 결과를 보고할게. 세 번째도 오케이~. 시장의 사망으로 인한 긴급 시 권한으로 의장이 허가했어. '인명 손실이나 물적 피해에 대해 청구하지 않을 것이며 죄를 묻지도 않겠습니다. [데 웰미스]라는 위협을 이곳, 카르디나에서 일절 남기지 말고 없애주셨으면 합니다'라는데.』

"……알겠습니다."

……인명 손실이나 물적 피해라.

"스승님. 저는……."

『그럼 나하고 유 쨩은 반경 600메텔 이내에 미처 도망치지 못한 사람이 있는지 탐색하자!』

스승님은 내가 하고 싶었던 말을 먼저 가로채려는 듯이 그렇게 말했다.

"……네!"

『그럼 그렇게 되었으니 우리는 움직일 건데, 베넷찌는 언제쯤 비장의 수를 쓸 거야?』

"……소환을 유지할 수 있는 건 최대 15분 30초까지입니다. 그러니……, 15분 뒤에는 사용할 겁니다."

『오케이~! 그럼 서두르자, 유 쨩!』

"네!"

스승님에게 대답한 다음, 나는 장갑만 격납시켜 가벼워진 [화이트 로즈]를 타고 미처 도망치지 못한 사람들을 구조하러 나섰다.

……저 괴물을 쓰러뜨릴 수 있다는 베네트나쉬의 비장의 수가 대체 뭐지?

□■상업도시 콜타나

인명구조를 하러 간 〈마징기어〉 두 대를 보낸 다음, 베네트나쉬는 마찬가지로 600메텔 밖으로 이동하며 조용히 무언가를 생각하고 있었다.

"보아하니 서방님도 '새롭고 영원한 삶'이라는 것이 예상한 것과 달라서 충격을 받은 모양이로군."

"……페르세포네."

베네트나쉬에게 페르세포네가 말을 걸었다.

아라곤은 만에 하나라도 지금부터 발동시킬 스킬을 누군가가 방해하지 못하게끔 주위를 경계하고 있었기에 이야기를 나누는 목소리는 두 사람의 목소리뿐이었다.

"그래서 말했을 터인데. 구슬 같은 것에 기대하지 말라고. 애초에 서방님이 원하는 기적 같은 힘을 지닌 〈UBM〉이 있다면 좀 더 일찍 상황이 좋아졌을 것이야. 아니면 **지독해졌든가**."

베네트나쉬는 그를 나무라는 페르세포네를 조용히 보고는…….

"너는……, [데 웰미스]가 어떤 존재인지 알고 있었어?"

"당연히 알고 있었지. **들었으니** 말이다. 그것이 서방님이 매우 싫어하는, 사람의 죽음의 의미조차 바꿔버리는 존재라는 건 잘 알고 있었다."

유고와 대화를 나누었을 때 페르세포네는 '그렇다면 이 도시는 죽음의 도가니가 되겠구나. 죽음을 초월한 자, 죽음을 양산하는 자, 죽음의 의미를 바꾸는 자. 누군가가 모은 것도 아닐 텐데, 꽤 재미있는 일이 벌어졌군 그래'라고 말했다.

죽음을 초월한 자는 베네트나쉬와 페르세포네.

죽음을 양산하는 자는 굳이 말할 필요도 없이 [살인희] 에밀리다(요왈테포스틀리의 능력을 미리 알고 있었다면 그녀도 죽음을 초월한 자라고 말했을지도 모르지만).

그리고 죽음의 의미를 바꾸는 자가 [데 웰미스]인 것이다.

인간을 구더기로 바꾸고 혼조차 구더기로 바꾼다. 사람을 살려둔 채 사람으로서의 죽음을 맞이하게 만드는 [데 웰미스]는 그야말로 그 호칭에 걸맞은 존재다.

하지만 그렇게 부를 수 있는 건 [데 웰미스]의 능력을 파악하고 있는 자뿐이다.

그 시점에서는 소유자였던 시장조차 몰랐던 사실인데.

"어째서……."

"어째서 말해주지 않았나, 그런 말은 하지 말게, 서방님. 말해봤자 확인하지 않으면 성이 풀리지 않았을 터인데. 그대는 계속……, 지푸라기를 잡으려 하고 있으니까."

"…………."

페르세포네가 한 말은 베네트나쉬의 마음에 깊숙이 꽂혔다.

그것은 부정할 수 없는 사실이었다.

"소첩은 몇 번이나 말했다. 그대는 떠안는 것이 불가능한 누름돌을 떠안은 채 계속 허우적대고 있다. 버려버리면 간단히 헤엄칠 수 있을 것을. 그러지 못하니 계속 괴로워하고 있는 것이다."

"……그래도, 나는."

"알고 있다. 소첩은 그런 그대로부터 태어났으니. 그래도 말이다. 이건 그대가 가장 먼저 버려야 할 누름돌인 소첩이 계속 해야만 하는 말이다."

페르세포네는 그렇게 말한 다음 자신의 이마를 베네트나쉬의 등에 부딪혔다.

"서방님이 해내려 하는 일은 기적과도 같은 일이다. 소첩이 제7 너머로 나아간다 해도 확실히 이룰 수 있다고는 할 수 없는 소원이지."

"나도 알아……."

"소첩은 서방님이 행복해졌으면 한다. 사실은 소첩이나 이 세계……, 힘든 일이나 괴로운 일들도 전부 잊고 저쪽에서 원래 생활로 돌아가 줬으면 한다.”

“………….”

“역시……, 안 되겠는가?”

“……그래.”

베네트나쉬는 그렇게 말한 다음 돌아서서……, 페르세포네의 어깨에 손을 얹었다.

“내가 힘들어한다는 것도, 괴로워한다는 것도, 부정하진 않겠어……. 나도 내가 자유롭지 못하게 산다고 생각하거든.”

그 말을 듣고 페르세포네의 표정이 어두워졌지만, 그는 ‘하지만……’이라며 계속 말을 이어나갔다.

“그렇게 자유롭지 못한 삶을 선택한 건……, 내 자유야. 그리고 그 선택을 버릴 자유가 있다 하더라도……, 나는 아직 그걸 선택하지 않을 거고.”

“서방님…….”

“나는 잊을 수 없고, 포기할 수 없어. 내가 나인 한, 내 자유로 지금 같은 삶의 방식을 계속 선택할 거야.”

그것은 결의를 다지고 입에 담은 말이다.

그가 몇 년 전에 결의했고, 세월이 지나 상처를 입으면서도 꺾인 적이 없는 의지.

그 의미를 누구보다 잘 알고 있는 페르세포네는 눈에 눈물을 약간 머금고는……, 그것을 손으로 닦아냈다.

"……그런가. 그렇다면 소첩이 해야 할 일은 역시 한 가지뿐. 서방님의 소원을 맡은 자로서 온 힘을 다하마."

"……고마워."

페르세포네는 그렇게 말한 다음 자기 어깨에 얹혀 있던 베네트나쉬의 손을 잡았다.

"지금 해야 할 일은 저 [데 웰미스]를 해치우는 것이지."

그렇게 말하고 베네트나쉬의 손을 놓은 페르세포네는 [데 웰미스]를 바라보았다.

"하자. 서방님, 필살 스킬이다. [명도영후 페르세포네]. [명왕] 베네트나쉬……, 서방님을 위하여, 저 생지옥을 없애기 위하여 온 힘을 다하도록 하마."

"……부탁할게. 페르세포네."

페르세포네가 그를 부르자 베네트나쉬도 서투르게 미소를 지으며 그녀의 부름에 답했다.

베네트나쉬는 아이템 박스에서 꺼낸 아이템……, 전설급 특전 무구를 페르세포네에게 건넸다.

특전 무구를 들고 확인하며 페르세포네가 고개를 끄덕였다.

"이거라면 충분할 것이야. 시간은 그리 길지 않다만……. 뭐, 일격에 끝난다면 상관없다."

그렇게 말한 다음, 페르세포네는 들고 있던 특전 무구를 들어 올렸다.

"자……, 서방님! **문**을 구축한다!"

"……그래, 해줘!"

그리고 페르세포네는.

『———지금 지보를 바쳐(이드·나·아피아로제·시서브로이), 문을 구축한다(흐티악스트·테이즈 파이루즈).』

———노래하기 시작했다.

『———이것은 명계의 문(아흐트·에나이·타·케이트·코스모·테이즈·파이루즈).』

그것은 페르세포네의 목소리였지만, 마치 여러 사람이 돌림노래를 부르는 것처럼 신기한 느낌으로 주위에 메아리쳤다. 목소리가 겹쳐지자 페르세포네의 손에 있던 특전 무구가 빛의 먼지가 되어……, 리소스를 잃고 사라지기 시작했다.

『———내 안에 있는 영안실을 여는 문이리니(포터·아노이게·에나·네크로트메오·나·에나이·메테크시·마우).』

특전 무구가 리소스로 소비됨과 동시에 페르세포네의 눈앞에는 거대한 문이 생겨나기 시작했다.

『———지금 혼은 개선한다(프시키·스토·아크·데이).』

『———영광과 영화는 지나간 것(도크사·카이·타·메게레오·에챠운·이츠데이·화이게).』

그것은 비유로 말하자면 **보라색 개선문**. 현실의 파리에 있는 것과는 다르지만, 아치를 그리며 땅에 솟아오른 모습은 그 비유가 가장 적절했다.

『―――허나 지금(오스토소), 이때는(오탄·아흐트·토라).』

『―――전성기인 채 힘을 휘두르리라(체리스테아이트·테인·아크미·데이즈·디나미즈).』

노래가 진행되자 페르세포네가 구축한 문 안쪽에 빛의 막이 생겨났다.

시시각각 다양하게 색이 바뀌는 빛의 막이 문에 쳐져 있었다.

"……갖춰졌다, 서방님."

"그래……."

매우 지친 기색인 페르세포네의 어깨를 베네트나쉬가 두 손으로 받쳐주었다.

"……14분 30초."

베네트나쉬가 말한 것은 유고 일행에게 제한 시간을 알려주고 나서 경과한 시간.

앞으로 30초. 적어도 베네트나쉬가 보고 있는 범위 안에는 [데 웰미스]의 안쪽을 제외하면 인간의 혼이 없었다.

그리고 때가 되자……, 베네트나쉬는 [그레이티스트 바텀]의 소환을 해제했다.

소환이 해제된 [그레이티스트 바텀]이 [데 웰미스]의 눈앞에서 빛의 먼지가 되어 사라지기 시작했다.

『…………?』

[데 웰미스]는 방금까지 맞서 싸우고 있던 강적의 소실을 의아해했지만, 깊게 생각하진 않았다.

[데 웰미스]에게 중요한 것은 자신의 분체를 늘리는 것. 이미 효과 범위 안에는 생물이 없기에 분체로 치환할 생물을 찾으러 가야만 했기 때문이다.

하지만…….

『……저건?』

어느새 [데 웰미스]의 스킬 사정거리의 두 배 정도 떨어진 위치에 기묘한 보라색 문이 생겨나 있었다. [그레이티스트 바텀]과 싸울 때는 눈치채지 못했지만, 그 이전에는 분명히 없었던 문이다.

하지만 그 문 안쪽에 쳐진 빛의 막을 보았을 때.

『————————.』

[데 웰미스]는, 무언가에 겁을 먹었다.

그것은 원래 가지고 있지 않았던 감각.

마치 심연을……, 자신이 원하는 영원한 삶과는 정반대에 있는 거대한 허무를 들여다본 듯한 감각.

저 문을 부숴야만 한다는 강한 직감이 든 것과 동시에 [데 웰미스]가 움직이기 시작했다.

하지만 이미 늦었다. 준비는 이미 끝났다.

"《명도회귀문(페르세포네)》————."

들릴 리가 없는 거리에서 [데 웰미스]는 그 말을……, 베네트나쉬가 필살 스킬을 선언한 목소리를 환청으로 들었다.

그 직후, 문이 더욱 눈부시게 빛나며 이 세상 것 같지 않은 빛을 내뿜었다.

[명왕] 베네트나쉬, [명도영후 페르세포네].

그와 그녀의 힘을 알고 있는 자는 그들을 '불멸', 또는 '땅거미 지는 때'라 부른다.

불멸, 그것은 사라지지 않는 것. 육체가 없어져도 사라지지 않는 것.

땅거미 지는 때, 그것은 '있을 수 없는 것을 만나는 시간'.

그들의 필살 스킬이 발동되었을 때, 사람들은 존재할 수 없는 자와 만나게 된다.

육체의 종언과 아득한 시간조차 뛰어넘어서.

빛나는 개선문 안쪽에서———.

"———[앰버 어비스(호박지심연)] 스쿼드론(대대)!!"

———호박색 기계룡이 날아올랐다.

□■페르세포네에 대하여

페르세포네는 그리스 신화에 등장하는 명계의 왕 하데스의 부인이다.

페르세포네의 일화로 가장 유명한 것은 사계절의 시작을 언급한 하데스와의 혼인이지만, 그 다음으로 유명한 일화는 오르페우스라는 음유시인과의 일화이다.

죽은 부인을 되살리기 위해 명계로 내려간 오르페우스는 말로 표현할 수 없을 정도로 아름다운 하프 연주로 수많은 명계 주민들을 매료시켰고, 기어코 하데스와 페르세포네가 있는 곳에 도착했다.

그의 연주를 들은 페르세포네는 눈물을 흘리며 하데스에게 오르페우스의 소원을 들어달라고 부탁했다.

그렇게 오르페우스는 '지상으로 돌아갈 때까지 결코 뒤에서 따라오는 부인을 돌아보아서는 안 된다. 돌아보면 부인이 명계로 돌아가야만 하게 된다'라는 조건을 떠안은 채 부인을 데리고 명계를 떠났다.

이 일화에서 오르페우스는 결국 지상에 도착하기 직전에 돌아봐 버렸고, 그의 부인은 다시 명계로 돌아가게 되었다.

죽은 자가 한때나마 되살아난 다음, 다시 명계로 돌아가며 이야기가 끝난다.

그러한 모티브를 지니고 있어서 그런지, 페르세포네의 필살 스킬은 그 일화와 유사한 것이었다.

TYPE : 메이든 with 캐슬 룰 [명도영후 페르세포네].

그녀의 필살 스킬 《명도회귀문》은――――, 일시적인 죽은 자의 소생이다.

리소스를 바쳐 죽은 자가 통과할 길인 문을 구축하고, 페르세포네 안에 잠들어 있는 죽은 자의 혼을 전성기 때 모습으로 이 세상에 다시 불러들인다.

페르세포네는 이 세계에서도 [천룡왕 드래그헤이븐]만이 가능한 혼 상태에서의 소생을 해낼 수 있다.

페르세포네가 불러들이는 것은 죽은 자의 전성기.

죽은 자의 장비까지 포함해서 가장 뛰어난 시절의 모습.

그것은 고대에 이름을 떨친 영웅일지도 모른다.

또는 몇 명으로 구성된 파티일지도 모른다.

아니면 거대한 괴물일지도 모른다.

지닌 힘의 크기에 따라 필요한 리소스나 소생 시간이 달라지긴 하지만, 누구든 부활한다.

단, 그것은 죽은 자를 마음대로 부릴 수 있는 힘이 아니다.

되살아난 죽은 자들은 얽매이지 않는다. 각자 자신이 원하는 대로 임시 몸을 자유롭게 움직일 수 있다.

베네트나쉬와는 다른 생각으로 움직이고, 때로는 베네트나쉬에게 칼을 들이밀 경우도 있을 것이다.

그렇기 때문에 베네트나쉬는 유대감을 형성한다.

자신과 뜻을 같이하는 죽은 자가 아니라면 그에게 힘이 되어주지 않을 테니까.

지금 이곳에 불러낸 죽은 자들도 마찬가지다.

예전에 베네트나쉬는 혼이 된 그들의 소원을 이루어주었다.

그들은 페르세포네 안에 잠들며 언젠가 뜻을 함께할 때 협력하기로 맹세했다.

그리고 지금 이 순간, 불러냈다.

그도, 그들도, 눈앞에 있는 괴물……, [데 웰미스]로 인해 사람들이 지옥에 떨어지는 것을 원하지 않는다.

그렇기 때문에 그들은――, **2000년**이라는 세월을 넘어 현대의 하늘을 내달린다.

◇◆◇

□■상업도시 콜타나

보라색 개선문이 빛나며, 그 안쪽에서 거대한 그림자 하나가 날아올랐다.

그것은 호박색 장갑으로 뒤덮인 기계장치의 용.

용은 병기였고, 내부에서는 네 명의 인간이 용을 움직였다.

그 이름은 황옥룡 [앰버 어비스].

2000년 전 전쟁 때 '무장의 화신'과 교전하다 소멸된 선선대 문명의 초병기.

그것은 자신을 조종하는 군인들과 함께 페르세포네의 힘을 통해 지금 이곳에 되살아났다.

"기장님. 문을 통해 무사히 출격 완료하였습니다. 주변 환경을 체크하겠습니다."

"레이더 확인과 동시에 상공으로 비상. 《심연포》 발사 시퀀스에 들어간다. 상황은 파악하고 있겠지? 절대로 피난 완료 에리어 밖에 영향을 끼치지 마라!"

"알고 있다고요! 2000년이 지났지만 움직이는 법은 잊지 않았으니까!"

"훗, 소위. 넌 여전하구나."

[앰버 어비스]의 콕핏에서 되살아난 죽은 자들이 이야기를 나누었다. 페르세포네 안에 혼으로 안치되어 있던 그들은 페르세포네를 통해 이미 상황을 파악하고 있다.

"기장님. 소위도 신이 나서 그럴 겁니다. 우리가 죽은 뒤에 그의 처자식이 무사했다는 사실을 알게 되었고, 자손에 대해 조사해준 베네트나쉬 씨에게 은혜를 갚을 수 있게 되었으니까요."

"그, 그런 이유도 있긴 하지만요. ……다시 다른 사람들을 위해 싸울 수 있게 되었잖습니까. 그게 기쁩니다."

"그렇지……."

기장은 아래쪽에 있는 도시와 그 안에서 기어 다니는 추악한 [데 웰미스]를 내려다보며 확인하는 듯이 말했다.

"우리가 [명왕] 베네트나쉬와 맺은 계약은 '인명을 위협하는 몬스터와 싸우는 상황 또는 [화신] 및 [이대륙선]과 싸우는 상황이 되면 힘을 빌려주겠다'이다. 지금 상황은 그 계약에 어긋나지 않았다고 판단한다. 이의 있나?"

기장의 물음에 반대 의견을 말한 자는 없었다.

그들 모두의 의지는 하나였다.

"그렇다면 우리 [앰버 어비스] 부대는 지금부터 임무를 개시

한다!"

"라져!"

그렇게 계속 상승하던 [앰버 어비스]는 공중에서 정지했다.

그리고 기계인 목을 움직여 아래쪽에 있는 콜타나……, 시장 저택 터 쪽으로 머리를 향했다.

"황옥룡 1호기 [앰버 어비스], 포격 포인트에 고정."

"《심연포》, 발사 준비. 공격 범위는 핀포인트로 좁힌다. 에너지 충전은 20퍼센트."

"라져! 《심연포》, 발사 태세에 들어갑니다!!"

황옥룡 [앰버 어비스]는 지상을 향해 입을 열었다.

그 입 안에 있는 포문에 막대한 에너지가 담기기 시작했다.

위력을 줄였기 때문에 곧바로 그때가 다가왔다.

"에너지 충전……, 20퍼센트, 차지 완료!"

"《심연포》……, 발사!"

입 안에 격납된 압축마도식 중입자 가속포가 2000년 만에 발사되었다.

◇◆

[데 웰미스]는 구축된 문이 무엇인지, 거기에서 나타난 호박색 용이 무엇인지, 전혀 이해하지 못하고 있었다.

하지만 막연하게 공포를 느꼈기에 필사적으로 도망치려고 땅 위를 기어갔다.

하지만 그 도주는 수십 메텔도 가지 못하고 끝을 맞이했다.

열기를 느끼고 위쪽을 올려다보자―――, 그곳에 있던 것은 거대한 불덩이.

[앰버 어비스]의 입에서 날아든 불덩이는 큰 열량으로 공간을 일그러뜨리며……, [데 웰미스]를 집어삼키고 지상에 부딪혔다.

『―――――――?!』

대기가 플라즈마로 변하고, 지면이 증발할 정도로 큰 열량에 [데 웰미스]는 소리 없는 비명을 질렀다. 온몸의 구더기가 비명을 질렀지만, 전파해줄 대기가 이미 존재하지 않았기에 소리가 어디에도 전해지지 않았다.

《부활전생》을 지니고 있는 [데 웰미스]가 치환을 반복하고 있는데도 부피의 회복 속도가 따라잡지 못하고 있었다.

몸 전체의 구더기가 탄화를 넘어 흔적도 남지 않고 증발하기 시작했다.

부피가 급속도로 줄어드는 상황에서도 아슬아슬하게 버티려 하는 [데 웰미스].

[데 웰미스] 자신에게도 부담이 걸리는 《부활전생》의 한계 사용. 시장의 다리가 절단되었을 때 사용했던 세포 하나를 구더기 한 마리로 전생시키는……, 질량 보존 법칙을 무시하고 한계까지 연속으로 전생시키는 것으로 버텼다.

스킬을 행사하고 있는 온몸에 그 반동으로 고통이 밀려왔지만, 그것을 신경 쓸 여유는 없다. 오히려 온몸을 태우고 녹이는 큰 열량과 비교하면 스킬 반동의 통증 따위는 있으나 마나 한 수준이었다.

(부피의……, 소모와, 회복을……, 계산, ……텨야만 해……, 버텨야만…….)

몸이 깎여나가는 상황에서도 [데 웰미스]는 생존을 포기하지 않았다.

하지만 다음 순간―――, 《심연포》는 진정한 위력을 발휘했다.

불덩이 내부에서 압축된 마력핵이 열량의 폭발과 함께 해방되었고.

해방된 마력의 절반을 사용하여 중력 마법이 원격으로 기동되었고.

나머지 마력은 더욱 큰 열량이 되어 새로 생겨난 초중력과 함께 땅속으로 가라앉았다.

형성된 것은 열량을 놓치지 않게끔 세로 방향으로 뚫린 구멍과 먹잇감을 놓치지 않는 중력 역장.

포착한 대상을 놓치지 않고 완전히 소각한다.

그것이 바로 선선대 문명이 자랑하는 최강 병기 중 하나, 《심연포》의 진짜 능력이다.

『―――――――?!』

그리고 시작된 심연을 향한 멜트다운.

[데 웰미스]는 세로로 뚫린 구멍 내부에서 녹아내리며 땅속 깊숙이 가라앉아갔다.

불덩이에 제대로 맞지 않은 구더기조차, 땅속 수백 메텔 지점에 가라앉은 시점에서 [데 웰미스]에게 **돌아와 버렸다**.

그리고 열량이 더욱 높아지자 그 열량은 한계 이상의 전생을 행사하고 있던 [데 웰미스]의 회복 속도마저 쉽사리 넘어섰다.

몸을 형성하는 구더기가 모조리 녹아내리는 와중에 [데 웰미스]는 자신이 사라져가는 공포를 맛보았다.

(나, 나……, 더글러스……, 우리, 영원, 영원의 생명을……, 생명ㅇㅇㅇㅇㅇㅇㅇ을?!)

잠시 후 불덩이는 내장된 최후의 마법을 기동시켰고———, 최대 화력으로 폭발했다.

몇 초 뒤, 세로로 뚫린 구멍에서 지상으로 불기둥이 솟구쳤고……, [데 웰미스]의 마지막 한 마리도 그 안에서 소멸되었다.

불꽃의 묘비 아래에서 [데 웰미스]의 영원한 삶은 흔적도 없이 타서 없어졌다.

프롤로그 Another Starting Point.

□ ■ 2044년 3월 베네트나쉬

내 눈앞에는 소녀의 시체가 쓰러져 있었다.
좀 전과의 차이는 왠지 표정이 부드러워졌다는 것뿐.

소녀는 되살아났다. 죽었다는 사실을 기억하지 못하는지 죽기 직전처럼 내게 손을 뻗었다.
그런 그녀에게 나는……, 이번에야말로 과자를 주었다.
그녀는 과자를 맛있게 먹었다.
페르세포네는 '마지막으로 남았던 미련을 풀고 있는 거겠지'라고 말했다.
그녀는 울면서 과자를 입에 넣었고……, 3분 뒤에 시체로 돌아갔다.
"…………."
나는 내가 한 일이 올바른 행동인지 알 수가 없었다. 그녀가 남긴 미련을, 그녀에게 남긴 내 미련과 공포를 없앨 목적으로만 그녀를 되살렸고……, 다시 죽게 만들었다.
그녀가 마지막으로 한 말은 '이렇게 맛있는 걸 먹을 수 있어서, 태어나길 잘했다'였다.
마치 방금 그 과자를 먹기 위해 태어난 듯한 말을.

그보다 기쁜 적이 한 번도 없었다는 증언을.

그녀는 그것을 남기고 다시 죽은 것이다.

"그런 인생이 있어도 될 리가 없잖아……!"

눈물에 젖은 소녀의 기뻐 보이던 얼굴.

하지만……, 그게 정말 구원이었던 걸까.

"……어찌 됐든."

어찌 됐든, 나는 오늘 있었던 일을 잊지 못할 것이다.

그리고 분명히……, 두 번 다시 〈Infinite Dendrogram〉에 로그인하지 않을 것이다.

"…………아."

로그아웃 처리를 하려는 내게 페르세포네가 뭔가 말을 걸려 했다.

그녀를 돌아보았지만, 그녀는 머뭇거리며 손을 뻗으려 하면서도 아무런 말도 하지 않았다.

무슨 의도인 건지는 모르겠다.

나는 그녀에 대해 거의 아는 게 없다. 내 〈엠브리오〉라는 사실과 3분 동안만 소녀를 되살려줬다는 사실밖에 모른다.

하지만 그녀 덕분에……, 미련 한 가지는 풀었던 건지도 모르겠다.

그렇다면……, 고마워해야 할 것이다.

나는 그렇게 생각하면서도 로그아웃하려다가.

"……?"

문득……, 소문으로 들어 알고 있던 정보를 떠올렸다.

〈엠브리오〉란 진화하는 존재라는 것을.

지금 페르세포네는……, 이제 막 태어난 그녀는 3분 동안만 소생시킬 수 있다.

하지만, 만약에…….

"마이 마스터?"

"……페르세포네, 한 가지만……, 묻고 싶은데."

나는 페르세포네의 칠흑 같은 눈동자를 보면서 물었다.

"네가 진화하면 소생 제한이 없어져?"

"…………!"

엠브리오는 진화한다.

그러니 페르세포네가 진화해 나간다면……, 그녀의 제한도 사라지는 게 아닐까.

"……가능성은, ……있다."

"그렇구나……."

그 말을 들었을 때, 왠지 모르겠지만 내 얼굴을 보고 있던 페르세포네의 표정이 일그러졌다.

나는 무슨 표정을 지었을까.

웃었을까, 울었을까, 물어본 걸 후회했을까.

하지만, 전부 마찬가지다.

가능성이……, 생겼으니까.

"분명 이 **세계**에는……, 이렇게 죽어가는 아이들이 잔뜩 있겠지……."

내 입은 자연스럽게 〈Infinite Dendrogram〉을 **세계**라고 부

르고 있었다.

"이 도시만 놓고 봐도 이 아이와 같은 결말을 맞은 아이가 과거에도, 그리고 분명히 미래에도 잔뜩 있을 거야……. 불행한 채, 구원이라는 것조차 모른 채, 죽어버린 아이들이. 과자를 먹는 사소한 행복 같은 것도 모르는 채 살다가 죽기만 하는 아이들이……."

그것은 내가 알지 못했던 세계다.

이렇게도 불행한 세계가 있다는 것을 나는 알지 못했다.

이 세계의 부조리함을 나는 납득할 수 없었다.

"하지만 이 아이는……, 기뻐 보였어. 분명히 마지막에는 구원받았다……, 나는 그렇게 생각하고 싶어."

"으음. 그러니 그대는 가슴을 펴고 당당하게 원래 세계로……."

"———불행한 아이들 중에서 이 아이만은."

———지금은 이 아이만이 구원받았다.

———그래선 부족하다.

———뒤엎고 싶다, 그런 생각이 들었다.

"……그대, 무슨 말을 하고 싶은 거지?"

"지금은 3분이 한계지."

겁을 먹은 듯한 표정을 짓고 있던 페르세포네의 어깨를 붙잡고 나는……, 우리의 가능성을 이야기했다.

"하지만 네가 진화해서 강해지면, 그 힘 너머에 닿으면……,

이런 식으로 죽어버린 아이들을 전부 구원하고, 제한 시간이 없는 제2의 삶을 줄 수 있을지도 모르지."

"그대……!"

불행한 죽음을 맞이한 모든 아이들을 구원한다. 현실적으로 생각하면 그런 건 불가능하다.

하지만 불가능할 줄 알았던 일을 그녀는 이미 한 번 해냈다.

혹시 모든 아이들을 구원한다면……, 이 마음에 새겨진 감각, 머리를 부수고 싶어지는 감각도 사라지려나……?

아니, ――사라지진 않을 것이다.

"그런 것은 사람의 손에서 너무 멀리 떨어진 기적이나 마찬가지다……! 너무나도 터무니없다……! 소첩이 〈초급 엠브리오〉……, 그 너머에 도달하더라도 이룰 수 있을지 여부조차 모른다!"

"모른다면……, 해낼 수 있을지도 몰라."

"목표로 삼는 것 자체가 그대에게는 고난에 불과하다! 이쪽을 버리고 저쪽으로 돌아가야 한다!"

"그럴 순, 없어……."

이미 알아버렸으니까.

결코 허용할 수 없는 불행이, 세계가 있다는 사실을 알아버렸으니까.

나 자신이 납득할 때까지 죽은 아이들의 혼을 구원한다.

그러지 않으면……, 내 마음의 상처가 치유되지 않는다.

그러니 나는……, 이 길을 **선택한다**.

"강해지자. 내가 강해지고, 너도 강해지는 거야. 그걸 반복해서 언젠가는 도달할 거다. 이 세계는, 그런 거……지……?"

"…………."

페르세포네는 뭔가 고민하고 있는 것 같았다.

하지만 잠시, 눈을 감고는…….

"……알겠다."

고개를 끄덕였다.

그 사실이 기뻤다. 이제……, 포기하지 않아도 된다.

"……계속하자. 언젠가, 우리의 소원을 이루기 위해서."

"……그래. 언젠가, 그대와 소첩의 소원이 이루어지도록 기원하면서."

그렇게 우리는 서로 맹세했다.

"불행한 죽음을 맞이한 아이들을 **전부 되살려서**……, 행복한 인생을 살게 해주기 위해."

더할 나위 없는 소원을, 베네트나쉬(나)와 페르세포네(그녀) 둘이서……, 이루기 위해.

이 순간이 우리의 시작 지점이다.

에필로그 》 두 세계, 두 자신

ㅁ상업도시 콜타나

[〈UBM〉 [요저전생 데 웰미스]가 토벌되었습니다.]

[MVP를 선출합니다.]

[[베네트나쉬]가 MVP로 선출되었습니다.]

[[베네트나쉬]에게 MVP 특전 [건생저화 데 웰미스]를 증여합니다.]

안내 음성과 함께 하얀 부츠가 베네트나쉬 눈앞에 드롭되었다.

베네트나쉬는 그 부츠에 눈길도 주지 않고 [데 웰미스]가 사라진 작열의 구멍을 바라보고 있었다.

그 열기는 공기를 타고 베네트나쉬에게까지 전달되었지만, 땅속에서 연소되었기에 지상에 끼친 영향은 매우 적었다. 《심연포》는 핀포인트로 화력을 압축시킬 수 있는 병기이며, 지정한 반경 600메텔 바깥에는 인명을 해칠 만한 피해가 발생하지 않았다.

그럼에도 불구하고……, 600메텔 이내에는 건물이 여러 채 무너졌고, 작열의 구멍 옆에 있던 건물은 타오르고 있었다.

작열의 구멍을 중심으로 한 그 광경은 하나의 파멸 그 자체였다.

예전에 이 세계의 어딘가에서 한번 만들어졌던 파멸의 형태.

《명도회귀문》은 이 땅에서 살았던 온갖 티안과 괴물을 전성기 모습으로 되살릴 수 있다. 다시 말해 〈마스터〉와 관계가 없는 온갖 파멸을 이 세상에 되살릴 수 있다는 뜻이다.

그렇기 때문에 두려움을 사기도 하지만……, 그는 사람들이 자신을 어떻게 생각하는지 딱히 신경 쓰지 않는다.

그에게는 자신의 소원과 그것을 위하여 나아갈 길만 보이기 때문이다.

"흐음. 특전 무구의 장비 스킬은 오리지널의 마이너 체인지 버전이로군."

베네트나쉬 대신 페르세포네가 부츠를 주워서 성능을 확인했다.

"장착한 자가 상처를 입었을 때 구더기로 바꾸고, 그것이 일정 시간 이후에 원래 피부나 살, 장기가 되는 모양이다. 그리고 장비 보정으로 SP 소비 감소와 자동 회복도 붙어 있군. 나쁘진 않다만……."

"…………."

"서방님의 취향에는 맞지 않을 테니 필살 스킬의 대가라고 생각하지."

필살 스킬로 만들어진 보라색 문은 이미 그 형태가 빛의 먼지로 무너지기 시작하고 있었다.

[앰버 어비스] 부대도 이미 혼이 되어 페르세포네 안으로 돌아가서 휴식의 시간을 맞이했다.

"그런데 이제 어떻게 할 건가? 유고 일행과 합류할 건가?"

"……아니, 잠깐 로그아웃할게. 한 시간 정도 뒤에 돌아올 거고, 그 이후로는 들키지 않게 메르카바로 이동할 거야. 뷔나와 트림이 기다리고 있으니까."

"그래. 이 도시는 보여주고 싶지 않다고 두고 왔으니 말이다."

그가 입에 담은 것은 예전에 그가 구해준 아이들의 이름이었다.

구해줬다고 확실하게 말하기는 힘들지도 모르겠다. 베네트나쉬는 두 사람이 목숨을 잃은 비극 이후에……, 의지를 지닌 언데드로 되살려낸 것뿐이니까.

가능성을 다시 줍는 행위라고도 할 수 있을 것이다.

하지만 지금 그는 어지간히 조건이 잘 갖춰져 있는 상황에서도 그 정도밖에 할 수가 없다.

그렇기 때문에, ……그 너머를 원하는 것이다.

"응. 어서 데리러 가야지."

"그런데 정보를 받기로 한 약정은 어쩔 건가?"

"……〈세피로트〉가 마음만 먹으면 어디에서든 내게 연락을 할 수 있을 테니 연락처를 교환할 필요는 없어."

"그렇긴 하겠군."

그런 다음 베네트나쉬는 메뉴를 조작해서 로그아웃했다.

◇

"…………."

현실로 돌아온 베네트나쉬……의 플레이어의 눈에 들어온 것은 불이 꺼져 있던 자기 방의 천장이었다.

바깥은 비가 내리고 있어서 그런지 어두웠고, 커튼을 쳐둔 방은 낮인지 밤인지조차 알 수가 없었다.

그런 다음 그는――얇은 나뭇가지 같은 손으로――머리맡에 있던 휴대 단말기를 들었다.

친가에 사는 어머니가 보낸 메시지와 부재중 전화 기록이 와 있었다. 그걸 읽은 베네트나쉬는 메일로 '괜찮아. 걱정할 필요 없어'라고 이미 익숙해진 문장을 입력했다.

그런 다음, '봄방학 때 집에 가지 못해서 미안해'라고 덧붙여서 송신했다.

실제로는 봄방학 같은 건 있으나 마나 한 것이다.

최근 1년……, 그는 입학한 대학에 거의 다니지 않았기 때문이다.

그는 그렇게 메일을 보낸 다음에 일어섰지만, 그의 다리는 다른 사람이 보면 그의 몸을 제대로 지탱할 수 있을지 불안해질 정도로 가늘었다.

그는 배설과 가볍게 샤워를 마친 다음에 냉장고에서 튜브에 든 영양식과 미네랄 워터를 꺼내 작업을 하는 것처럼 뱃속에 넣었다.

그리고 그는 다시 침대로 돌아가 〈Infinite Dendrogram〉 기기를 장착하고 로그인했다. [명왕] 베네트나쉬로서, 다시 〈Infinite Dendrogram〉 세계로 돌아갔다.

현실을……, 원래 자신을 내버려 둔 채.

◆◆◆

■상업도시 콜타나 남서쪽 대유사

상업도시 콜타나에서 약간 떨어진 곳에는 100년 이상 전부터 거대한 유사가 있었다.

직경은 300메텔, 내부로 떨어진 것을 영원히 놓치지 않는 거대 유사.

마치 개미지옥 같은 그것은 실제로도 개미지옥이었다.

곤충인 개미지옥을 닮은 순룡급 몬스터, 유사를 만드는 스킬을 지닌 [샌드홀 웜]의 군생지다.

환경 담당 관리 AI가 설정한 세이브 포인트의 부차적인 효과로 인해 [샌드홀 웜]을 비롯한 야생 몬스터들은 본능적으로 콜타나의 일정 범위 이내로 다가갈 수가 없다.

그 때문에 세이브 포인트의 몬스터 퇴치 유효 범위의 가장자리, 도시와 가까운 곳에 몰려들어 생겨난 것이 이 거대 유사다.

숙련된 〈마스터〉라 해도, 이 사막에 사는 [드래그 웜]이라 해도, 거대 유사에 휘말리게 되면 살아서 이기기 힘들 것이다.

카르디나의 시작 지점과 가까운 곳에 있는 이 거대 유사는 왕국의 왕도 근교에 있는 〈구 레브 과수원〉과 비슷한 초보 킬러였고, 그곳보다 훨씬 더 위험한 곳이기도 했다.

하지만 그 거대 유사는 지금…….

『GYUBAAAAA…………?!』
유사 이곳저곳에서 들리는 [샌드홀 웜]의 단말마와 함께 사라지려 하고 있었다.
때때로 유사 안에서 개미지옥을 닮은 [샌드홀 웜]이 고개를 내밀었지만, 그 갑각이 안쪽에서 움푹 파였고……, 마치 말라비틀어진 것처럼 작아진 채 모래 안으로 가라앉았다.
그런 광경이 몇 시간 동안 이어진 뒤, 단말마는 들리지 않게 되었다.
그와 동시에 [샌드홀 웜]이 스킬로 형성하던 거대 유사도 흐름을 멈추었다. 일반적인 사막으로 바뀐 것이다.

그리고 그냥 움푹 파인 곳이 된 모래 안에서, 자그마한 소녀의 손이 뚫고 나왔다.

손에 쥔 것은 도끼. 도끼는 스킬로 인한 부력으로 소녀의 온몸을 끌어올렸다.
모래 안에서 나타난 것은……, 에밀리였다.
옷이 모래로 더러워지긴 했지만 멀쩡한 모습이었다.
몸에 상처는 없고, [동결]되지도 않았다.
에밀리는 《지옥문》으로 인해 [동결]되었다가 AR·I·CA로 인해 유사의 중심에 내던져졌다.
하지만 그 이후에 거대 유사 안에서 [샌드홀 웜] 때문에 부서졌고, 《적자생존》을 통해 소생했다.

그녀에게 덤벼드는 [샌드홀 웜]을 한 마리씩 죽여서 리소스를 빨아들였기 때문에 탈출하는 데 시간이 오래 걸렸다.

하지만 결국 불사신이자 〈초급〉인 에밀리는 무사히 사지에서 생환한 것이다.

"…………."

그러나 유사 안에서 되살아난 에밀리의 표정은 매우 **불쾌해 보였다.**

자동 살육 모드에 들어간 에밀리에게는 표정이 없……었을 텐데.

하지만 마치 유사 안에 버려진 것이 매우 짜증 난다는 듯이, 그녀는 눈에 강한 적의를 품고 있었다.

"———**아웃.**"

에밀리는 불쾌한 표정을 지은 채 한 마디……, '마이너스'가 아닌 말을 했다.

그리고 그녀는 두 손에 각각 도끼……, 요왈테포스틀리를 쥔 채로 서서.

"…………."

갑자기 하늘을 올려다보았다.

하늘은 이미 저녁놀을 넘어 밤이 되어 있었다.

에밀리는 마치 그 사실을 확인하고 싶었던 것처럼 다시 정면을 보았다.

그 시선 건너편에는 콜타나 거리가 보였다.

그녀는 천천히 두 손에 각각 들고 있던 요왈테포스틀리를……, 교차시켰다.

그것은 〈IF〉의 멤버들조차 파악하지 못한 스킬의 예비동작.

자동 살육 모드에 들어간 에밀리와는 대화를 나눌 수가 없다.

그리고 평소 에밀리는 자신의 능력에 대해 딱히 말할 경우가 없고, 애초에 인식조차 제대로 하는 건지 의심스럽다.

동료인 〈IF〉조차 아무도 에밀리의 진짜 실력을 모른다. 같은 클랜 멤버이긴 하지만, 비장의 수는 다들 감추고 있으니 당연하다고도 할 수 있다(단, 자신의 필살 스킬을 큰 소리로 자랑한 가베라는 제외한다).

그렇기 때문에 〈IF〉의 멤버들조차 에밀리가 불사신인 이유는 '상시 발동형 필살 스킬 때문'이라고 인식하고 있다.

하지만 그것은 《적자생존》이라는 일반적인 패시브 스킬 때문이다.

필살 스킬은……, 따로 존재한다.

"《수확하는 것은(요왈)———."

그리고 지금, 에밀리는 그것을 쓰려 하고 있었다.

발동시키면 도시 국가 정도는 쉽사리 전멸시킬 수 있는 힘——, 광역 섬멸형 필살 스킬을.

"———밤하늘의(테포스)———."

사상 초유의 피해를 불러일으킬 재앙의 일격은 바로 지금 콜타나 시가지를 향해 날아가려 하고 있었고.

"———섭(틀)."

"에밀리~! 무사했구나!"

뒤에서 들린……, 에밀리를 걱정하는 챵의 목소리로 인해 가로막혔다.

"…………."

목소리가 들린 순간, 에밀리는 도끼를 들고 있던 두 손을 축 늘어뜨렸다.

곧바로 도끼 두 자루는 그녀의 왼쪽 손등의 문장으로 돌아갔다.

그리고 에밀리는 뒤쪽을 돌아본 다음.

"챵 아조씨? 왜 그래애?"

달려온 챵에게 혀짧은 목소리로 물어보며……, 원래 에밀리로서의 표정을 보였다.

"늦어서 미안하다. 에밀리를 끌고 간 '창궁가희'를 놓쳐서 말이지. 콜타나 주위를 찾아다니고 있었다."

"……? 그랬구나?"

에밀리는 이해가 안 된다는 듯이 고개를 갸웃거리며 그렇게 말했다.

그런 다음 고개를 이리저리 흔들다가 털썩, 소리를 내며 챵에게 몸을 기댔다.

"에밀리?"

"……왠지 피곤해애. 에미이, 졸려……."

그렇게 말한 다음 새근새근 숨소리를 내며 자기 시작했다.

챵은 약간 당황했지만 에밀리를 안아들고 그 움푹 파인 곳을 떠났다.

그런 다음 챵은 라스칼이 맡긴 소형 사상선을 [개러지]에서 꺼내 AR·I·CA 일행에게 들키지 않게끔 서둘러 콜타나를 떠났다.

에밀리도, 콜타나에서 어느 정도 멀어지자 그날은 로그아웃했다.

◆

에밀리는 깨어났다.

로그아웃한 그녀는 침대에서 내려와 맨발로 차박차박, 자기 방을 돌아다녔다.

현실의 에밀리는 **환자복**을 입고 있는 것 말고는 딱히 외모에 차이도 없었다.

딱 하나 있다면, 아바타보다 한두 살 정도……, 나이가 **많아** 보인다는 것.

갑자기 그녀의 방 자동문이 열리는 소리와 함께 백의를 입은 간호사가 들어왔다.

"에밀리, 몸은 어떠니?"

"응~, 건강해!"

"그래. 그럼 좀 이따가 저녁밥을 가져다줄게."

"네에~."

그렇게 간호사를 보낸 다음 에밀리는 자기 방……, 새하얀 병실을 둘러보았다.

그런 다음, 실내에 있던 의자를 창문 아래로 옮기고 그 위로 올라가 바깥 경치를 바라보았다.

구름 한 점 없는 하늘에는 예쁜 무늬를 드러낸 달이 보였다.

근처에 있는 숲에는 밤의 장막이 깔렸고, 부엉이의 울음소리가 그녀의 귀에 닿았다.

그녀는 그런 밤의 정경을 홀로 바라보고 있었다.

———철창이 달린 창문 너머로.

경치에 만족한 건지, 아닌 건지. 에밀리는 의자에서 내려와 침대로 돌아왔다.

침대 위에 살짝 앉아 그녀에게는 친숙해진 **정신병원**의 저녁 식사를 기다렸다.

"오늘도 즐거웠지~."

오늘의 추억……, 챠과 콜타나를 돌아다니고, 카페에서 아이스크림을 먹었던 것과 바자를 구경하며 돌아다녔던 **것만**을 떠올리며 에밀리는 그렇게 중얼거렸다.

오늘 중에 빼먹은 시간에 대해 신경 쓰지는 않았다.

그저 즐거웠다는 생각만이 그녀 안에 남아 있었다.

"내일은 뭐 하지?"

그렇게 천진난만한 아이처럼, 에밀리는 다가올 내일을 기대했다.

◇◇◇

ㅁ[장갑 조종사] 유고 레셉스

[명왕] 베네트나쉬가 불러낸 호박색 용은 사건의 끝을 고했다.

〈UBM〉은 용의 불꽃에 의해 사라졌고, 상업도시 콜타나를 떠들썩하게 만든 일련의 사건은 종결되었다.

지금은 그로부터 하룻밤이 지나 거리도 차분한 분위기를 되찾기 시작하고 있었다.

그 후 스승님의 연락을 통해 카르디나의 수도에서 원군이 도착했고, 거리에서 사태를 수습하기 시작했다.

이번 혼란으로 인해 발생한 부상자와 주택을 잃은 사람들에 대한 대처.

시장의 사망으로 인해 콜타나의 정치를 일시적으로 의회 직속 조직이 맡게끔 결정.

시장 및 그의 관계자의 여죄 추궁 등, 다양한 대처가 동시에 이루어지고 있었다.

이번 소동의 파문은 컸지만, 그나마 아슬아슬하게 막아낸 모양이었다.

만약 [데 웰미스]가 그대로 계속 확대되었다면 이곳 콜타나가 괴멸되었더라도 이상할 게 없었기 때문이다.

그리고 그 호박색 용이 만들어낸 작열의 구멍이 만약 이 도시 중앙에 있는 오아시스와 연결되었다면……, 최악의 경우에는 수증기 폭발로 인해 도시가 날아가 버렸을 거라는 이야기도 들었다.

600메텔이라는 범위를 지정한 걸 보면 베네트나쉬도 분명 계산해서 그렇게 행동했겠지만, 작업을 맡은 〈마스터〉와 티안들이 필사적으로 작열의 구멍을 냉각시키는 모습은 인상적이었다.

나도 도울 수 있다면 좋았겠지만 공교롭게도 지형에 대해서는 《지옥문》도 효과가 없기에 맡길 수밖에 없다.

"…………베네트나쉬, 라."

결국 그 이후로 베네트나쉬와 페르세포네, ……그리고 에밀리와 다시 만나지는 못했다.

눈치채기 전에 콜타나를 떠난 건지도 모르겠다. 스승님이 버리고 온 에밀리도 어렴풋하게나마 '감옥'에 가진 않을 거라는 예감이 들었다.

그녀들과는 언젠가 다른 곳에서 다시 만나게 될지도 모르겠다.

그렇게 〈초급〉들이 떠난 콜타나에 유일하게 남은 〈초급〉인 스승님은 바쁘게 돌아다니고 있는 것 같았다.

겉으로 보기에는 좀 그렇지만 카르디나에서는 의장 직속이라 강한 권한을 지니고 있는 〈세피로트〉이니 할 일도 많겠지.

스승님은 저래 봬도 일은 확실하게 하는 사람이고, 지금도 열심히 하고 있을 것이다. ……평소 사생활은 제쳐두더라도 그런 구석은 솔직히 존경할 만하다.

"왠지, '겉으로 보기에는'이라든가 '저래 봬도'라든가 '사생활은 제쳐두더라도'라든가. 말이 많이 붙네."

"……스승님이니까."

그리고 나와 큐코는 원래 다른 나라에 소속된 사람이기에 이런 상황에서 도울 수 있는 일이 별로 없었다. 그나마 [화이트 로즈]로 잔해를 철거하는 작업을 돕는 정도.

하지만 그것도 〈마스터〉들이 모여들었기에 이미 끝났다.

그래서 지금은 어제처럼 카페에서 스승님을 기다리고 있다.

"…………."

이번 사건을 겪고 생각한 게 좀 있다.

저번에 헬마이네에서는 희생자를 거의 내지 않고 구슬을 회수할 수 있었다.

하지만 이곳, 콜타나에서는 많은 희생자가 발생해버렸다.

그것은 구슬 때문에 이 도시로 온 것으로 보이는 에밀리로 인한 희생자.

조사 결과 판명된……, 구슬의 힘을 사용하기 위해 콜타나의 시장이 죽인 희생자.

그리고 해방된 [데 웰미스]로 인한 희생자.

이번 사건은 도시 하나가 멸망할 수도 있었던 사태였다.

……그럼에도 불구하고 아직 구슬 관련 소동은 끝나지 않았다.

스승님이 모은 구슬 두 개.

이번 사건 때 부서진 구슬 하나.
황하의 보물고에서는 그것 말고도 구슬이 네 개나 도난당했다.
전부 카르디나에 있을지는 모르겠지만……, 스승님은 무시무시한 말을 했다.

'추가 조사를 통해 알아냈는데 말이야. 유출된 구슬 일곱 개 중에———, **신화급보다 위험한 녀석**이 있는 것 같아'라고.

신화급을 초월한 〈UBM〉.
다시 말해 〈SUBM〉에 필적하는 괴물이 사람의 손에 넘어가 언제 풀릴지도 모르는 봉인 속에서 잠들어 있다는 뜻이다. 고대 전설급인 [데 웰미스]가 이번 같은 사태를 일으킨 이상, 결과가 어떻게 될지 생각하고 싶지도 않다.
하지만 그것을 막는 걸 망설이고 있을 수는 없다.
휘말리는 식으로 구슬을 찾게 되긴 했지만, 이번 같은 사건을 막기 위해서라면……, 따라가야지.
방치해두면 꿈자리가 사나울 테니까.
"유 쨩, 큐 쨩, 오래 기다렸지~."
그런 생각을 하고 있자니 스승님이 가게 안으로 들어왔다.
"스승님, 고생 많으셨…………, 스승님."
나는 바쁜 일을 마치고 왔을 거라 생각한 스승님을 위로하려다가……, 그녀의 목덜미를 주목했다.
"왜애~?"

"키스 마크가 늘어났는데요."

"아."

내가 그렇게 말하자 스승님이 목덜미를 손으로 눌렀다.

스승님, 반대쪽이에요. 아니, 반대쪽에도 있어요.

"……스승님?"

"아하하~. 그 왜, 어제 내게 자객으로 온 메이드 양 이야기를 했었잖아."

"그랬죠."

아침까지 수다(필로우 토크)를 떨었다고 지껄이셨죠.

"그 애 말이지~. 결국 그 이후로도 내가 잡은 여관에서 자고 있었던 모양이라. 시장 저택이 없어졌을 때도 현장에 있지 않아서 무사했거든."

"그거참……, 불행 중 다행이네요."

"아니, 아니, 그녀에게는 분명 행운 중의 행운이었겠지. 어제도 행복해 보이는 표정으로 잤으니까."

"스승님?"

"……응. 그래서 말이지. 그녀하고는 사건이 끝난 뒤에 다시 만났는데 꽤 동요한 모양이라. 그야 자기 직장이 날아가 버리고 상사와 동료가 모두 죽었으니 패닉 상태가 될 만도 하지."

"그래서요?"

"하룻밤 내내 위로해 주었지요."

……'스승님은 지금도 열심히 하고 있을 것이다'라고 생각하며 품었던 제 존경심을 돌려주시죠.

"죽어버리면 좋을 텐데."

"그 발언에서 왠지 데자뷔가!"

스승님 때문에 좀 전에 고민하던 것까지 날아가 버릴 것 같다.

……이 사람은 내 갈등을 망치는 천재인가?

아무튼, 그건 그렇다고 치고 스승님에게 물어봐야만 할 것이 있다.

어제부터 신경 쓰였던 거다.

"스승님."

"왜애~?"

"어제 [데 웰미스]에게 번개를 두른 포탄을 쏘시던데, ……그거 저번에 회수했다고 하신 〈UBM〉 구슬의 힘 아닌가요?"

"움찔?!"

……방금, 소리 내서 '움찔'이라고 했지.

"스승님, 그 구슬은 수송 담당에게 넘겼다고 하지 않으셨나요?"

"아~, 응. 유 짱에게는 그렇게 말했지만 말이지……."

"……스승님?"

스승님은 입고 있던 플라이트 재킷의 안주머니를 부스럭거리며 뒤지다가……, 구슬을 꺼내서 테이블 위에 올려놓았다.

"사실 계속 내가 가지고 있었거든……, 아하하."

"……그럼 그렇다고 말씀하시죠."

"제자를 속이다니, 최악이야~."

"끄윽?! ……내, 내가 그러려고 한 게 아니야! 전부 그래마스 영감님이 생각한 거라고?"

그래마스 영감님?

"이야기하자면 길어지는데 말이지~."

스승님은 그렇게 말한 다음 무슨 일이 있었는지 이야기하기 시작했다.

◇

헬마이네에서 구슬을 회수한 뒤, 스승님은 통신기로 수도와 연락을 취한 모양이었다.

"그렇게 일단 첫 번째 구슬을 겟했는데, 수송 담당 좀 보내주면 안 될까?"

『불가능하다.』

하지만 수송 담당 파견을 거절당했다.

몇 가지 이유가 있는 모양이었다.

우선, 구슬은 아이템 박스에 넣을 수 없다는 것.

〈마스터〉가 로그아웃할 때는 그대로 방치되기 때문에 운반 담당으로는 부적합하다.

애초에 〈마스터〉가 옮긴다 하더라도 그 〈마스터〉가 욕심을 이기지 못하고 특전 무구를 얻기 위해 가지고 도망치지 않는다는 보장이 없다.

믿을 수 있는 〈마스터〉는 〈세피로트〉의 멤버 정도밖에 없지만, 운반에 적합하고 한가한 사람은 스승님 자신이었다.

그렇다고 해서 티안에게 옮기는 걸 맡기려 해도 카르디나에는 실력이 좋은 티안이 별로 없다.

준 〈초급〉 이상인 〈마스터〉와 맞서 싸울 수 있는 티안은 거의 없고, 구슬을 운반한다는 사실이 알려지면 습격당해 빼앗길 가능성이 크다.

소거법에 따라 남은 가장 유력하고 확실한 수송자는 역시 스승님이었다.

하지만 스승님도 24시간 내내 로그인해 있을 수는 없다.

스승님이 로그아웃한 타이밍을 노려서 구슬을 탈취하는 건 누구나 가능한 일이다.

구슬을 계속 가지고 있다는 사실이 알려지면 반드시 누군가가 노리게 된다.

그래서 우선 유일한 동행자인 나부터 '구슬을 가지고 있지 않다'고 속일 필요가 있었다.

스승님은 나와 큐코가 《진위 판정》을 가지고 있지 않다는 것도 이미 확인했다.

그런 우리에게만 '구슬을 수송 담당에게 넘겼다'고 알려주는 것에는 의미가 있다.

나중에 스승님이 로그아웃한 동안 내가 습격당했을 때, 상대방이 구슬의 행방에 대해 알아내려 할 가능성이 있으니까.

그때 '구슬은 수송 담당에게 넘겼다'는 정보를 내가 **진실이라고 생각하면** 상대방 쪽에 《진위 판정》을 지닌 자가 있을 경우에도 그걸 진실로 믿게 된다.

상대방이 '[격추왕]이 구슬을 가지고 있나?'라고 물어보았을 때도 마찬가지다.

내게서 정보를 알아낸 상대방은……, 가공의 수송 담당을 찾게 된다.

《진위 판정》이라는 편리한 스킬을 역으로 이용한 이 함정은 스승님이 말한 그래마스 영감님———, [희왕(킹 오브 토이즈)] 그랜드 마스터가 즉석에서 생각해내 스승님에게 실행시켰다고 한다.

참고로 스승님이 로그아웃한 동안 구슬을 어떻게 보관했는가 하면, 사막을 이동하는 동안에는 간이 발신기를 달아서 로그아웃한 지점의 사막 모래 안에, 도시에 있을 때도 마찬가지로 땅속에 파묻었다고 한다. 함부로 함정 같은 걸 설치하면 《함정 감지》 스킬 때문에 발견될 수도 있다는 게 그 이유다.

어찌 됐든 나는 스승님이 한 말을 믿고 있었기에 수송 쪽으로는 딱 좋은 미끼였을 것이다.

"……하지만 지금, 이렇게 저희도 알게 되어버렸는데요."

"아, 응. 그래도 이제 문제없어."

"어째서죠?"

내가 묻자 스승님은 테이블 위에 맵 윈도우를 띄웠다.

그것을 확대해서 내게 보여주며 그중 한 곳을 손가락으로 가리켰다.

"드래그노마드는 지금 이곳 콜타나와 가까운 곳까지 와 있거든. [블루 오페라]라면 오늘 안으로 도착해서 의장에게 지금 가지고 있는 구슬 두 개를 넘길 수 있으니까.”

그렇구나. 수송 자체가 금방 끝나니까 정보를 알려줘도 되는 건가?

“그러니까 나는 잠깐 날아갔다 올게. 저쪽에서 할 일도 이것저것 있을 테니까 유 짱은 한동안 콜타나에서 기다려.”

“그래요. 저도 학교를 가야 하니 딱 좋다고도 할 수 있겠어요.”

이쪽 시간으로 여섯 시간 정도는 여유가 있긴 하지만, 할 일이 없다면 이제 로그아웃해도 상관없다.

“아, 그렇긴 하겠네. 아~, 내가 백수라서 그런가 툭하면 잊곤 해.”

……뭐라 말하기 껄끄럽네.

“그런데 스승님.”

“왜애~?”

“이제 숨기고 계신 건 없죠?”

헬마이네에서 벌어진 첫 구슬 소동과 이번 비밀 수송. 스승님은 만난 뒤로 계속 뭔가 숨기고 있었던 것 같은 느낌이 든다.

그러니까 ‘또 뭔가 껄끄러운 걸 숨기고 있는 거 아닌가?’라며 스승님의 눈을 빤히 보고 물었다.

그런 나를 보고 스승님은.

“있어.”

……쉽사리 그렇게 말했다.

“있군요…….”

“응. 하지만 그건 구슬하고는 상관이 없거든. 진짜야, 진짜.”
“……그럼 무엇과 상관이 있는데요?”
내가 반쯤 어이없어하며 묻자.
“나하고 유 짱……, 그리고 프 짱하고 상관이 있으려나.”
뜻밖에도, 언니의 이름까지 포함된 대답이 돌아왔다.
“그게.”
“아, 안 돼, 안 돼. 지금은 가르쳐줄 수가 없어. ……그렇지~.”
스승님은 팔짱을 끼면서 잠시 생각에 잠긴 듯한 포즈를 취하고는 입을 열었다.
“유 짱이 초급 직업을 얻거나, 큐 짱이 〈초급 엠브리오〉가 되거나. 둘 중 하나를 해내면 가르쳐줄게.”
“…………그 조건은 대체 뭐죠?”
전자는 각 직업별 선착순 한 명인 좁은 문.
후자는 지금까지 100명도 도달하지 못했을 정도로 더욱 좁은 문이다.
“조건치고는 너무 엄격한데요.”
“그런가? 나는 유 짱하고 큐 짱이라면 언젠가 도달할 것 같은데♪”
스승님은 재미있다는 듯이 웃고는.

“그러니까 열심히 해. ───기다릴 테니까.”
색이 각각 다른 두 눈으로───, 진지한 눈빛을 보이며 그렇게 말했다.

◇

나는 스승님과 헤어진 뒤 로그아웃했다.

장착하고 있던 기기를 벗자 바깥에서는 새벽을 알리는 작은 새의 울음소리가 들렸다.

시간을 보니 지금은 아침 다섯 시 정도.

기숙사의 아침 식사 시간까지는 두 시간, 수업이 시작되기까지는 세 시간 정도 여유가 있다.

조금 졸리니까 한 시간 정도는 눈을 붙여도 되겠지만, 어설프게 자는 것보다는 샤워라도 하면서 잠을 깨는 게 나을지도 모르겠다.

옷을 벗고 방에 딸린 욕실로 향했다.

벽에 설치된 패널을 조작해서 샤워기로 뜨거운 물을 튼 다음 머리부터 뒤집어썼다.

로렌느 여학원(우리 학교)의 기숙사가 개인실이라 다행이다. 룸메이트가 있었다면 샤워 소리로 깨워버렸을 테니까.

"응, 시원하네."

샤워를 마친 나는 머리카락과 몸을 말린 다음 학교 교복으로 갈아입었다.

어느새 아침 식사 시간까지 한 시간도 남지 않았기에 간단히 오늘 수업 때 배울 내용을 확인했다.

그런 뒤에도 시간이 남았기에 최근에 체크하지 않았던 동영상

사이트를 보니.

"……아."

'[마장군] 로건 고드하르트 참패!'라는 동영상이 게임 카테고리 랭킹에 들어 있었다.

올라온 시기는 며칠 전, 그 내용은 드라이프 황국의 결투 1위인 [마장군]이 왕국의 루키……, 그와 싸워서 패배한 내용을 찍은 동영상이었다.

"……여전하네."

동영상 속에서 [마장군]과 맞서 싸우는 그를 보고 [고즈메이즈]……, 그리고 언니와 맞섰을 때의 모습을 떠올렸다.

예전에는 그런 모습을 떠올리면 그에 대한 동경과 죄책감을 느꼈다.

하지만 지금은 약간이나마 자랑스럽게……, 솔직하게 볼 수 있다.

그것은 어제 내(유고)가 그처럼 곤란한 상황에 맞서는 선택을 했기 때문일지도 모른다.

"언젠가 서로 근황 이야기를 할 수 있게 되면 좋겠네."

그날, 그와 적대시하기 직전에 카페에서 만났을 때, 나는 그에게 이런 이야기를 했다.

『그렇구나. 그럼 여기서 일단 헤어지자. 아, 친구 등록 해둘까?』

『……지금은 하지 말도록 하지. 다음에…… 다다음에 만났을 때 하도록 해.』

다음에 만났을 때는 적일 것을 알고 있었기에 친구가 될 수 있다고 해도 그다음 기회일 거라 생각했다.

결국, 적으로 맞선 뒤에는 아직 한 번도 만나지 않았다.

지금 그는 나를 적이라고 생각하고 있을까, 아니면 아직 친구가 될 수 있을 거라 생각하고 있을까. ……나는 알 수가 없다.

하지만 다시 한번 만나게 되면 그에게 그날 있었던 일에 대해 사과하고, ……할 수만 있다면 다시 친구가 되고 싶다.

"그것도 언니와 그의 관계에 달린 건지도 모르겠지만……, 아."

그렇게 중얼거리다 눈치챘다.

그와 [마장군]의 동영상, 올린 사람의 이름이 떠 있었다.

역시 이 동영상을 올린 사람은…….

"……그쪽은 아직 삐진 것 같네."

보아하니 언니는 아직 그에게 집착하며 스토커처럼 정보를 수집하고 있는 것 같다.

이 동영상도 분명히 그 과정에서 얻었을 것이다. 언니의 끈질긴 집념이 보인다.

나는 언니와 그의 관계를 생각하고는 약간 어이없어하며 한숨을 쉬었다.

"유리~. 슬슬 식당 문 열 테니까 밥 먹으러 가자~."

그때, 마침 방 밖에서 같은 반 친구인 소냐가 아침 식사 초대를 해주었다.

"네에~."

그녀의 목소리를 듣고 나는 동영상 사이트를 닫았다.

"…………."

구슬, [명왕], 에밀리, 스승님, 그리고 언니와 그.

〈Infinite Dendrogram〉에는 여러 가지 문제가 산더미처럼 쌓여 있지만, 나는 우선 그것을 제쳐두었다.

얼음과 장미의 기사, 유고 레셉스는 잠시 휴식. 오늘 방과 후까지는 로렌느 여학원의 중등부 3학년 유리 고티에로서 생활해야겠다.

유고도 나지만, 유리도 나다.

어느 한쪽을 소홀히 하게 되면 내가 아니게 될 테니까.

"유리~?"

"지금 갈게~."

나는 친구의 목소리를 듣고 방을 나선 뒤……, 유리로서 보내는 일상의 첫걸음을 내디뎠다.

To be Next Episode

후기

독자 여러분, 작가인 카이도 사콘입니다.

16권을 읽어주셔서 감사합니다. 이 16권은 주인공인 레이에게서 거리를 두고 카르디나를 여행하는 유고의 이야기였습니다.

이 이야기에서 중요한 점은 그가 만난 〈초급〉, [명왕] 베네트나쉬입니다.

타이키 씨께서 그려주신 커버 일러스트를 1권 일러스트와 비교해 보시면 아시겠지만, 그는 레이와 서로 거울과도 같은 존재입니다.

서 있는 방향도 그렇지만, 1권의 레이 일행 배경에는 '이제부터 살아갈 왕국의 풍경'이 있는데 비해 그들의 배경에는 '과거에 죽은 자들이 돌아올 개선문'밖에 없습니다.

무엇보다 존재 방식이 대조적입니다.

'비극 앞에 서서 희망을 지키는' 레이.

'비극이 일어난 뒤에 돌아다니며 희망을 다시 줍는' 베네트나쉬.

'과거의 아픔으로 지금을 헤쳐나가는' 네메시스.

'과거의 전성기를 지금 되살려내는' 페르세포네.

비슷하지만 다른 두 쌍의 〈마스터〉와 〈엠브리오〉.

이 〈Infinite Dendrogram〉에서 그들과 그녀들이 교차하려면 아직 멀었습니다.

언젠가 독자 여러분께 보여드릴 날이 오기를 기원합니다.

자, 16권 이야기는 여기까지. 다음 17권 이야기를 해볼까요.

지금까지 오랫동안, 16권까지 〈Infinite Dendrogram〉과 함께 와 주셨군요.

그런 이 작품, 다음 17권에서는 드디어…….

———완전 신규 집필한 내용으로 한 권을 쓰겠습니다.

네. 끝나지 않을 겁니다. 확실하게 낼 겁니다. 계속 이어질 겁니다.

지금까지 서적파 분들뿐만 아니라 WEB 시절부터 계속 읽어주신 분들께서도 즐기실 수 있게끔 다양한 수정, 가필도 진행해 왔습니다.

또한, 애니메이션 특전으로 500페이지 이상 신규로 집필한 적도 있습니다.

하지만 드디어, 간행 서적으로는 처음으로 전부 신규로 집필하게 됩니다.

WEB 버전을 기반으로 삼지 않은 첫 번째 케이스입니다.

평소에는 느끼지 못했던 긴장감을 품고 현재 집필 중입니다. 다음 권을 기대해주셨으면 합니다.

마감까지 최선의 원고를 쓸 수 있게끔 노력하겠습니다.

그리고 저번 달, 이 작품의 스핀오프인 크로우 레코드의 마지막 권, 제4권이 발매되었습니다. 이번에도 제3권에 이어 신규 집필 SS가 게재되어 있으니 생각이 있으시다면 읽어봐 주세요.

크로우 레코드는 제게도 정말 좋은 경험을 하게 해주었습니다.

특히 크로레코에서 새로 등장한 캐릭터인 맥스와 시온이 La-na 선생님 덕분에 매우 다양한 표정을 보이며 귀엽게 그려져서 기뻤습니다.

크로레코는 완결되었지만, 혹시 생각이 있으시다면 **이번 기회**에 읽어주세요.

앞으로도 인피니트 덴드로그램을 잘 부탁드립니다.

카이도 사콘

우『응? 아. 후기가 계속 이어지는군. 우, 신우다.』

여우 "여우, 후소 츠쿠요여~."

우『……어? 이번에는 이 녀석하고 둘이서?』

여우 "그려. 1페이지밖에 없응께 두 명이 한계제."

우『……뭐, 됐다.』

여우 "그건 그렇고, 뭔가 마음에 걸리는 것 같은디, 왜 그런당가?"

우『그래. **이번 기회**라는 게 뭔데? 작가도 일부러 강조해서 말하고 말이야.』

여우 "아, 그거 말이제~. 그라믄 공지하믄서 가르쳐 주믄 되것네."

여우 "최신간 17권은 11월 발매 예정(일본 현지)"

여우 "메인 등장 인물은 레이양하고 크로레코 멤버여~!"

우『……그런 거였나! 또 다이렉트 마케팅이냐고!』

여우 "아직 읽어보지 않으신 분들은 예습할 겸 읽어보셔~♪"

우『이번에 후기를 네가 맡은 이유를 왠지 알겠군…….』

역자 후기

안녕하세요, 천선필입니다.

이번『인피니트 덴드로그램』16권, 재미있게 읽으셨는지 모르겠습니다.

이번 16권에는 15권에 이어 레이 일행의 비중이 거의 없었습니다. 대신 작가분의 말에 따르면 레이와 서로 거울 같은 존재인 베네트나쉬, 그리고 마찬가지로 메이든의 마스터인 유고가 중심이 되어 이야기를 진행했죠. 작가분 후기를 보고 오랜만에 1권 원서를 꺼내 나란히 놓고 보았는데, 1권을 왼쪽에 두면 레이와 베네트나쉬가 서로 마주 보는 형태, 1권을 오른쪽에 두면 서로 등진 형태가 되네요. 이런 것도 흥미로운 부분인 것 같습니다.

그리고 10권에 이어 여전히 유고의 속을 썩이고 있는 AR·I·CA도 나와서 반가웠던 것 같습니다. 아무래도 10권이 여러 시점으로 이루어진 단편집 같은 성격을 지니고 있었기에 유고와 AR·I·CA의 이야기만 통째로 다루지는 못해서 아쉬웠는데, 여섯 권 만에 다시 등장하고 〈UBM〉 구슬 이야기를 계속 볼 수 있게 되니 더더욱 그랬던 것 같네요. 구슬이 아직 네 개나 남았으니 본편에도 뭔가 영향을 주지 않을까 하는 생각도 듭니다.

10권에서 등장했다가 이번에 다시 나온 캐릭터는 유고와 AR·

I·CA뿐만이 아니었죠. 구슬을 가지고 있다가 AR·I·CA에게 패배했던 챵 잔치도 나온 게 뜻밖이었습니다. 가베라도 그렇고 패배한 악역이 어느 정도 재활용(?)되는 것도 마음에 드는 부분입니다. 그리고 이번 16권에는 제타에 이어 새로운 〈IF〉 멤버가 등장하기도 했고요. 구성을 크게 나누면 전반은 유고와 에밀리, 후반은 베네트나쉬와 구더기 시장님의 전투로 이루어진 것 같습니다. 아무리 그래도 시장님은 재활용이 힘들겠죠.

다음 권은 완전 신규 집필 내용이라니 더욱 기대가 되는 것 같네요. 특히 주로 여자애들로 이루어진 크로우 레코드 등장인물들의 비중이 클 것 같아 어떤 이야기일지 궁금해집니다. 17권 하얀 고양이 크레이들, 기대하셔도 좋을 것 같습니다.

이런 생각을 하면서 이번 『인피니트 덴드로그램』 16권을 번역하였습니다. 매번 그랬듯이 감사의 말씀 드리고 후기를 마치려 합니다.

항상 신경을 많이 써주시는 담당 편집자분, 그리고 책을 내는 데 도움을 많이 주신 소미미디어 관계자 여러분, 그리고 가족 여러분. 감사합니다.

그 누구보다 감사드리고 싶은 분은 독자 여러분입니다. 제가 이렇게 무사히 번역을 마치고 후기를 쓸 수 있는 것도 독자 여러분 덕분이라 생각합니다. 진심으로 감사드립니다.

다시 찾아뵙게 될 때까지 행복한 하루 보내시길 바랍니다.

감사합니다.

천선필

인피니트 덴드로그램 16 되살아나는 가능성

2023년 7월 15일 1판 1쇄 발행

저　　자 카이도 사콘
일러스트 타이키
옮 긴 이 천선필
발 행 인 유재옥
본 부 장 조병권
담당편집자 박치우
편 집 1팀 김준균 김혜연
편 집 2팀 정영길 조찬희 박치우 정지원
편 집 3팀 오준영 이해빈 이소의
편 집 4팀 전태영 박소연
라 이 츠 김정미 맹미영 이윤서
디 지 털 박상섭 김지연
미　　술 김보라 박민솔
인쇄제작처 코리아피앤피
발 행 처 ㈜소미미디어
등　　록 제2015-000008호
주　　소 서울시 마포구 토정로222, 403호 (신수동, 한국출판콘텐츠센터)
판　　매 ㈜소미미디어
마 케 팅 한민지 최정연 최원석 박수진
물　　류 허석용 백철기
전　　화 (02)567-3388, Fax (02)322-7665

ISBN 979-11-384-7934-9 04830
ISBN 979-11-5710-725-4 (세트)